AXIE OH

O amor das nossas vidas

AXIE OH

O amor das nossas vidas

Tradução: Raquel Nakasone

Diretor-presidente:
Jorge Yunes
Gerente editorial:
Claudio Varela
Editora:
Ivânia Valim
Assistentes editoriais:
Fernando Gregório e
Vitória Galindo
Suporte editorial:
Nádila Sousa
Gerente de marketing:
Renata Bueno
Analistas de marketing:
Anna Nery, Mariana Iazzetti e
Daniel Oliveira
Direitos autorais:
Leila Andrade
Coordenadora comercial:
Vivian Pessoa
Tradução de texto:
Raquel Nakasone
Preparação de texto:
Mareska Cruz

ASAP
Copyright © 2024 by Axie Oh
Publicado em acordo com *HarperCollins Children's Books*, uma divisão da Harper-Collins Publishers.
© Companhia Editora Nacional, 2024

Todos os direitos reservados. Nenhuma parte desta obra pode ser reproduzida ou transmitida por qualquer forma ou meio eletrônico, inclusive fotocópia, gravação ou sistema de armazenagem e recuperação de informação sem o prévio e expresso consentimento da editora.

1ª edição — São Paulo

Revisão:
Fernanda Costa e Solaine Chioro
Ilustração da capa:
Priscila Nakamura (@purin_naka)
Projeto gráfico de capa:
Karina Pamplona
Diagramação:
Amanda Tupiná

DADOS INTERNACIONAIS DE CATALOGAÇÃO NA PUBLICAÇÃO (CIP) DE ACORDO COM ISBD

O36a	Oh, Axie
	O amor das nossas vidas / Axie Oh. - São Paulo, Editora Nacional, 2024.
	272 p. : il. ; 16 cm x 23 cm
	ISBN: 978-65-5881-208-1
	1. Literatura coreana. 2. Romance. I. Título.
2024-750	CDD 895.7
	CDU 821.134.2(519.5)

Elaborado por Odilio Hilario Moreira Junior - CRB-8/9949
Índice para catálogo sistemático:
1. Literatura coreana 895.7
2. Literatura coreana 821.134.2(519.5)

NACIONAL

Rua Gomes de Carvalho, 1306 - 11º andar - Vila Olímpia
São Paulo - SP - 04547-005 - Brasil - Tel.: (11) 2799-7799
editoranacional.com.br – atendimento@grupoibep.com.br

Para todos os leitores que pediram bis – este é para vocês.

Um

Meu celular vibra enquanto o táxi me deixa na esquina da West 32nd Street com a Broadway, onde uma neve fina paira sobre as placas brilhantes em *hangul* e inglês. Leio a mensagem da secretária Park: Uma limusine vai pegar você no hotel às 11h para te levar ao aeroporto amanhã. Estarei te esperando em Seul. Até logo.

Ok, obrigada, respondo, suspirando diante da ironia de me comunicar mais com a secretária da minha mãe do que com ela.

Guardo o celular, aperto a sacola de compras contra o peito e olho para os lados antes de atravessar a rua. Vejo um grupo chegando no restaurante e o espero passar — três caras de casacos e jaquetas fofas por cima de moletons da NYU, a Universidade de Nova York. O último, um garoto de pele escura e óculos, segura a porta para mim ao me ver. Apresso-me e sorrio, fazendo uma reverência por hábito. As orelhas dele ficam vermelhas, e quando ele se junta aos amigos, eles o cutucam com o cotovelo e me olham por cima dos ombros.

Enquanto tiro o casaco, algumas pessoas sentadas no bar se viram para mim. Além das botas de cano alto e da bolsa personalizada, estou usando um body com um jeans de cintura alta. Eu teria me trocado depois do desfile — o último evento da *New York Fashion Week* para o qual fui convidada —, mas isso teria me tomado um tempo que eu não queria desperdiçar. Não esta noite.

Corro os olhos pelo restaurante, procurando um rosto familiar. O lugar está abarrotado de estrangeiros, estadunidenses falando inglês tão rápido que minha cabeça começa a girar. A hostess, que estava acomodando o grupo de universitários, volta ao seu lugar.

— *Eoseo oseyo* — ela diz. Ela deve ter percebido meu nervosismo, porque mudou do inglês para o coreano. Relaxo no mesmo instante. — Quantas pessoas?

— Vou encontrar uma pessoa — respondo. — Ela tem mais ou menos a minha idade e altura, e provavelmente está usando um boné. — Ela quase nunca sai sem ele.

— Ah. — A mulher assente. — Sua amiga chegou há uns minutos. Siga-me, vou te levar até a mesa dela.

Ela me conduz por uma porta lateral e depois por uma escada enfeitada com luzinhas de Natal, apesar de ser fevereiro. Damos um passo para o lado para deixar um grupo descer. Eles estão vestidos como se fossem para algum festival, com roupas estilosas e maquiagem pesada, assim como eu, que acabei de sair de um desfile. Alguns estão segurando cartazes com mensagens em inglês.

Fã nº 1 do xoxo

Sun-oppa, case comigo!

Bae Jaewoo, te amo!

— Aqui sempre fica lotado quando tem um grupo de *k-pop* na cidade — a hostess explica. — Acho que alguns fãs esperam encontrar seus *idols* favoritos nos restaurantes aqui da Koreatown. — Encaro-a, mas ela não parece estar emitindo nenhum julgamento, apenas afirmando um fato. — É bom pros negócios.

— Vocês já receberam muitos *idols* aqui? — pergunto.

— O dono coleciona vários autógrafos acima do caixa. Eu mesma nunca vi nenhum, mas meu chefe disse que mês passado Jun do 95D esteve aqui com os amigos.

Jun-oppa! Ela percebe a minha expressão e sorri.

— Você é fã?

— Tenho um pôster dele na parede do meu quarto.

— Então você vai gostar de saber que ele caprichou na gorjeta.

Terminamos de subir as escadas para o segundo andar. O espaço ali é mais apertado, mas está tão lotado quanto lá embaixo. Projetadas para parecerem um *pojang-macha*, as mesas circulares de metal são cercadas por assentos que parecem latas de lixo de cabeça para baixo. Garçons percorrem as mesas carregando bandejas com comida de rua coreana servida em pratos de plástico verdes. Há várias telas enormes espalhadas pelo lugar mostrando o mesmo MV (Music Video). Agora é o grudento "Anpanman" do BTS.

Vejo minha amiga em uma mesa nos fundos e coloco a mão no ombro da hostess.

— Estou vendo ela — digo.

A mulher assente, deixando-me sozinha.

Minha melhor amiga, Jenny Go, está encostada na parede mexendo no celular, com o boné dos Dodgers — presente do pai dela — cobrindo os olhos.

— Jenny! — grito, já quase em cima dela.

Ela ergue a cabeça, assustada.

— Sori!

Ela se levanta e se joga nos meus braços com tanta força que quase me derruba.

A última vez que nos vimos foi no verão, quando ela foi visitar o namorado em Seul. Trocamos mensagens todos os dias, mas não é a mesma coisa. Os poucos meses em que fomos colegas de apartamento enquanto eu terminava o ensino médio na Academia de Artes de Seul, a AAS, provavelmente foram os melhores da minha vida. Sempre sonhei em passar tempo com meus amigos entre as aulas e depois da escola e ter uma melhor amiga com quem eu pudesse desnudar minha alma. Tudo isso se tornou realidade quando a conheci. Fico horrorizada de notar lágrimas se acumulando no cantinho do meu olho.

— Ah, não, Sori! Sua maquiagem! — Jenny fala.

Ela pega um cardápio e me abana enquanto olho para cima e pisco até as lágrimas secarem.

Depois que me recomponho, ela pega minhas mãos e as aperta.

— Você está maravilhosa! — ela exclama.

Falo ao mesmo tempo:

— Você parece saudável.

Ela dá risada.

Adoro fazê-la rir. Tudo o que eu faço parece diverti-la. Quando nos conhecemos, pensei que ela ficava rindo *de* mim, mas logo percebi que ela me adorava de verdade.

Passei a vida toda lidando com gente no meu pé por causa do meu dinheiro ou das minhas conexões familiares, mas Jenny quis ser minha amiga sem saber nada de mim. Ela diz que é por conta da minha personalidade estelar. O que é só meia verdade. Até eu admito que sou um pouco chatinha.

— Sori, você se arrumou toda só pra mim?

— Jenny, eu me arrumo toda vez que saio — falo, seca.

Já *ela* está toda confortável num conjunto de moletom com o nome do conservatório musical onde estuda: Escola de Música de Manhattan.

Coloco a sacola de compras que venho carregando pela cidade toda em cima da mesa e me sento à sua frente.

— Trouxe uns presentinhos.

— Chanel!

Apoio o queixo na mão enquanto a observo toda encantada com cada coisa. A maioria são brindes que peguei nos desfiles, mas também trouxe algumas marcas coreanas que sei que ela gosta. Ela pega um tubo de brilho labial, tira a tampa e usa as paredes de obsidiana do restaurante como espelho para aplicá-lo.

Pego um petisco de milho de uma tigela na mesa e o examino entre as unhas antes de enfiá-lo na boca.

— Como foi o show ontem? — Uns meses atrás, ela me contou que ia ver o xoxo quando o grupo anunciou as cidades da turnê mundial. — Descolou um VIP? — provoco.

Os vários fãs do grupo no restaurante morreriam se soubessem que minha melhor amiga está namorando o vocalista principal, Bae Jaewoo. Eles oficializaram o relacionamento quando estudavam na AAS comigo e os outros membros — exceto Sun, que já tinha se formado quando Jenny entrou.

— Nam me arranjou um ingresso — Jenny fala.

Nam Ji Seok é o empresário do xoxo.

— Ah.

Ela não precisa explicar. Ji Seok *nunca* colocaria a namorada de um membro na área VIP, pois isso a deixaria visível demais. Apesar de *idols* namorarem, é ruim para a imagem deles exibir seus relacionamentos assim tão publicamente.

— Mas o lugar até que era bom. Levei tio Jay, que ficou puxando assunto com fãs aleatórios. Foi superconstrangedor.

Enquanto ela fala, noto um brilho em suas bochechas, e sei que ela adorou. Seu "tio" Jay era o melhor amigo do pai, que já faleceu.

— Você viu Jaewoo? — pergunto, pegando outro petisco. — Depois do show.

Ela balança a cabeça.

— Nossa agenda ainda não bateu, mas planejamos passar o dia juntos amanhã. Ele quer ver um jogo de beisebol.

— Legal.

É a cara de Jaewoo. A gente se conhece desde o ensino fundamental, e ele sempre foi louco por beisebol. Na verdade, na única vez que estive em Nova York antes desta viagem, assisti a um jogo com ele e outro amigo nosso, Nathaniel. Foi no verão entre o ensino fundamental e o médio. Nunca me interessei por beisebol, mas vendo-os tão empolgados, torcendo e se abraçando depois de algum lance particularmente ousado, senti um pouco da alegria deles. Ainda me lembro da sensação.

— Você quer ir? — Jenny pergunta, me trazendo de volta ao presente.

Levanto uma sobrancelha. É a cara de Jenny me convidar para sair com ela e o namorado.

— Meu voo pra Seul é amanhã — respondo, fazendo uma anotação mental de falar para Jaewoo que ele está me devendo uma.

— Queria passar mais tempo com você — ela diz. Então ela se lembra de algo, porque se inclina para frente toda animada. — Ah, espere! Esqueci de te contar. Lembra daquele quarteto que comentei? Aquele com residência em Tóquio? Decidi tentar.

— Sério?

Meu coração dá um pulo só de pensar nela tão perto. Do aeroporto de Gimpo, o voo para Tóquio leva só duas horas. Muito mais curto do que o voo de dezesseis horas de Nova York para Incheon.

Ela me contou dessa oportunidade algumas semanas atrás. Sua escola vai escolher um violoncelista para integrar um quarteto de cordas que vai fazer uma turnê pela Ásia. Se conseguir a vaga, ela vai passar seis meses no Japão.

— É bem improvável que eu consiga — ela fala, nervosa, mexendo no boné. — A maioria dos violoncelistas são mais velhos do que eu e talvez mereçam mais...

— Pare com isso. — Ela levanta a cabeça e eu a encaro com firmeza. — Você trabalha duro e é talentosa. É tão merecedora quanto qualquer um. Estou orgulhosa de você.

— Certo, beleza. — Ela cora e assente. — Você tem razão. Obrigada, Sori.

— Precisamos comemorar. Vou te pagar um drinque.

Pressiono o botão na lateral da mesa e um sino ressoa acima. Um garçom aparece em segundos.

— Duas sidras, por favor — peço.

Quando nossas latinhas geladas chegam, fazemos um brinde.

— *Geonbae!* — gritamos juntas.

A bebida é doce e gasosa e faz cócegas na minha boca e garganta.

— Mas e você? — Jenny pergunta. — Quero saber tudo o que tá rolando. Sua mãe finalmente decidiu lançar um grupo feminino?

Minha mãe é ninguém menos do que Seo Min Hee, CEO da Joah Entertainment, a agência do xoxo, e "Uma das Mulheres Mais Influentes da Década". O aperto no peito que comecei a sentir uns meses atrás, e que só piorou nas últimas semanas, retorna quando penso nela.

— Sori? — Jenny franze o cenho. — Está tudo bem?

— Não quero mais estrear. — É a primeira vez que falo em voz alta. — Já faz um tempinho que estou sentindo isso.

Jenny franze as sobrancelhas, mas não me interrompe.

— Estava torcendo pra passar, pra ser só exaustão por ser *trainee* há tanto tempo... — Tenho trabalhado para ser uma *idol* desde a escola. Quando estava no ensino médio, eu acordava três horas antes das aulas todos os dias só para praticar dança. No ensino fundamental, passava horas estudando coreografia. Esse *sempre* foi meu sonho. — Só que, quanto mais perto eu chegava do objetivo, mais ficava com medo de ter que viver minha vida de acordo com as vontades dos outros e ser julgada por cada ação.

Lembranças do ensino fundamental se agitam na minha mente: sussurros me seguindo pelos corredores, cliques das câmeras de colegas tirando fotos de mim.

— Se eu gostasse de me apresentar, se fosse apaixonada por música, valeria a pena, mas não sou — digo, respirando fundo.

Que tipo de *trainee* não é apaixonada por música? É por *isso* que acho que essa vida não é para mim. Eu adoro dançar, mas não sei mais se é o suficiente.

Observo o rosto de Jenny, que se manteve impassível o tempo todo. O que ela está pensando? A música sempre foi sua paixão; foi a música que uniu minha amiga e Jaewoo, e foi a música que *nos* uniu quando estudávamos na AAS. Será que ela acha que estou cometendo um erro?

— Justo — Jenny fala. — Você, mais do que ninguém, sabe bem como é crescer no meio público. Dá pra entender por que você escolheria ficar fora disso.

Sinto meus olhos ardendo, mas me recuso a chorar pela segunda vez esta noite.

— Não tem nada de errado em mudar de ideia — ela continua, com gentileza. — Nunca é tarde demais pra tentar algo novo. Você vai encontrar outra coisa que te desperte mais paixão.

Se pelo menos minha mãe pensasse assim... Por muitos motivos, alguns dos quais não sei nem se *consigo* explicar para Jenny, minha mãe vai ficar extremamente decepcionada de saber que mudei de ideia. Mas é melhor me preocupar com isso quando voltar para a Coreia.

— Obrigada, Jenny. Eu precisava ouvir isso. — Pego o cardápio e abano o rosto discretamente. — Faz mais de seis meses que a gente não se vê e vamos ficar aqui nesse discurso motivacional?

Ela dá risada.

— Pra que servem as melhores amigas? Mas falando sério, Sori, não vamos esperar mais seis meses pra nos encontrar.

Olho para o cardápio.

— Você está certa, e eu estou faminta. Vamos pedir a comida?

Ela sorri.

— Demorou.

Uma hora se passa, depois duas. Ela me conta sobre as aulas e a família, e eu falo sobre nossos amigos em Seul, assim como meu mais recente trabalho de modelo em Singapura, enquanto devoramos nossas comidas favoritas, que costumávamos comer na época da escola. *Tteokbokki*, bolinho de arroz doce e picante coberto com queijo muçarela derretido. Frango frito com alho coberto com um molho de soja doce e pegajoso. E rolinhos grossos de *gimbap* recheados com legumes temperados e cortados em pedaços.

O restaurante vai ficando mais barulhento conforme a noite avança. No meio do salão, um grupo de empresários começa uma brincadeira com bebidas, virando copos atrás de copos de cerveja.

— É melhor a gente ir! — grito sobre as vozes altas.

— Vou ao banheiro!

Jenny se levanta e sai caminhando entre as mesas. Quando ela desaparece na escada, chamo o garçom para pagar a conta. Ela vai ficar chateada, mas do que adianta ter dinheiro se não se pode mimar as pessoas que você ama?

Por um momento, a barulheira no bar diminui enquanto um MV termina. Então uma pequena gritaria irrompe quando o logotipo da Joah Entertainment aparece em todos os três monitores.

— Você não ia tentar conseguir ingressos pro show de hoje? — a garota na mesa ao lado pergunta para a amiga.

— Eu ia, mas eles ficaram tão populares que está impossível. — Elas estão falando em coreano por cima dos compassos de abertura do mais novo *single* do xoxo.

A música começa com os dois rappers do xoxo, Sun e Youngmin, um complementando o outro. Em seguida, o pré-refrão é cantado apenas por Jaewoo, com seus vocais suaves e poderosos.

A garota à minha frente suspira sonhadoramente.

— Bae Jaewoo está tão lindo nesse *comeback*.

Sorrio, me perguntando o que Jenny acharia dessas garotas babando no seu namorado. Se bem que, à essa altura, ela já deve estar acostumada.

O cenário do mv muda no refrão e meus olhos se desviam para as telas. O conceito desse *comeback* é um país das maravilhas de pesadelo, em que cada membro simboliza uma tentação.

— Pra mim, é Lee Jihyuk — a outra garota diz, chamando Nathaniel, o outro vocalista, pelo nome coreano. — O jeito como ele move o corpo é absolutamente pecaminoso.

Só estou ouvindo por alto, incapaz de tirar os olhos da tela. Nathaniel está na frente, como sempre que a coreografia é difícil. Enquanto o observo, sou atingida por uma série de lembranças de quando estávamos no ensino fundamental e ele me perseguia pelo pátio da escola com um sapo na mão, e no ensino médio, quando eu o observava jogando futebol na quadra e ele me procurava toda vez que fazia um gol, e *depois*, quando ele colocava uma mão na minha cintura e a outra na minha nuca e pressionava os lábios na curva do meu pescoço.

Jenny volta para o seu assento.

— Desculpe demorar tanto, Jaewoo ligou.

— Ah?

Pego o cardápio mais uma vez, que ultrapassou em muito o uso original, e me abano pela terceira vez esta noite. Verifico as horas no celular. O show do xoxo já deve ter acabado.

Jenny fica mexendo no boné e eu ergo a sobrancelha.

— O que houve?

Em um só fôlego, ela diz:

— Os meninos iam voltar pro hotel depois do show, mas decidiram ir pra um restaurante em cima da hora. É aqui perto. Jaewoo me convidou.

Ela acrescenta depressa:

— E convidou você também. Falei que estávamos juntas.

Sinto o coração acelerar dentro do peito. Fazia tanto tempo que não sentia isso que não consigo identificar a emoção direito. Será nervosismo?

— Todo o grupo vai estar lá — digo. Não é uma pergunta, mas mais uma sondagem.

Sun, o mais velho, é o rapper principal e líder do grupo; Youngmin, o rapper mais jovem; Jaewoo, o vocalista principal...

— Todo mundo — ela confirma.

Ou seria... empolgação?

— Sabe de uma coisa? — Jenny fala. — Esta é a nossa noite. Vou falar pra Jaewoo que não vou.

Estico o braço e coloco a mão sobre a dela, sentindo o coração quentinho. Ela quer ver Jaewoo, mas está pensando em mim. Por ela, eu faria qualquer coisa, até ver Nathaniel — o vocalista e dançarino principal do XOXO, meu ex-namorado.

Dois

A rua de alguma forma está mais cheia que há duas horas, apesar de ser quase onze. Jenny e eu caminhamos de braços dados pelo trânsito parado. O restaurante que Jaewoo mandou fica na mesma rua. O cardápio atrás da vitrine revela que eles servem principalmente *hansik*, comida tradicional coreana.

Duas quadras abaixo, vejo uma multidão de gente parada em outro restaurante, e não parece que eles vão entrar. Então vejo uma van estacionada. A equipe e os dançarinos do xoxo devem estar comendo ali para desviar a atenção da localização exata dos membros.

Alguns fãs olham para nós, se demorando em mim. Envolvo o casaco um pouco mais, apertando-o em volta do corpo.

— Jaewoo disse que tem uma entrada lateral — Jenny fala.

Damos a volta no prédio e entramos em um pequeno beco com uma caçamba de lixo. Há uma mancha um pouco angustiante na parede, que pode ser tinta velha ou sangue.

— Considerando os becos nova iorquinos, até que esse não é tão ruim — ela comenta.

— Bem, contanto que não sejamos assassinadas nesse beco "não tão ruim". — Coloco a bolsa à minha frente, com o fecho voltado para fora.

— Tomara que seja o lugar certo. — Jenny empurra a maçaneta, mas a porta não abre. Ela dá um passo para trás e leva o celular à orelha. — Estou aqui fora.

Ouço passos apressados do lado de dentro, e então a porta se abre.

— Jenny! — Jaewoo diz, sem fôlego.

Seu cabelo está mais longo e caindo sobre os olhos despretensiosamente. Ele abaixa o celular devagar, sem desviar o olhar de Jenny.

Espero que ela se jogue nele, mas Jenny permanece imóvel. Viro-me e vejo que ela está... corada. Está com vergonha? Que irritante. Empurro-a e ela cai nos braços de Jaewoo.

Enquanto eles ficam de namorico, verifico o beco para ver se não fomos seguidas e depois entro no restaurante, fechando a porta atrás de mim.

Estamos na escada de serviço, e há vários caixotes empilhados contra a parede à direita. À esquerda, há uma escada de concreto. Vejo Ji Seok ali em cima. Ele acena a cabeça para mim antes de desviar o rosto, respeitando a privacidade do casal. Suspiro. Quando foi que passei a me identificar mais com o empresário do xoxo?

— Min Sori, quanto tempo.

Jaewoo abre o braço para mim. Há pouco tempo, tínhamos a mesma altura, e agora ele está tão alto que apoia a cabeça brevemente sobre a minha antes de me soltar.

— Hoje era pra ser a *minha* noite com Jenny — digo, dando um passo para trás. — Nunca vou te perdoar. — Estou meio falando a verdade, meio brincando.

Ele copia meu tom sério:

— Tenho uma dívida vitalícia com você. — Então abre aquele sorriso que mexe com os corações das fãs do mundo todo. — Está com fome? Vamos entrar.

Ele nos conduz pela escada, e Ji Seok faz uma reverência para nós.

— Olhe só o que Sori me deu — Jenny diz, mostrando os itens da sacola de compras para Jaewoo.

— Fiquei surpreso por ela não te dar um ursinho de pelúcia. — Ele dá risada.

— Sabia que você estava em Nova York — Ji Seok fala ao meu lado —, mas não pensei que fosse te ver.

Apesar dos membros do xoxo e eu termos contratos com a mesma agência, não há razão para os nossos horários coincidirem. Nossas vidas são inteiramente separadas. Pergunto-me por um instante se ele vai contar para minha mãe sobre esse encontro, mas afasto o pensamento depressa — Ji Seok pode até ser funcionário da Joah, mas sua lealdade é com o grupo.

Entramos por uma porta lateral e atravessamos um longo corredor ladeado por salas privativas. Conforme nos aproximamos da maior, minhas mãos começam a suar. Enfio-as bem fundo nos bolsos do casaco.

Por causa da turnê e do tempo que passei em Singapura, não vejo Nathaniel desde que terminamos a escola — nunca passei tanto tempo sem vê-lo. Os meses depois do término foram... difíceis. Começamos a namorar em segredo quando tínhamos dezesseis anos, antes de Nathaniel estrear. Mas, logo depois, uma foto nossa vazou, resultando em um escândalo que quase arruinou a carreira deles. Pela insistência dos nossos superiores, inclusive minha mãe, decidimos mutuamente terminar.

Foi a decisão certa. xoxo virou um dos maiores grupos do mundo, e mesmo que eu não esteja nesse nível, tenho um futuro na indústria se eu decidir seguir em frente, o que não teria sido o caso se Nathaniel e eu tivéssemos ficado juntos.

Respiro fundo quando nos aproximamos da porta. Apesar dos primeiros meses depois do término terem sido bem difíceis, conseguimos terminar a escola como amigos. Afinal, já éramos amigos *antes* de namorar.

Não há motivo para ficar nervosa agora. O nervosismo sugeriria que ainda existem sentimentos, e isso *não pode* ser possível. Porque se ainda estou apaixonada por Nathaniel Lee do xoxo, terminar com ele provavelmente foi a pior decisão da minha vida.

Jaewoo abre a porta de correr. Há uma mesa de madeira com churrasqueiras a carvão embutidas, cadeiras estofadas de um lado e uma cabine do outro.

— Min Sori? — A voz grave chama minha atenção para o canto da cabine, onde Sun, o líder do xoxo, está recostado casualmente na parede. — Que surpresa.

Ele está usando uma camiseta larga, e seu cabelo comprido está preso, deixando o rosto marcante à mostra. Jenny diz que Sun parece o supervilão de algum videogame, mas sempre achei que ele tem mais cara de algum príncipe da dinastia Joseon.

— Sun-oppa — digo. Embora Jaewoo, Nathaniel e eu treinássemos juntos na Joah, conheço Sun há mais tempo. Sendo neto do presidente do Grupo tk, nos encontramos em banquetes suficientes para toda uma vida. — Eu estava jantando com Jenny quando Jaewoo ligou.

— Entendi — ele fala.

Relaxo um pouco depois dessa curta interação. Conheço todos os meninos desde que estávamos no fundamental. Sim, *agora* estamos mais velhos, mas não há razão nenhuma para tratá-los diferente.

Sun desvia o olhar para alguém atrás de mim, e minha nuca começa a formigar feito uma faísca de eletricidade contra minha pele.

— Sori. — É a voz *dele*. — Por que é preciso cruzar o mundo inteiro pra te ver?

Controlo a expressão antes de me virar.

Quando ergo a cabeça para encontrar os olhos escuros de Nathaniel, meu estômago dá uma cambalhota.

Sei que é quase meia-noite e ele está saindo de duas noites consecutivas de shows em Nova York, mas ele está *indecente*, como se tivesse acabado de se levantar da cama. Seu cabelo está tingido de azul-escuro para o ciclo de ações promocionais do *comeback*, e algumas mechas cobrem as sobrancelhas.

— Você pode me ver a qualquer hora — digo, enfiando o cabelo atrás da orelha. É um tique nervoso, mas preciso fazer algo com as mãos. — Moramos na mesma cidade.

Seus olhos seguem meu gesto e voltam para o meu rosto, e uma expressão estranha toma suas feições.

Mas é só por um instante, e logo sua atenção se desvia para Jenny, que terminou de cumprimentar Sun.

— Ei, Jenny Go. — Toda a sua postura muda, e aquela covinha famosa se acentua. — Não tem vergonha de invadir nosso jantar desse jeito?

— De todos os restaurantes que vocês poderiam escolher em Nova York, decidiram por um coreano. — Ela imita seu tom provocativo. — Não vão voltar pra Seul daqui uns dias?

— O que posso dizer? — Ele ergue as mãos em um gesto impotente. — Coreanos sempre vão procurar um restaurante coreano, não importa o país em que estejam.

— Curti o cabelo.

— O conceito foi gângster classudo. Um oxímoro, não acha?

— Não se você for Won Bin — ela diz, fazendo referência a *Ajeossi*, seu filme favorito da vida.

— O personagem dele não era um gângster, Jenny — Nathaniel intervém. — Ele era das forças especiais.

— Mesma coisa. — Jenny dá de ombros.

— Não é, não!

Minha cabeça fica indo de um para o outro enquanto eles falam um inglês rápido. Meu peito se aperta mais a cada segundo.

Jaewoo se coloca entre eles, pegando a mão de Jenny.

— Não precisamos ficar lembrando Jenny das celebridades que ela curte.

Ela se acomoda na cabine ao lado de Jaewoo, e Nathaniel se senta na frente deles.

— Você conta? — ele brinca.

Ji Seok se senta na frente de Sun, e me resta o lugar do meio, ao lado de Nathaniel.

— Onde está Choi Youngmin? — pergunto em coreano.

Jenny disse que todo mundo estaria aqui, e não há sinal do *maknae* do XOXO.

— Ele tinha lição de casa, então foi pro hotel — Jaewoo responde.

Eu tinha esquecido que o caçula do grupo ainda estava na escola.

— Logo vai ser você — Sun diz, pegando um copo de cerveja.

Fico surpresa de vê-lo bebendo, já que estamos nos Estados Unidos, mas depois me lembro que ele acabou de fazer vinte e um. Então percebo com quem ele está falando.

Viro-me para Nathaniel.

— Você voltou a estudar?

— Você parece surpresa.

Sempre pensei que se algum membro do XOXO fosse fazer ensino superior, seria Jaewoo, que sempre tirava as melhores notas na escola.

— É só inesperado — digo.

Nathaniel, que estava esticando o braço para pegar um copo d'água, fica imóvel. Me dou conta tarde demais de que ele deve ter levado a mal meu comentário, pensando que minhas expectativas eram tão baixas que eu acharia totalmente chocante o fato de ele ir para a universidade.

— Você nunca gostou de estudar — falo baixinho.

Ele pega o copo d'água.

— As pessoas mudam. — Ele leva o copo à boca e toma um longo gole.

Eu o magoei. Sei disso sem que ele precise falar, porque seus ombros murcham um pouco. Quero perguntar o que ele está estudando, mas sinto que perdi o direito. Pego um feijão preto com os palitinhos[1], enfiando-o na boca.

— Então você veio pra *Fashion Week*? — Ji Seok pergunta, alheio à estranheza entre Nathaniel e eu. — Já passeou na cidade? É sua primeira vez aqui, né?

Jaewoo levanta a cabeça, me encarando do outro lado da mesa. Ji Seok se tornou o empresário dos meninos *depois* daquele verão que passei em Nova York com Jaewoo e Nathaniel.

— Andei ocupada com os desfiles e não tive tempo de fazer nada — digo, respondendo as primeiras duas perguntas.

— Sori não é impulsiva — Nathaniel fala. — Não como Jenny.

Minhas bochechas, que já estavam quentes da outra interação, ficam mais quentes ainda. O que é que significa *isso*?

Jenny franze o cenho.

— Como assim sou impulsiva?

— Você se mudou pra Coreia por causa do Jaewoo.

— Nossa — Jenny fala, seca. — Não consigo nem entender uma afirmação tão falsa como essa.

Uma batida na porta os interrompe e uma mulher que nunca vi na vida entra.

Ji Seok assume o modo empresário, se colocando de pé para bloquear a passagem dela.

— Posso ajudar?

Ela se inclina para o lado para olhar além dele.

— Eu estava na área VIP do show, meu nome é Jeon Sojin. Sou filha do CEO da Hankook Electric, Jeon.

Ela não precisa dizer mais nada. A Hankook Electric é uma das principais acionistas da Joah Entertainment.

Ji Seok hesita — nesse segundo, é como se eu pudesse ver meia dúzia de pensamentos passando por sua cabeça — e depois faz uma reverência. Sun olha para mim, registrando a verdade irrefutável: xoxo não pode se dar ao luxo de ofender a filha do CEO Jeon.

Sun também se levanta e faz uma reverência.

— Por favor, quer se juntar a nós?

---

1 N. da E.: Na Coreia, pauzinhos, palitinhos ou hashis são normalmente feitos de metal e chamados de jeotgarak [젓가락 ou 'Cheot-garak'].

Os outros membros seguem seu líder e o imitam. Jenny franze o cenho, confusa do porquê de todos cederem a essa mulher mal-educada que interrompeu nosso jantar. Mas situações assim acontecem o tempo todo na nossa indústria. Temos que agradar pessoas com poder, cuja influência pode beneficiar a empresa ou até ser catastrófica, se elas se ofenderem.

Sojin gesticula para um garçom colocar uma cadeira ao lado de Nathaniel e aceita uma garrafa de *soju* e dois copinhos de shot de outro garçom, pelo visto tendo feito o pedido anteriormente.

— É difícil falar com você, hein. Enviei presentes pra sua agência, presentes *caros*, e você nunca nem os usou ou respondeu com uma mensagem. — Fica claro que ela não é tão fã do xoxo, mas está inapropriadamente interessada em Nathaniel. — Não mereço um pouco de gratidão?

— Obrigado — Nathaniel responde, brincalhão e sério ao mesmo tempo.

Ao meu lado, Ji Seok estremece com o tom dele, que não é exatamente amigável. Nathaniel nunca recebeu esses presentes — é contra a política da agência aceitar qualquer outra coisa além de cartas dos fãs.

Sojin contrai os lábios. Não sei como ela imaginou o desenrolar das coisas, mas provavelmente não foi assim, com Nathaniel rejeitando friamente seus avanços.

— Jihyuk-ssi — Sojin se recompõe e desliza a garrafa e um copo na direção de Nathaniel. — Vamos compartilhar uma bebida.

— Ele não tem idade suficiente — Ji Seok protesta.

— Ah, shhh. — Ela estala a língua. — Na Coreia ele tem.

Alguém bufa com desdém. Todos congelam e se viram para Jenny.

— Como se atreve...? — Sojin solta, irritada, e depois se interrompe. Percebo na mesma hora o que Sojin já notou. Jenny está tão perto de Jaewoo que seus ombros estão se tocando. Ela se afasta depressa, mas é tarde demais. Sojin abre um sorrisinho.

— Você estuda na Escola de Música de Manhattan? — ela pergunta.

É uma dedução bastante fácil — o nome da instituição está gravado no moletom de Jenny.

— Sim — ela responde baixinho e está tão insegura que sinto minha pulsação acelerar.

— Que instrumento você toca? — Sojin insiste. — Acho que já te vi antes. Qual é seu nome?

Jenny abaixa o boné e curva os ombros. Jaewoo cerra o punho em cima da mesa, estreitando os olhos, e *sei* que está prestes a dizer algo que não devia.

— O que te trouxe a Nova York? — Nathaniel tenta trazer a atenção de Sojin de volta para si, mas ela está mais interessada em Jenny agora, claramente gostando de deixá-la desconfortável.

— Sabe, garotas como você não deveriam agir tão descaradamente, se exibindo desse jeito. É meio sem-vergonha.

Algo estala dentro de mim feito um foguete explodindo. *Jeon Sojin, quer ver quem é sem-vergonha?*

Ajeito-me na cadeira e tiro o casaco, algo que evitei fazer até agora para não chamar muita atenção. Já não é mais o caso. Sojin fixa o olhar em mim ou, mais especificamente, no meu body, bem justo nos ombros e no peito. Devagar, deslizo a mão pelo encosto da cadeira de Nathaniel, deixando a ponta dos meus dedos tocarem suas costas. Ele se vira com os olhos levemente arregalados.

— Você não prestou atenção em mim a noite toda — falo, manhosa, com a voz arrastada. Apesar de nunca ter estudado seriamente para ser atriz, cheguei a ter aulas de atuação como *trainee*. Baixo meus cílios antes de levantar os olhos para ele. — É como se eu nem estivesse aqui.

Nathaniel se recupera rapidamente e entra na minha. Sem jamais desviar os olhos escuros dos meus, ele diz:

— Eu nunca me esqueceria que você está aqui.

Meu coração dispara e quase perco o foco. Ele é *bom* nisso.

Tento me concentrar, torcendo para ter lido Sojin corretamente e deflagrar suas próprias inseguranças e inveja com o desconforto que *eu* estou causando *nela*.

— Senti sua falta — sussurro, aproximando a outra mão da sua em cima da mesa.

Ele nem hesita e vira a mão para cima. Quando pouso minha mão na sua, ele fecha os dedos e sinto seu calor descer até minha barriga.

Estou feliz que seja ele. Aqui comigo. Não há ninguém em quem eu confie mais para fazer isso, ninguém com quem eu me sentiria segura o suficiente para sequer tentar. Não importa o que somos um para o outro, ainda formamos um belo time.

— Também senti sua falta — ele diz, mas não está mais olhando para mim.

De repente, Sojin se levanta, derrubando a garrafa de *soju*. Nathaniel solta minha mão para pegá-la antes que caia.

— Esqueci que tenho uma reunião de trabalho muito importante de manhã. — Ela não olha para ninguém. — Com licença.

E antes que qualquer um possa se levantar para cumprimentá-la, ela já sai pela porta.

Recolho o braço quando ela sai, afundando no assento, aliviada.

— Você realmente a intimidou a ponto de fazê-la ir embora? — Jenny fala, com a voz cheia de admiração. — Gi Taek ficaria orgulhoso.

Dou risada. Nosso colega da Academia de Artes de Seul, Hong Gi Taek, apoiaria minha maldade.

— Legal, Min Sori — Jaewoo fala.

Sun faz um joinha do seu canto.

Levo um susto quando Nathaniel puxa a cadeira para trás.

— Acho que aquele *soju* me pegou — ele fala.

Ninguém parece notar quando ele sai, com Sun e Jaewoo se perguntando como Jeon Sojin os encontrou no restaurante, e Ji Seok se desculpando profusamente com Jenny.

Nathaniel volta e a noite segue como se nunca tivéssemos sido interrompidos. Depois, saímos pelos fundos em duplas, com Sun e Ji Seok na frente, seguidos por Jenny e eu, e Jaewoo e Nathaniel por último. Eles estão todos vestidos com casacos enormes, chapéus e máscaras, o que seria bem cômico se não estivesse nevando lá fora.

Estou abraçando Jenny — não sei quando vamos nos ver de novo — quando Nathaniel chama meu nome na rua.

— Sori.

Ele está segurando a porta de um táxi para mim. Corro até lá. Há gelo negro na calçada, então seguro a mão que ele me oferece. Tenho a ligeira sensação de que ele aperta minha mão de leve, falando perto do meu ouvido — "Mande mensagem pra Jenny quando chegar no hotel" — antes de fechar a porta e dar uma batidinha no carro, produzindo um baque alto. Enquanto nos afastamos, viro-me no assento para observá-lo pela janela embaçada, até que ele é engolido pelas luzes.

Três

Obrigada por avisar que chegou bem no hotel. Leio a resposta de Jenny ao sair do chuveiro, enrolada em um roupão macio.

Me jogo na cama e tiro as pantufas antes de escrever para ela. Trocamos mais algumas mensagens até que ela para de responder e sei que acabou pegando no sono.

Espero meu corpo e minha mente relaxarem, mas, assim como nas últimas noites, permaneço teimosamente acordada. Apesar de ser mais de meia-noite em Nova York, meu corpo parece achar que é fim de tarde em Seul.

Pego o celular de novo. Abaixo da conversa com Jenny está a mensagem que a secretária Park me mandou sobre o voo de amanhã, e abaixo *dessa* há uma mensagem da secretária Lee, funcionária do meu pai, marcando uma visita à casa da minha avó daqui a duas semanas. Tiro um *print*, procuro a conversa com minha mãe — faz mais de um mês que nos falamos — e anexo a imagem. Sempre ríamos dos absurdos da família do meu pai — minha tia faz Jeon Sojin parecer um anjo. Mas hesito na hora de enviar a mensagem.

Ultimamente, a relação entre minha mãe e a família dele ficou mais... tensa. Talvez uma mensagem assim só serviria para lembrá-la de que eles apenas a cortaram de suas vidas. Apesar do meu pai ser o motivo da separação, eles sempre vão culpar minha mãe.

Apago o *print* e, em vez disso, escrevo para a secretária Lee falando que estarei lá na hora marcada.

Jogo o celular na cama de dossel e enfio a cara no travesseiro. Quem sabe, se eu ficar assim por tempo suficiente, consigo enganar minha mente e convencê-la de que estou dormindo. Só que o efeito parece ser o oposto. Na escuridão, tudo o que vejo são lembranças da última vez que estive em Nova York. Não era inverno, mas verão. Caminhar de chinelo no calçadão com os dedos sujos de açúcar. Observar Nathaniel correndo para mim com um sorriso alegre e triunfante no rosto e uma vaquinha de pelúcia nas mãos. Dar risada com Jaewoo em uma pizzaria, com ele e Nathaniel de um lado da mesa, a vaquinha e eu do outro. Talvez seja por causa dessa última lembrança, mas de repente estou fora da cama, vestindo o moletom e enfiando o celular e a carteira no casaco.

Trinta minutos mais tarde, um táxi me deixa na Joe's Pizzeria, localizada em Flushing, Queens.

Fico olhando para o letreiro luminoso piscando na rua tranquila. Através das janelas de vidro fosco, um homem de meia-idade franze a testa enquanto faz suas palavras cruzadas. Joe, talvez?

Entro no restaurante, fazendo o sininho acima da porta tocar. Enquanto me aproximo do balcão, meu coração acelera, sabendo que vou ter que fazer o pedido em inglês. Apesar de ser fluente em japonês e falar um pouco de francês e mandarim, inglês sempre foi difícil para mim. Pego uma nota de vinte dólares, uma das várias que a secretária Park trocou no banco de Seul para mim antes da viagem.

— Uma fatia, por favor — falo devagar, caprichando na pronúncia. Os *Fs* são particularmente complicados.

Joe assente, pegando o dinheiro e me devolvendo o troco correspondente.

— Você não é daqui?

Estremeço. Será que ele percebeu meu sotaque?

— Desculpe. — Ele coça a cabeça. — Isso não foi muito legal. Conheço a maioria dos jovens da área, especialmente os que aparecem essa hora da noite, e nunca te vi aqui antes.

— Eu... — Procuro as palavras. — Visitante.

— Ah, sim, sua família mora aqui? Tem uma população grande de coreanos nessa região. — Ele coloca um copo alto de papel no balcão com o logo da Pepsi na lateral. — Por conta da casa.

Pego o copo e vou até a máquina de refrigerante. Depois de enchê-lo com Pepsi diet, fico esperando Joe terminar de esquentar a pizza no forno.

O óleo já está encharcando o prato de papel quando me acomodo na cabine. Limpo um pouco da bagunça com vários guardanapos e depois pego a fatia com cuidado.

Uma lembrança domina o momento: Nathaniel e Jaewoo estavam sentados à minha frente. "Experimenta", Nathaniel falou todo animado. "Juro que se a pizza do Joe não te convencer de que a pizza de Nova York é a melhor, nada mais vai."

Dou uma mordida, como fiz aquele dia. O sabor é...

Bom, mas não é como a pizza coreana, que é muito mais macia — do jeito que eu gosto. Não tem nem milho. Mesmo assim, como tudo.

Do lado de fora, um carro passa na rua, jogando lama na calçada. Um cachorro late em algum lugar do bairro. Eu devia voltar para o hotel. Se minha mãe ou a secretária Park, ou até a secretária Lee, decidirem verificar minha localização, vou ter muito o que explicar. É só que...

O verão que passei em Nova York trouxe uma das semanas mais felizes da minha vida, mesmo que o motivo da viagem não tenha sido exatamente positivo. Ao voltar aqui, queria sentir pelo menos uma lasquinha desses sentimentos de novo. Porém, ficar sozinha em uma pizzaria fria em uma noite de inverno não está exatamente evocando emoções quentinhas.

O sino da porta ressoa quando outra cliente entra no restaurante.

— Uma pizza de queijo pra mim, Joe — uma jovem mulher diz. Sua voz é baixa e melódica. — Uma dessa do balcão já está bom.

Viro-me para dar uma olhada na nova freguesa, mas ela está de costas. Está usando uma jaqueta de couro e seu cabelo tem um corte estiloso tipo bob.

— Aqui está, Naddy. — Joe desliza uma caixa de pizza no balcão. — Leva tudo pra casa pra dividir com a família.

Enquanto a mulher pega a carteira, me levanto para jogar o lixo fora.

— Sori?

Olho para cima e me deparo com ela me encarando, e me dou conta... enfim a *reconheço*. É a irmã mais velha de Nathaniel, Nadine.

— É você *mesmo* — ela diz, abrindo um sorriso largo. — O que está fazendo aqui?

— Eu... — Estou tão chocada que cuspo o primeiro pensamento que me vem à mente. — Queria pizza.

Ela parece incrédula.

— No Queens? — Ela balança a cabeça. — Quero dizer, o que está fazendo nos Estados Unidos?

Quais são as chances de eu trombar com alguém que conheço e esse alguém ser uma das irmãs de Nathaniel, entre todas as pessoas do mundo? Então me lembro que *estamos* perto da casa dos pais deles.

— Vim pra *New York Fashion Week* — digo. — Não pra desfilar — esclareço, corando. — A *Dazed Korea* me convidou. É uma revista.

— Que incrível, Sori. — Ela estica o braço para me dar um tapinha no ombro. — Estou orgulhosa de você. — Sinto o calor se espalhar pelas minhas bochechas. — Onde você está ficando? — ela pergunta em coreano.

Falo o nome do hotel reservado pela revista.

Ela franze o cenho.

— É em Midtown, não é? Você veio de carro?

Assinto, suspeitando para onde vai sua linha de questionamento.

— Você não pode voltar sozinha a essa hora. É melhor dormir em casa, eu te levo pro hotel amanhã de manhã.

— Não precisa — protesto.

— Não adianta discutir comigo. Vou dar uma de *Eonni*. Posso não ser a irmã mais velha entre as minhas irmãs, mas sou mais velha do que *você*. Venha.

Ela acena para Joe e caminha porta afora sem nem esperar para ver se a estou seguindo.

Quando saio da pizzaria, ela sorri para mim antes de seguir em um ritmo acelerado pela calçada. Me apresso para acompanhá-la, fechando o casaco até o pescoço.

— Está voltando de algum lugar? — pergunto, soltando baforadas no ar gelado.

— Estava em um bar — ela fala, enquanto seus coturnos fazem barulho na neve. — Ainda bem que minha mãe não está em casa, senão ela *surtaria*.

Nadine tem vinte e um, é três anos mais velha que Nathaniel e eu. Mesmo quando era mais nova, eu já a achava superadulta. Ela só usava preto e discutia fervorosamente com a mãe e as irmãs, para então cair na gargalhada poucos minutos depois, e ela tinha uma namorada, que levava para jogar *Mario Kart* com a gente no porão. Passei pouco tempo com a família de Nathaniel, mas ela — e as outras irmãs — deixaram uma impressão marcante em mim.

Quando chegamos, me pergunto quantas das irmãs de Nathaniel estão em casa. O imóvel verde-acinzentado tem três andares, incluindo o porão. A garagem inacabada está repleta de carros estacionados de ré até o meio-fio.

Nadine sobe os degrauzinhos da varanda e abre primeiro a porta contra tempestades, depois enfia uma chave na fechadura da porta da frente. Ela a abre e gesticula para que eu entre. Caminho na ponta dos pés pelo hall coberto de dúzias de sapatos, jogados desordenadamente no chão. Sinto uma vontade avassaladora de arrumá-los. Tiro as botas e as deixo ao lado, contra a parede.

Uma luz se acende na sala ao lado, iluminando o espaço aconchegante com uma televisão e um sofá em L. Há um relógio de pêndulo com algarismos romanos no hall de entrada, e fico chocada ao ver que são quase duas horas da manhã.

— Aí não — Nadine sussurra quando sigo para a sala de estar, pulando em um pé só enquanto abre o zíper da segunda bota. — Você pode dormir no quarto de Nathaniel.

Fico perplexa.

— Não, eu...

— Não tem problema. — Ela abana a mão. — Ele não está aqui. Ele está dormindo na suíte que a agência reservou pra turnê.

Eu *sei* disso, mas acho estranho dormir na cama do quarto de infância do meu ex-namorado. Só que, como antes, Nadine se recusa a argumentar e praticamente me empurra escada acima para o primeiro quarto à esquerda.

— Os lençóis devem estar limpos — ela diz, acendendo a luz. — Tem escova de dente nova no banheiro e toalhas no armário do corredor.

Devo parecer perdida, parada ali no meio do quarto, porque sua expressão suaviza.

— É bom te ver de novo, Sori. Nathaniel contou que vocês terminaram. Ficamos frustradas, claro, mas entendemos que vocês tomaram essa decisão juntos. — Ela dá um passo para trás e boceja. — Enfim, vou te levar pro seu hotel amanhã cedinho. Às oito está bom?

— Sim — digo. Acho que vou ter tempo suficiente para arrumar a mala a tempo de encontrar o motorista da limusine. — Obrigada... — hesito — ... *Eonni*.

Ela sorri.

— Boa noite, Sori.

Ouço seus passos pelo corredor e depois o clique de uma porta se fechando.

Estou sozinha. No quarto de Nathaniel.

Em uma estante, exibindo troféus de beisebol e álbuns de fotos, um relógio do Pikachu marca os segundos. Seus livros são todos em inglês. Pego um porta-retrato com uma foto de Nathaniel, Jaewoo, Sun e Youngmin. Jaewoo está com o braço no ombro de Nathaniel de um lado, e Sun e Youngmin o abraçam do outro lado. Deve ter sido tirada alguns anos atrás, antes do *debut*.

Coloco o porta-retrato de volta e sigo para o corredor na direção do banheiro. Depois de escovar os dentes pela segunda vez esta noite, vou até a cama, levanto os lençóis e me enfio ali embaixo.

Mas, assim como no hotel, não consigo pegar no sono. Me levanto de novo, preocupada de passar *a noite toda* em claro, e abro o armário de Nathaniel. Sei que estou bisbilhotando, mas preciso...

Em uma prateleira na altura dos meus olhos, vejo um ursinho de pelúcia. Seus olhinhos são botões pretos e ele tem uma gravata borboleta. Pego-o e volto para a cama. No mesmo instante, a tranquilidade que procurei a noite toda me domina. A cabecinha macia dele se encaixa perfeitamente debaixo do meu queixo. Ele cheira a limpeza, sabão em pó.

Estou caindo no sono, e uma névoa maravilhosa vai preenchendo minha mente. Como se estivesse num sonho, ouço um ruído distante conforme a porta da frente se abre, depois o rangido das escadas seguidos de passos no corredor. A luz se acende, se espalhando pelo quarto. Estreito os olhos contra a súbita claridade.

— Sori? — Nathaniel fala, parado no batente. — O que está fazendo na minha cama?

Quatro

— É Bearemy Baggins? — Nathaniel pergunta, apontando para o ursinho de pelúcia apertado contra meu peito.

— Encontrei no armário — falo, na defensiva.

Me sinto um pouco zonza, e não sei se é porque acordei num susto ou pela presença dele. Não lembro qual foi a última vez que ficamos sozinhos juntos, provavelmente quando ainda estávamos namorando. Tento substituir o garoto de dezesseis anos que ele era pelo de dezoito parado na minha frente, mas é impossível. Ele mudou muito, pelo menos fisicamente. Ele sempre foi atlético, mas ficou corpulento, e a suavidade da meninice se foi. Está todo vestido, mas as camadas de roupas não são suficientes para esconder que, debaixo da camiseta e do suéter, seus ombros são largos, e seu peito, forte. Agarro-me mais ainda em Bearemy.

— O que está fazendo aqui? — ele finalmente pergunta, e eu respiro fundo.

— Não estava conseguindo dormir, então decidi comer uma pizza, daí lembrei do Joe's de quando te visitei naquele verão, mas, enquanto eu estava lá, trombei com Nadine, que não me deixou pegar um táxi de volta pra Manhattan a essa hora, e acabei aqui na sua casa.

Encaro-o. Ele me encara de volta.

— Você nem gosta da pizza de Nova York — ele diz.

Esse é o comentário dele sobre a minha explicação tão prolixa.

— Não é pizza de verdade. Não tem nem milho nem batata-doce.

— Sori, isso é uma coisa boa.

Nathaniel se vira de leve, sobressaltado por um barulho no corredor. Ele entra no quarto e fecha a porta.

E agora estamos sozinhos de *portas fechadas*. Ele deve ter se dado conta também, porque desvia os olhos um pouco arregalados.

Sigo seu olhar até o sutiã preto pendurado no encosto da cadeira, que eu tirei e joguei ali displicentemente antes de me enfiar na cama. Meu corpo fica quente de uma só vez. Seus olhos disparam de volta para mim e logo desviamos o olhar de novo. O relógio do Pikachu ressoa alto, contando cada segundo. Por um instante, tenho a esperança de que tudo isto seja só um sonho terrível, mas nem meu subconsciente seria tão cruel.

Meu celular vibra na mesa de cabeceira, e eu praticamente mergulho para pegá-lo.

É uma mensagem da secretária do meu pai, com um texto bastante detalhado e longo.

— Está tudo bem? — Nathaniel pergunta quando termino de ler tudo. Sua voz está calma e controlada.

— Vou almoçar com a minha avó na casa dela.

— Ah — ele diz, e depois acrescenta educadamente: — Parece... legal? — Ele deve se lembrar de que a mãe do meu pai não é exatamente a avó mais gentil e amorosa do mundo.

— A secretária do meu pai especificou que tipo de roupa devo usar: algo elegante, condizente com "a única filha de um futuro candidato presidencial". Um fotógrafo vai estar presente na propriedade pra tirar fotos pra uma matéria que vai sair junto com a nova campanha publicitária do meu pai.

Nathaniel solta um assobio baixo.

— Você e Sun são tipo aqueles ricos dos dramas — ele diz, tentando aliviar o clima.

Balanço a cabeça.

— Sun está em um nível totalmente diferente. Ele é *chaebol*.

Ele ergue a sobrancelha.

— E você não é?

— Meu pai é deputado e minha mãe é CEO da Joah Entertainment. Nenhum dos dois possui conglomerados.

— Só isso? — ele fala, seco.

Ele tem um sorrisinho no rosto, mas quando olha para o lado, seu sorriso desaparece.

Aqui estou eu, falando sobre as diferenças entre os ricos na Coreia e reclamando da minha família abastada quando os pais dele são donos de uma lavanderia. Não que não seja um trabalho respeitável, mas eles estão muito longe de serem multimilionários. Ainda assim, conseguiram ajudar as quatro irmãs dele a irem para a universidade *sem* contar com os rendimentos de Nathaniel com o xoxo, pois sei que se recusaram a aceitar dinheiro dele.

Ele limpa a garganta.

— Eu devia ir. Você precisa dormir. Vai voltar pra Coreia amanhã, né?

— Juro que não sabia que você ia vir pra cá hoje. — A culpa faz minha voz falhar. — Se eu soubesse, nunca teria vindo com Nadine.

— Sori, tudo bem. — Seu tom é gentil e bondoso.

Lembro de quando ele me colocou no táxi algumas horas atrás. Ele faz tanto por mim e sinto que estou sempre me intrometendo em sua vida. Naquele verão, ele me convidou para sua casa porque eu precisava fugir da minha vida na Coreia por algumas semanas. Ele está sempre me dando tanto, e eu não lhe dou nada de volta. Posso ser rica, mas o generoso é ele.

— Claro que Nadine insistiu pra você vir — ele diz. — Sem chance de nenhuma das *minhas* irmãs deixar você voltar pro hotel a essa hora da noite. — Ele parece tão orgulhoso que não consigo evitar um sorriso. — E você não tinha como saber que eu viria. Nem eu sabia meia hora atrás, quando pensei que seria legal fazer uma surpresa pra elas. A piada é por minha conta. Fui eu que acabei tendo uma surpresa.

— Então deixa eu dormir no sofá, pelo menos — falo, afastando os lençóis.

Mas ele já está seguindo para a porta, com a mão na maçaneta.

— Minhas irmãs me matariam se eu te deixasse dormir no sofá. De qualquer forma, você já tomou conta das minhas coisas.

Franzo o cenho, sem entender. Ele levanta o queixo para Bearemy Baggins, que eu ainda estou estrangulando.

— Boa noite, Sori.

Ele apaga a luz antes de fechar a porta. Fico ali deitada, ouvindo seus passos pelo corredor e o rangido das escadas conforme ele desce os degraus. Não me parece possível, mas uma hora acabo adormecendo.

***

Na manhã seguinte, o murmúrio de vozes da cozinha no andar de baixo me acorda. Pego o celular e percebo que ele está completamente morto. Depois de lavar o rosto no banheiro, vou para a escada, mas paro no meio do caminho quando ouço a voz rouca de sono de Nathaniel.

— Onde estão nossos pais?

Dou uma olhada lá embaixo e vejo que ele está sentado no sofá, com o cabelo azul todo bagunçado e espetado em todas as direções.

— Estão visitando *Halmeoni* e *Harabeoji* em Toronto — Noemi, a segunda irmã mais velha, responde. Ela está usando um uniforme colorido, sentada em uma das duas poltronas na frente do sofá. — Mamãe vai ficar brava por ter perdido você aqui.

Eles estão falando em inglês, e preciso me concentrar para entender as palavras. Ouço barulho vindo da cozinha, assim como um forte aroma de bacon fritando.

— Você falou que não conseguiria vir nesta viagem — Noemi comenta em tom de censura.

— Fiquei tão feliz por ver todas vocês no show do seu único irmãozinho — Nathaniel reclama em voz alta.

— Ah, não tem de quê — Natalie fala, a terceira irmã, sentada com as pernas esticadas na outra poltrona, lendo um livro.

— Se queria que a gente fosse, devia ter arranjado ingressos — Nadine diz atrás de mim. — Bom dia, Sori. — Sigo-a timidamente pelas escadas, indo para a sala de estar.

— Te acordamos? — Noemi pergunta, erguendo a cabeça para mim. — A gente às vezes exagera de manhã. Dormiu bem? — Ela muda do inglês para o coreano por minha causa.

— Dormi bem — respondo, e é verdade. A noite passada foi a melhor da viagem toda, apesar de terem sido poucas horas.

— Como Bearemy Baggins dormiu? — Nathaniel fala arrastado. — Não morreu de asfixia?

— Você deixou Sori dormir com Bearemy? — Natalie ergue os olhos do livro. — Você nem me deixava tocar nele quando a gente era pequeno.

— Você *ainda* é pequena — Nathaniel diz, atirando uma almofada nela. Ela se defende com o livro.

— O que tem de café da manhã? — pergunto, inclinando a cabeça para a cozinha. — Que cheiro delicioso.

Vejo uma estação com tomadas universais na parede e coloco o celular para carregar entre os vários dispositivos.

— Panqueca! — Nadine diz, me seguindo para a cozinha. — E ovos, bacon, salsicha e batatas.

— Sori come café da manhã coreano — Nathaniel diz. — Arroz, sopa e vegetais.

Nadine abre a geladeira.

— Temos *kimchi*. Mas talvez fique estranho com panqueca.

— Não, por favor. Eu adoro panqueca! — Dou risada.

— Bom dia, Sori. — Nicole, a irmã mais velha de Nathaniel, sorri para mim do fogão, e eu faço uma reverência depressa.

— Vou querer *kimchi* — Natalie fala, puxando uma cadeira para se sentar na mesa.

As outras irmãs também se acomodam, e Nathaniel e eu nos sentamos no lugar dos pais deles, nas pontas da mesa retangular. Me preocupo se elas vão achar estranho comer com a ex-namorada do irmão ali no meio, mas é como se eu nem estivesse ali, o que é exatamente o que me deixa à vontade. A conversa é animada, e eles ficam trocando do inglês para o coreano. Eles falam por cima uns dos outros, dão risada, se interrompem, se provocam. É difícil entender as palavras, mas não ligo, feliz por estar ali.

— *Eonni*, pode me passar os ovos? — digo.

As quatro irmãs se viram para mim. Eu estava falando com Noemi, que está mais perto dos ovos, mas todas esticam o braço para me oferecer o prato.

— Quer mais panqueca, Sori? — Nadine pergunta em inglês.

— Coma mais bacon, Sori-yah — Nicole fala em coreano.

Noemi se levanta para servir um ovo no meu prato, e Natalie me oferece *kimchi*.

— Que bom que fiquei invisível — Nathaniel reclama em inglês, antes de trocar para coreano. — Sori, quer suco de uva? — Sua cadeira desliza contra os azulejos enquanto ele se levanta e vai até a geladeira. — O que aconteceu com o suco de uva?

— Está na geladeira de fora — Nadine responde, sem se virar.

Ele sai da cozinha e vai até a garagem. Elas ficam em silêncio até ouvirem a porta dos fundos bater. Então todas recomeçam a falar juntas.

— Sori, que bom que você está aqui.

— A gente pensou que não fosse mais te ver depois...

— Aquele verão que você ficou com a gente foi o melhor.

— Nadine vai estudar em Seul na primavera. Eu ficaria muito mais despreocupada se ela conhecesse alguém na cidade além de Nathaniel.

Viro-me para Nicole, que acabou de falar, e depois para Nadine.

— Você não me contou nada ontem! Sim, por favor, fale comigo quando chegar lá. Vou te levar pra fazer compras. — É o mínimo que posso fazer depois de toda a gentileza que sua família teve comigo.

Ela sorri.

— Eu vou adorar. Qual é o seu número?

Ela está anotando meu contato quando Nathaniel volta com o suco de uva.

Depois do café da manhã, sou enxotada da cozinha para que Nathaniel e Natalie possam cuidar da limpeza. Após se despedirem rapidamente, Nicole e Noemi saem correndo porta afora — Nicole vai deixar Noemi na clínica antes de seguir para a escola em que trabalha. Nadine se esparrama no sofá ao meu lado e fica mudando o canal da TV. Sento-me de pernas cruzadas sob um cobertor que Noemi colocou nos meus ombros antes de sair, segurando o copo de suco de uva.

Meu peito está quentinho. Preciso sair logo para chegar no hotel a tempo, mas *quero* ficar mais. Também me senti assim da última vez. É como se, mesmo que por um curto período, eu fosse parte de uma família, um lar.

— Oh, o canal coreano — Nadine diz, finalmente escolhendo um. — Nossos avós ligam nesse canal toda manhã quando vêm nos visitar.

Na tela, há um apresentador sentado em uma mesa de redação, e o cenário de fundo mostra a capital nebulosa, Seul.

— *Ontem à noite, por volta das seis da tarde, o deputado Min foi flagrado saindo de uma suíte de hotel...*

Me ergo no sofá, derrubando o cobertor dos ombros. O programa mostra uma gravação noturna de um homem de óculos de sol saindo de um hotel.

— É... o meu pai.

— Espere, está falando sério? — Nadine aumenta o volume.

— *Ele estava acompanhado por uma mulher não identificada, mas que não era sua esposa, Seo Min Hee, CEO e fundadora da Joah Entertainment.*

— Sori...

Em transe, coloco o copo na mesa lateral e me levanto para pegar o celular da tomada. Depois que ele liga, recebo uma enxurrada de mensagens e ligações perdidas das secretárias dos meus pais. Minhas mãos estão tremendo tanto que derrubo o aparelho, que cai no chão da cozinha. Estico o braço para pegá-lo, mas Nathaniel se adianta e o pega primeiro.

— Você está bem? — ele pergunta baixinho, me oferecendo o celular.

Não sei o que responder. Estou chateada. Chocada. *Constrangida*.

— Eu... preciso ir pro hotel. Tenho que fazer as malas.

— Eu te levo — Nadine diz. — Natalie, pegue as coisas da Sori.

— Sinto muito — Nathaniel fala quando elas saem, e sei que ele está se lembrando do motivo de eu ter vindo para cá aquele verão.

Eu estava sofrendo bullying e sendo excluída da turma por causa dos casos extraconjugais do meu pai. Minha mãe não podia se divorciar porque ele tinha muitas ações na empresa dela. E ele também não podia se divorciar dela, não se quisesse ser presidente um dia. Não importava que eles se odiassem, que não dormissem mais no mesmo quarto. A essa altura, meu pai já havia se mudado e morava na cobertura de um hotel. Mas, de alguma forma, informações sobre a nossa vida privada vazaram, e todos na escola descobriram.

Eu desabei nesta mesma sala na manhã em que tivemos que ir embora. Eu não queria voltar para a Coreia. Queria ficar aqui, com a família dele, com *ele*.

Olhando para Nathaniel agora, é quase ridículo como nossas vidas são diferentes. Ver meu pai no noticiário é como receber um balde de realidade gelada direto na cabeça. Fui boba de ter vindo aqui. Preciso ir embora. Porque, quanto mais tempo se fica dentro de um sonho, mais difícil é acordar.

Sou tomada pela tranquilidade. Minhas mãos param de tremer. Esta é a minha vida — a vida que me foi dada, mas também a que eu escolhi. Um carro buzina do lado de fora. Nadine.

— Tchau, Nathaniel — digo, me virando para ele.

Natalie me entrega meu casaco e abre a porta para mim. Desta vez, sei que, depois que eu sair desta casa, não vou mais voltar.

Cinco

A primavera em Seul é uma das minhas épocas favoritas do ano. Brotos surgem nas árvores e os vários parques da cidade ficam exuberantes com a vegetação e muitas flores. Um vendedor de rua me oferece um morango enquanto espero o ônibus, e compro uma caixa, colocando-os no fundo da sacola de compras reutilizável. O ônibus chega e vejo que ele não está tão cheio. Sento-me perto da janela, abrindo-a para sentir a brisa.

Já se passaram mais de dois meses desde o escândalo, e a equipe de relações públicas do meu pai está trabalhando dia e noite para limpar o nome dele. Logo depois que a notícia saiu, seu time soltou uma declaração alegando que a mulher na foto era sua assistente, que estava trabalhando até tarde na sua campanha. Tudo isso *são* mesmo fatos, apesar de detalhes importantes terem sido deixados de fora. Ele deu uma coletiva de imprensa no dia seguinte e respondeu perguntas de jornalistas com minha mãe ao seu lado, e a *presença dela* fez mais pela sua imagem que qualquer declaração. Se Seo Min Hee, ícone de estilo, empresária e "Mulher do Ano" apoia o marido, claramente aquela reportagem era exagerada.

Por sorte, *eu* não tive que participar, pois estava em algum lugar do Pacífico nessa hora. Só que, desde então, tenho que comparecer em alguns eventos em família, incluindo o almoço de hoje.

Desço na parada de Cheongdam e vejo que a rua está repleta de cerejeiras cor-de-rosa, então faço uma pausa no caminho do restaurante para tirar uma foto embaixo de uma delas. Publico-a com um emoji de flor de cerejeira.

Meus pais já estão na mesa quando chego no enorme restaurante parisiense localizado no térreo do Sowon Hotel. Pela postura tensa deles, sei que não trocaram uma palavra além de cumprimentos iniciais. Faço uma reverência e um dos garçons puxa uma cadeira para mim.

— Ah, Sori-yah — meu pai começa enquanto me sento.

Com seus cinquenta e tantos anos, meu pai é um homem bonito, em boa forma, e seus cabelos pretos têm respeitáveis mechas grisalhas. Inclinando-se sobre a mesa, ele coloca a mão em cima da minha. Atrás de nós, ouço os cliques rápidos do obturador de uma câmera. Ele levanta a mão e os cliques param.

— Você parece bem. É tão difícil te ver.

— Você a viu outro dia no campo de golfe — minha mãe diz, pegando sua taça de champanhe. — Ou você não percebeu, com todas aquelas esposas de políticos te bajulando?

Ah, estava demorando. Queria ter uma taça de champanhe também, mas me contento com a água.

Minha mãe tem mais de quarenta anos, é linda e refinada, e está usando um terno Celine e batom vermelho. A maioria das mulheres com o seu status e riqueza decide fazer cirurgia plástica, mas ela não quis. Ela tem rugas no rosto e as ostenta com elegância.

— Sori-eomma — meu pai a repreende. — Só quis dizer que estou com saudade. Sori está sempre tão ocupada.

O garçom volta e meu pai pede a comida sem nem perguntar nossa opinião.

— De qualquer forma, Sori não devia gastar o tempo dela com a sua campanha política — minha mãe diz. — Ela precisa continuar treinando se quiser debutar este ano. Estou planejando algo pra ela.

Meu coração vai parar na boca. Ainda não falei para ela que não quero mais debutar. Depois do escândalo do meu pai, seria mais uma traição — só que pior, porque não tenho o hábito de decepcioná-la.

— Treinando? — meu pai desdenha. — Ela devia estar gastando o tempo dela de um jeito mais produtivo. *Idols* não têm respeito.

— Eu era uma *idol* — minha mãe fala, bebendo seu champanhe.

Seo Min Hee foi uma *idol* da primeira geração, junto com Lee Hyori da FIN.K.L. e Eugene da S.E.S. Ela estava no auge da carreira quando conheceu meu pai e eles começaram a namorar. Quando ficou grávida de mim, eles se casaram e ela se aposentou dessa parte da indústria.

Minha mãe nunca disse em voz alta, mas às vezes me pergunto se o motivo de ela querer que *eu* seja uma *idol* é porque o sonho *dela* foi interrompido.

— Sori-yah — meu pai continua como se minha mãe nunca tivesse falado. — Esqueci de te contar, mas gostaria que você conhecesse alguém.

A culpa no meu estômago se transforma em pavor. Desde a formatura, meu pai tem me arranjando encontros com os filhos de seus amigos influentes, na esperança de que eu namore e até me case com um deles. A frequência desses encontros diminuiu depois do escândalo. Estava torcendo para que eles parassem de uma vez. Olho para a minha mãe em busca de ajuda, mas ela está remexendo a salada.

— O nome dele é Baek Haneul. A mãe dele tem vários restaurantes em Seul, assim como em Daegu e Ulsan. Vou pedir pra secretária Lee marcar uma data pra vocês se conhecerem.

— Sori pode encontrá-lo — minha mãe intervém —, mas só se tiver tempo entre as aulas de dança.

De vez em quando, sinto que estou no meio do campo de batalha da guerra entre os meus pais.

— Sim, *Abeoji.*

A comida chega, mas perdi o apetite. Como já discutimos os assuntos mais importantes, passamos o resto da refeição praticamente em silêncio, tecendo comentários ocasionais sobre a qualidade dos alimentos.

Quando terminamos, meu pai limpa a garganta e fala:

— Há boatos de que a Joah está com dificuldades financeiras. Te avisei pra não ficar ambiciosa demais. Você pode acabar perdendo a empresa.

Levanto os olhos do *parfait* para a minha mãe.

— É verdade?

É a primeira vez que ouço que a agência está com problemas. As últimas notícias eram que a Joah estava em uma trajetória ascendente, tendo adquirido a Dream Music, outra empresa do ramo do entretenimento, além de ter finalizado toda a documentação para a reforma de um novo prédio para a sede da Joah. Minha mãe vai receber o prêmio Trailblazer no EBC Awards deste ano, um dos mais prestigiados do nosso setor, por causa do sucesso da Joah.

— Você não devia prestar atenção nos boatos, Sori-abeoji — ela fala em um tom severo. — Não é verdade.

Quero lhe perguntar mais coisas, mas fico quieta na frente do meu pai. Posso ser o campo de batalha no qual meus pais guerreiam, mas me recuso a lhes dar armas para usar um contra o outro.

Ele paga a conta e saímos do restaurante para o saguão do hotel. Nossos sapatos fazem barulho contra o piso de mármore. Começou a chover quando estávamos lá dentro, e os funcionários do hotel se apressam para abrir guarda-chuvas escuros e gigantes sobre as nossas cabeças enquanto os carros param na calçada. A secretária Lee dirige o carro importado do meu pai. Faço uma reverência junto com minha mãe enquanto ele entra no banco de trás. Depois faço uma reverência para ela conforme entra em seu veículo elegante.

O funcionário do hotel sinaliza para um dos táxis luxuosos esperando os hóspedes em fila, mas balanço a cabeça.

Pego um morango da bolsa, coloco-o na boca e levanto a bolsa sobre a cabeça para sair correndo na chuva.

Seis

Três dias depois, ainda está chovendo quando a Joah manda uma van me buscar para fazer uma participação em um programa de rádio da EBC chamado *Show da Woori e do Woogi*. Quando entro, a secretária Park já está no veículo olhando para o tablet e falando baixo em seu bluetooth. Aceno para o motorista pelo retrovisor, prendendo o cinto de segurança enquanto ele manobra lentamente pela rua estreita da minha casa, localizada no topo da colina.

Depois de algumas curvas, passamos pela lojinha de conveniência da esquina onde minha mãe costumava me levar para comprar sorvete depois da escola, antes que o sucesso da sua agência demandasse toda a sua atenção. Uma trabalhadora abre a porta de costas e sai com uma cesta de guarda-chuvas de sete mil wons. Aproximo o rosto da janela. No alto, nuvens cinzentas pairam acima da cidade.

A van segue para o sul, atravessando a ponte até Gangnam, e ficamos paradas no trânsito perto do centro de transmissão. Eu me recosto no assento e fico navegando nas redes sociais enquanto a chuva bate na janela.

Jenny publicou um carrossel uma hora atrás. As fotos são da semana passada, tiradas em um museu em Nova York onde ela deve ter se apresentado com alguns colegas. A maioria mostra as exposições, mas a última é uma linda foto dela. Quem a tirou capturou um meio sorriso. Ela parece feliz e viva. Uma emoção pesada e desconfortável se aloja no meu peito, então viro o celular para baixo no meu colo.

A secretária Park levanta a cabeça do tablet.

— Algum problema?

Faço que não com a cabeça e fico olhando para as placas borradas na rua.

Faz mais de uma semana que não falo com Jenny. Sei que ela está ocupada. Ela tem um monte de aulas e Jaewoo e seus novos amigos de Nova York, além daquele teste. Gi Taek e Angela, nossos amigos da escola, diriam para eu só *falar* para ela que estou com saudade, mas não quero atrapalhá-la, sabendo que ela está estressada. É melhor lidar com minhas emoções sozinha.

O motorista consegue escapar do trânsito e estaciona na garagem da EBC quinze minutos adiantado. O centro de transmissão fica em um prédio alto e multiuso, com estúdios nos andares superiores e um estúdio de som no andar de baixo, onde os programas musicais semanais são gravados.

— Bem-vinda! — Woori, a apresentadora, nos cumprimenta enquanto a secretária Park e eu entramos na espaçosa sala de espera saindo do elevador do quinto andar.

Ela é uma cabeça mais baixa que eu, com bochechas redondas e cabelo cor-de-rosa.

As outras convidadas do programa já chegaram e estão sentadas em um sofá de couro macio. Elas se levantam depressa quando me apresento:

— Meu nome é Min Sori — falo depois de fazer uma reverência rápida. — Sou modelo e *trainee* da Joah.

Uma garota alta e esbelta com uma franja elegante retribui minha reverência.

— Meu nome é Tsukumori Rina. Sou *trainee* da Neptune, apesar de ter debutado no Japão... — Ela para de falar e abre um sorriso triste, insinuando que é *complicado*.

Sorrio de volta, me perguntando se ela conhece Angela e Gi Taek, que também são *trainees* da Neptune. Mas antes que eu possa perguntar, a segunda garota se apresenta:

— Sou Lee Byeol, atriz da KS Entertainment. Eu já debutei. Vocês devem conhecer o meu drama, *Flor da primavera*.

— É uma adaptação daquela *web novel*? — pergunto.

Nunca ouvi falar do drama, mas já li a *web novel*. Só que não é um dos meus favoritos. Não sou muito fã do tema "amor à primeira vista". Prefiro romances à segunda vista.

Mas tenho curiosidade em saber mais sobre adaptações, pois logo Sun vai estrelar a adaptação de uma *web novel* bastante popular, uma fantasia romântica.

— É sim — Byeol fala, franzindo o nariz. — Por favor, fale pros seus amigos assistirem.

Entramos no estúdio de gravação, onde um dos irmãos de *Show da Woori e do Woogi* está falando com o produtor. Ele tem a mesma altura de sua gêmea, cabelo azul-acinzentado e usa óculos de armação hexagonal. Depois que nos apresentamos, ele explica como vai ser o programa. O roteiro é o padrão para programas de rádio com celebridades — Woori e Woogi são músicos indie. Entre as músicas que eles vão tocar, vamos ter sessões curtas para os ouvintes perguntarem nossa opinião sobre assuntos variados e depois de uma hora, vamos jogar um jogo curto.

Cada uma das convidadas deve se posicionar nos assentos diante dos apresentadores. Deixo que elas decidam onde querem se sentar antes de me acomodar ao lado de Rina. Os apresentadores e o produtor nos mostram como usar os fones de ouvido, os microfones e explicam que, quando estivermos no ar, tudo o que dissermos será transmitido ao vivo no rádio.

Respiro fundo para me acalmar. Esta é minha primeira vez como convidada em um programa de rádio ao vivo, mas já ouvi centenas de programas como esse e sei o que esperar.

O produtor começa a contagem regressiva:

— Cinco... quatro... três... — Então ele sinaliza com os dedos: — *Dois... um...*

— Bem-vindos ao *Show da Woori e do Woogi!* — os gêmeos falam juntos.

— O tema do episódio de hoje é estrelas em ascensão — Woori diz —, e temos três incríveis talentos aqui no estúdio: a atriz estreante, Lee Byeol, a *trainee* Rina e a modelo Min Sori!

— Vamos dar as boas-vindas às convidadas! — Woogi bate palmas.

Nos apresentamos antes de atender a primeira ligação. É uma mulher mais velha perguntando como fazer para a filha dela se concentrar nas tarefas da escola e parar de perseguir *idols*.

Lee Byeol diz que a filha deveria começar a assistir dramas como *Flor da primavera*. Atrás da janela da sala de controle, o empresário dela faz dois joinhas.

Depois é a vez de Rina, e ela sugere timidamente que a mulher leve a garota para ver seus *idols* favoritos em eventos para fãs.

— C-como uma espécie de incentivo para que ela faça as tarefas.

— Você quer que eu suborne minha filha? — a mulher retruca, fazendo Rina ficar vermelha feito um pimentão.

— E você, Sori-ssi? — Woogi pergunta. — Que conselho daria para essa ouvinte?

— Será que eu poderia falar diretamente com a filha dela? — pergunto.

Os olhos de Woogi se arregalam atrás das lentes, mas ele assente.

— Sim, claro.

— Querida — digo, já que não sei seu nome. — Entendo que você quer ficar perto dos seus *idols* favoritos porque eles te fazem feliz, mas existem outros jeitos de apoiá-los sem precisar segui-los por aí. Um jeito é o que Rina-ssi sugeriu — acrescento, e Rina sorri para mim, agradecida. — Mas, e esta é só minha opinião, a melhor forma de demonstrar amor para os outros é demonstrando amor por você mesma. — Jenny me disse isso uma vez quando estudávamos na AAS. *Você precisa ser forte, saudável e feliz por si mesma antes, para poder oferecer qualquer coisa aos outros.* — Acho que seus *idols* favoritos ficariam mais felizes sabendo que foi vendo-os indo atrás dos sonhos deles que você decidiu ir atrás dos seus.

Woori assente, satisfeito.

— Adorável, Sori-ssi.

Me sinto um pouco boba dando conselho para alguém que não deve ser tão mais nova que eu, mas também não vou falar para ela fazer a lição de casa. Seria hipócrita.

Depois disso, há um intervalo musical, e um assistente nos oferece um copo d'água.

— Estou fazendo certo? Nunca estive em um programa de rádio antes — Rina fala, mexendo na franja.

Fico pensando antes de responder, refletindo sobre o motivo de ela ter perguntado isso. Seria fácil dizer que sim e deixar por isso mesmo, mas...

— É normal ficar nervosa — digo com gentileza —, mas não precisa correr pra responder as perguntas. Pode tomar seu tempo e responder com confiança.

Ela pisca para mim algumas vezes, então um sorriso vacilante se espalha pelo seu rosto.

— Sim, vou fazer isso. Obrigada!

Percebo a secretária Park me observando através da janela. Ergo a sobrancelha, mas ela balança a cabeça, como que dizendo "Não é nada".

Uma hora não é muito, e logo estamos na última parte do programa.

— Hoje vamos jogar... — Woori faz uma pausa dramática. — Rufem os tambores, por favor.

Woogi bate os dedos no microfone.

— A Pessoa Mais Famosa nos seus Contatos!

— Não! — Rina e Byeol dão gritinhos, protestando de brincadeira.

Solto um suspiro discreto. Não me surpreende que os apresentadores — ou melhor, o produtor — tenham escolhido esse jogo. É uma forma de mostrar outras celebridades além das convidadas e ganhar mais ouvintes. Para as convidadas, é uma chance de se gabar dos seus amigos famosos. Quanto mais famoso o amigo, mais influência se tem, e se a relação for próxima, é ainda mais impressionante.

— Vamos deixar Rina-ssi ir primeiro — Woogi diz. — Rina-ssi, quem é a pessoa mais famosa nos seus contatos?

— Talvez Nini-san? — ela fala, citando uma artista de um grupo novato de *idols* japonesas.

Nini atende no segundo toque.

— Rina-chan! — ela berra, arrancando gargalhadas dos apresentadores.

Lee Byeol liga para seu colega de elenco no drama, que por acaso também é um *idol*. A conversa deles é educada e breve — eles claramente não são próximos. Mas como ele é um ator popular, o número de ouvintes online aumenta, e o chat ao vivo — visível em um monitor na parede — recebe muitos comentários. Observo Woori e Woogi trocando olhares com o produtor.

— Agora é sua vez, Sori-ssi — Woogie pede.

— Como vocês sabem — começo, falando devagar para dar um efeito dramático —, sou da Joah Entertainment... — Posso não querer ser atriz, o que não significa que eu não curta uma cena.

— A casa do xoxo! — Woori exclama. — Você tem o número de Bae Jaewoo?

Woori está me entregando todo o jogo.

— Tenho, sim — digo. Depois esclareço para não espalhar falsos boatos: — Ele é um *Seonbae* muito confiável para todos da agência.

Com isso, todos no estúdio suspiram e eu sorrio, satisfeita com minha escolha. Eu sabia desde o começo que ligaria para Jaewoo. Não só porque ele é popular, mas porque ele vai saber todas as coisas certas a dizer. Ele é minha opção mais segura.

— Devo ligar pra ele? — provoco.

Ofereço o celular com o contato de Jaewoo já engatilhado. A chamada se completa e começa a tocar.

E tocar.

E tocar e tocar. Então ela é interrompida, e ouvimos "Essa pessoa não pode aceitar a chamada...".

Há um breve silêncio e Rina me olha com pena. Sou a única convidada cujo amigo famoso não atendeu a ligação.

— Ah, bem, está *tarde* — Woori fala para me consolar. — E eles acabaram de voltar de Paris, né?

A turnê mundial que começou vários meses atrás finalmente terminou em Paris na noite passada. O grupo deve ter voltado para Seul logo depois do último show.

— Ainda temos alguns minutos, então vamos tentar outra pessoa — Woogi diz.

Ele pega meu celular, que ainda está na mesa, e começa a percorrer meus contatos. Estremeço diante da invasão de privacidade; ele deve estar desesperado para segurar os ouvintes. Os números subiram rapidamente com a menção a Jaewoo, mas baixaram depressa quando ficou claro que ele não ia conseguir participar do programa.

Woogi continua vasculhando meus contatos, e o número de ouvintes vai caindo a cada segundo. Penso em ligar para o meu instrutor de dança, que não é exatamente uma celebridade, mas trabalhou como coreógrafo e dançarino de algumas das maiores estrelas.

— Que tal...?

— "Namorado"? — Woogi lê.

Um murmúrio se espalha pelo estúdio. Os olhos de Woogi se arregalam quando ele percebe que falou em voz alta. Uma sensação congelante se espalha pelo meu corpo enquanto percebo o que aconteceu.

— Esse número é antigo — falo depressa.

Nos encaramos por um instante antes de Woogi desviar o olhar para o produtor. Na tela, o chat explode com comentários. Ele decide ligar. A chamada começa a tocar.

E tocar e tocar. Suspiro de alívio.

E então ouvimos um clique.

— Alguém atendeu — Rina sussurra no silêncio.

Até que...

— Sori? — Nathaniel fala com uma voz arrastada de sono.

Woori e Woogi endireitam a postura.

— Olá — Woogi diz. — Posso perguntar com quem estamos falando?

Olho para a secretária Park depressa, querendo que ela pare com isso. Se Nathaniel disser seu nome, vai ser um desastre. xoxo nunca vai se recuperar desse escândalo.

— Quem é? — Nathaniel pergunta, em vez de responder.

— Ele é esperto — Woori murmura baixinho.

— Você conhece essa voz? — Byeol fala para Rina. — Por que é que ela me parece tão familiar?

— Aqui é Woogi do *Show da Woori e do Woogi*. Estamos com Min Sori. Mas, por favor, fale quem você é.

— Por que não tenta adivinhar? — Nathaniel sugere, parecendo mais desperto. Ouvimos um rangido, como se ele tivesse se sentado na cama.

— Você é o "Namorado" nos contatos de Min Sori — Woori diz.

Olho para ela. Se eu não estivesse tão ansiosa, estaria mortificada.

Há uma longa pausa.

— Sei.

— Por quê? — Woogi pergunta, claramente tentando pescar alguma informação.

— Por que não pergunta para ela? — Nathaniel fala.

Mesmo no meu estado atual, admito que o jeito como Nathaniel desvia de cada pergunta é impressionante.

— Você parece cansado — Woori comenta. — Estava dormindo? Ainda não é nem hora da janta.

— Estou indo jantar — Nathaniel mente.

É óbvio que ele estava dormindo e que a ligação o acordou. Porque, sendo membro do xoxo, ele *acabou* de chegar de Paris.

— Precisamos cortar para os comerciais — o produtor sussurra fora do microfone.

— Bem, parece que nosso tempo acabou — Woori diz, com uma voz lamentosa. — Você vai ter que permanecer um mistério, "Namorado".

Nathaniel responde com uma risadinha e depois desliga.

Enquanto tocam a propaganda de um aplicativo de entregas, o produtor abaixa o volume e se aproxima de cabeça baixa. Ele olha para a secretária Park na janela, que o fuzila com o olhar.

— Espero que você perdoe nosso... entusiasmo. Dobramos o número de ouvintes no final, comparado com o começo, e isso só de ouvintes on-line. Vamos ter que esperar para ter os números completos, mas, graças a você, eles devem ser *bastante* satisfatórios.

— Claro — digo, abrindo um sorriso.

Já está feito e, além do meu orgulho, ninguém se feriu.

Lee Byeol e Rina se juntam a mim enquanto saímos do estúdio.

— Quem era, Sori-ssi? — Byeol pergunta. — O garoto nos seus contatos?

— Era meu primeiro namorado — falo, com uma voz casual. — Da escola. Ele não é uma celebridade.

Dizem que é bom incluir algumas verdades quando se conta uma mentira.

— Ah — Rina diz, sonhadoramente. — Ele deve ter ficado surpreso de receber uma ligação sua. Talvez ele te ligue depois.

— A gente seguiu em frente. É melhor deixar primeiros amores onde eles pertencem. — Abano a mão no ar. — No passado.

Rina assente avidamente.

— Você é tão sábia, Sori-ssi.

Lee Byeol me observa com uma expressão pensativa.

— Não é uma celebridade, né? Que estranho, a voz dele me parecia tão familiar.

Sete

Passo o resto da semana me lembrando do momento em que Woori falou para Nathaniel que ele era o "Namorado" nos meus contatos. Sou pega de surpresa — na esteira, no chuveiro — pensando na resposta dele: "Sei".

O que ele sabe? É humilhante pensar que ele *acha* que ainda estou sofrendo por ele. Pego o ursinho de pelúcia mais próximo na minha cama e enterro o rosto nele.

— Sori-yah? — *Ajumma* chama do andar de baixo. — Min Sori, está acordada?

Solto o ursinho, saio da cama e abro a porta.

— *Ajumma*?

— Desça! O café da manhã está pronto!

Corro para o banheiro para escovar os dentes e lavar o rosto. Já deixei o look de hoje separado ontem, então visto rapidamente a blusa branca com babados e o jeans azul-claro. Enquanto fecho a porta do quarto, meus olhos voam para a suíte master no final do corredor. É o quarto da minha mãe, mas faz mais de um mês que ela não dorme aqui porque está sempre viajando a trabalho ou passando a noite na agência.

Penso em fazer uma mala com roupas para levar para ela. Será que ela está comendo direito? Pelo menos, quando ela volta para casa, ela come bem, pois *Ajumma* fica falando que ela precisa comer, e é uma das poucas pessoas que minha mãe ouve — já que, antes de cuidar de mim, *Ajumma* cuidou *dela*.

Coloco as pantufas de ficar em casa que estão na base da escada e atravesso a entrada para a sala de jantar. Apesar de estar cedo, o lustre ilumina uma variedade de pratos que minha governanta dispôs sobre uma mesa comprida.

Puxo a cadeira e me sento, admirando a fartura. Em volta de um pequeno peixe grelhado servido em uma cama de alface há dúzias de vegetais em conserva e frescos. Na minha frente, há uma tigela de sopa de bife e rabanete, várias porções de arroz grosso e fofinho e um pratinho que contém um ovo perfeitamente estrelado.

— Obrigada pela comida — digo antes de pegar os palitinhos de metal para cortar um pedaço do ovo e colocá-lo na boca.

— Hum — *Ajumma* fala em aprovação, se sentando do lado oposto. — Coma bastante.

Ajumma tem sessenta e tantos anos e eu a conheço desde que nasci. Minha família costumava ter um motorista, mas meu pai levou o sr. Kim consigo quando foi embora.

Minha mãe ficou com *Ajumma* e a casa. Meu pai ficou com *Ajeossi* e o carro. E eles me dividiram.

Como sempre, há apenas um lugar arrumado na mesa comprida. Pedi para *Ajumma* se juntar a mim nas refeições, mas ela se recusa. Está tudo silencioso quando estendo meus pauzinhos sobre a mesa e minha colher tilinta levemente na borda da tigela. Não pela primeira vez, me lembro daquela manhã na casa de Nathaniel, quando ele e as irmãs tinham que passar uns por cima dos outros para pegar os pratos, preenchendo o ar com sua conversa animada.

— Sori? — Ergo a cabeça e me deparo com *Ajumma* me observando com as sobrancelhas franzidas. — Você parece cansada. Está dormindo bem?

Quando não estou sonhando com aquele momento constrangedor no programa de rádio, sonho com Nova York — não só com aquela manhã na casa de Nathaniel, mas com a noite anterior, em que o vi no restaurante pela primeira vez em vários meses. No começo foi estranho, porque não sabíamos como agir um com o outro, mas depois trabalhamos juntos para proteger Jenny, e mais tarde ele ficou brincando comigo na casa da família, e foi como ter um vislumbre de antes, quando éramos amigos.

— Estou bem. Vou pra cama mais cedo.

Ela estala a língua, claramente insatisfeita.

— Vou ver Gi Taek e Angela hoje — falo para distraí-la.

Funciona, porque sua expressão se ilumina no mesmo instante. Ela conheceu Angela e Gi Taek quando eu os trouxe em casa, e ficou agradecendo-os por serem meus amigos. Gi Taek gosta de me lembrar desse episódio sempre que possível. Ela também conheceu Jenny, que ficou comigo no verão, quando não estava com os avós. Peguei *Ajumma* nos observando com lágrimas genuínas de alegria nos olhos. É meio constrangedor, mas não posso culpá-la. Antes de Jenny, que veio junto com Gi Taek e Angela, eu não tinha amigos *de verdade*. Bem, além de Nathaniel e Jaewoo.

— Falando nisso, preciso sair logo pra não atrasar. — Apoio os palitinhos no descanso próprio para isso.

— Sim, claro! Você não pode deixá-los esperando.

Sentindo uma onda súbita de afeto e gratidão, dou a volta na mesa para dar um beijo em sua bochecha.

— Obrigada pela comida — digo.

— Doce de garota — ela diz, dando tapinhas nas minhas costas. — Sempre.

* * *

— Sori! — Angela me vê do outro lado da cafeteria e sai contornando as mesas depressa, segurando a boina na cabeça para impedi-la de voar.

Depois de um abraço, ela se joga na cadeira acolchoada à minha frente.

— Onde está Hong Gi Taek? — pergunto.

Era para eles virem juntos. Essa cafeteria fica a uma estação de metrô da Neptune Entertainment, onde eles são *trainees*. Gi Taek foi contratado logo depois de se formar.

Seus olhos se arregalam enquanto ela se vira.

— Ele não está atrás de mim?

Dou risada.

— Ele deve ter parado em alguma loja enquanto você não estava olhando.

Ela me encara com um sorriso.

— Tinha um Olive Young na frente da estação.

— Estive em um programa de rádio com uma pessoa da sua agência — falo para ela depois de fazermos nossos pedidos no balcão e voltarmos para a mesa com nossas bebidas. — Tsukumori Rina.

— Rina! — Angela exclama. — Ela é um amor.

— Oun, não digam que estão falando de mim de novo? — Gi Taek puxa uma cadeira ao lado de Angela, pegando a bebida que ela comprou para ele e levando-a à boca vermelho-cereja.

— Sim, Hong Gi Taek. Estávamos mesmo nos perguntando quando você ia dar o ar da graça.

— Acabei me distraindo — ele diz, pegando a bolsa. — Comprei um presente... — ele leva a bolsa ao peito — ... pra mim!

Reviro os olhos.

— Vocês deviam aparecer lá em casa. Minha governanta quer ver vocês dois.

— Lembra quando ela nos agradeceu por sermos seus amigos? — Gi Taek dá risada. Acho que ele nunca vai deixar isso passar.

— Não — finjo ignorância. — Ela agradeceu, é?

A manhã e a tarde passam voando enquanto nos atualizamos sobre o que temos feito desde a última vez que nos vimos. Vamos para um outro café, e depois para um terceiro. Terminamos jantando no Subway.

— Que saudade da Jenny! — Angela diz antes de dar uma grande mordida no seu sanduíche de atum.

— Talvez ela tenha nos esquecido — Gi Taek diz, girando o canudinho. — Agora que ela tem amigos chiques em Nova York.

Sei que ele está brincando, mas também penso isso de vez em quando. Meu celular vibra e eu o pego depressa.

— Jenny? — ele pergunta.

Balanço a cabeça.

— É minha mãe. — Leio a mensagem rapidamente. — Ela quer que eu vá pra Joah amanhã cedinho.

Gi Taek e Angela trocam olhares. Contei para eles que decidi não me tornar mais uma *idol* quando voltei de Nova York. Eles ficaram tristes, já que esse era um sonho que nós três compartilhávamos, mas acabaram me apoiando. Angela até derramou algumas lágrimas.

— Você *ainda* não contou pra ela? — Gi Taek fala.

— Queria saber como ela vai reagir. Sinto que esse é o *sonho dela* pra mim há muito mais tempo do que eu mesma sonho com isso.

— Você precisa de um plano de ação — Gi Taek diz. — Você tem que oferecer a ela uma carreira melhor do que a de *idol*.

Assinto devagar.

— É uma boa, mas não faço ideia do que poderia ser.

— Você poderia ser estilista! — Angela diz. — Você sempre foi tão estilosa, Sori.

— Ou professora de dança. Lembra aquela vez que você ensinou Jenny a dançar?

Não sei se essas opções são as escolhas certas para mim, mas *seria* bom ter um plano. Minha mãe pode até ter motivos pessoais para querer que eu debutasse como *idol*, mas ela também é uma mulher de negócios. Se eu puder lhe mostrar um caminho alternativo que me faça usar meu tempo melhor — pelo menos aos olhos dela —, talvez ela não fique tão decepcionada.

— A gente devia fazer alguma coisa pra comemorar a sua decisão de conversar com a sua mãe — Gi Taek fala.

Angela assente avidamente.

Vejo um brilho familiar em seus olhos, e já sei o que ele vai responder antes mesmo de eu perguntar:

— O que você tem em mente?

— *Noraebang*! — Angela e Gi Taek falam juntos.

Oito

Pegamos o metrô para a próxima estação e escolhemos uma sala de karaokê aleatória perto da Saída 4. O lugar fica no terceiro andar de um prédio que abriga diversos negócios, incluindo um restaurante de frutos do mar no segundo andar e um salão de sinuca no quinto. Gi Taek reserva a sala por duas horas enquanto Angela e eu inspecionamos a pequena seleção de salgadinhos e refrigerantes. Trocamos um olhar breve no balcão antes de pegar o máximo de itens que conseguimos, e depois brigamos para ver quem vai pagar.

Nos amontoamos na salinha. Gi Taek agarra o controle remoto depressa, e seus dedos voam sobre os botões conforme ele coloca as primeiras músicas na fila. Angela vai direto para o pandeiro, girando-o habilmente na mão. O forte acorde de abertura de "Fantastic Baby", do Big Bang, ressoa, e percebo que vai ser *esse* tipo de noite.

O que há de especial em cantar a plenos pulmões, em uma sala minúscula, com as pessoas que você mais ama, que faz todas as suas preocupações desaparecerem? Algumas músicas cantamos juntos, outras em duetos — Gi Taek e eu cantamos uma balada que leva Angela literalmente às lágrimas — e outras sozinhos, porque todos nós curtimos um holofote ao cantar nossas músicas favoritas.

Enquanto Gi Taek e Angela canalizam Chanyeol e Punch, um brilho chama minha atenção e me viro para me deparar com o celular de Gi Taek. Pego-o.

— Hong Gi Taek! — grito, segurando o celular voltado para ele.

Ele contorna a mesa e o agarra, depois olha para a tela e leva o aparelho ao ouvido.

— Sim, *saekki* — ele fala, brincalhão. — Você demorou pra me ligar, hein.

Angela começa a cantar o rap da parte de Chanyeol e eu perco a cabeça, berrando como se estivesse sendo assassinada.

Gi Taek pressiona a mão na orelha para ouvir melhor o amigo.

— Não posso jogar agora, estou com umas amigas. Estamos em um *noraebang* perto da Saída 4. Venha.

Faço uma careta para ele. Ele está mesmo convidando um dos seus amigos *gamers* para nossa noite?

Mas ele já está revirando os olhos. Pelo visto, seu amigo recusou o convite.

— *Heol* — ele fala arrastado. — Eu sei como é. — Ele finalmente percebe que estou observando-o. — Você que está perdendo.

Nesse momento, a música de Angela termina e ouvimos as primeiras notas de "Something", de Girl's Day. Dou um gritinho e fico de pé enquanto Angela me entrega o microfone. Na mesma hora, fico de quatro, já que a coreografia começa com uns movimentos sexys no chão.

Angela grita e finge desmaiar nos sofás de vinil, e Gi Taek comemora, apesar de ainda estar no telefone.

Geralmente, eu nunca ousaria ser tão sexy, esticando os braços acima da cabeça no chão e mexendo os quadris, mas me sinto confiante e segura com Angela e Gi Taek. Além disso, é bem divertido.

— Min Sori! Min Sori! — Angela cantarola.

— Vou desligar — Gi Taek diz, atirando o celular no sofá.

Na mesma hora, a tela acende de novo, mas ele o ignora, pegando o pandeiro para me acompanhar.

O tempo passa voando e logo nossas duas horas estão quase no fim. O relógio na tela nos avisa que só temos mais quinze minutos para liberarmos a sala ou pagarmos mais tempo.

— Querem acrescentar mais uma hora? — Gi Taek pergunta.

— Sim! — Angela e eu gritamos juntas.

— E se a gente jogar um jogo? — ele sugere. — Quem tiver menos pontos vai ter que pagar.

Jenny jogou um jogo parecido com Jaewoo na noite em que se conheceram, antes de ela saber quem era ele. Fiquei surpresa quando ela me contou porque isso não é muito a cara dele. Ele não é aventureiro como Nathaniel, que sempre dava um jeito de me surpreender, me pegando desprevenida nos momentos que eu menos esperava.

— Você tem alguma ideia de quantos *noraebang* existem perto da Saída 4? — Ouço uma voz baixa e ofegante atrás de mim.

— Nathaniel! — Angela grita.

Viro-me no assento. Ele está parado na porta, de casaco fofo e jeans preto. Seu cabelo — ainda com aquele azul meia-noite — faz uma curva nas orelhas, que cintilam com seus piercings. Ele passeia pela sala e se joga no sofá gasto ao meu lado. Seu perfume amadeirado faz minha cabeça girar.

— Pensei que você estava no apartamento jogando videogame — Gi Taek fala.

Olho para Gi Taek surpresa. Então *Nathaniel* era o amigo com quem ele estava falando?

Nathaniel dá de ombros, com as mãos ainda nos bolsos do casaco.

— Minha irmã me pediu pra levar uma coisa pra ela. O dormitório é aqui perto.

Nadine. Sinto uma pontada de culpa. Ela me escreveu assim que chegou a Seul para seu programa de estudos, mas eu nunca respondi, pois estava constrangida demais por ter deixado sua casa daquele jeito depois do escândalo do meu pai.

— Então pensei: por que não dar uma passada lá pra agraciar todos com a minha presença?

— Me sinto agraciada! — Angela diz.

— Sério, não precisava — Gi Taek brinca.

Observo Nathaniel discretamente. A última vez que nos vimos foi há dois meses, na sala de estar da sua casa. Será que ele discutiu sobre o escândalo com as irmãs depois que fui embora? Eu ficaria chateada se soubesse, mas não os culparia se eles tivessem pena de mim.

— Posso pegar um desses?

Meu corpo tensiona quando Nathaniel estica o braço sobre a minha perna para pegar um refrigerante em cima da mesa. Depois de um longo gole, ele repete o gesto, desta vez para pegar um pacote de batatinhas.

Assim como aconteceu a semana toda, minha mente escolhe me lembrar que Nathaniel pode acreditar que ainda tenho sentimentos por ele. Estou morrendo de vergonha e nervosa. Não sei o que ele está pensando. E se ele me perguntar sobre o programa de rádio?

Ele se recosta e percebe que estou sentada de um jeito estranho.

— Ah, desculpa — ele fala, com um sorrisinho tímido, esfregando a nuca. — Não tem muito espaço aqui. Quer uma?

Estou com a boca seca, então molho os lábios com a língua. Preciso parar de agir assim. Se ele me perguntar sobre o programa, simplesmente vou dizer que esqueci de tirar o "Namorado" dos meus contatos, o que fiz logo depois da gravação.

— Claro. — Minha voz sai ofegante do tanto que prendi a respiração.

Ele ergue os olhos, franzindo o cenho de leve. Depois, abre as batatinhas e me oferece primeiro antes de pegar uma.

Luto para encontrar um assunto seguro para conversar enquanto me sirvo.

— E aí, videogame, hein?

— Eu estava levando um couro de um garoto — Nathaniel fala com um tom sombrio. — Acho que ele está no fundamental.

Suas palavras agitam uma lembrança.

— Lembro que no fundamental você passava o dia todo jogando. Você chegava atrasado nos treinos porque ficava acordado a noite toda. Você só se metia em problemas. — Dou risada.

— Lembro que *você* adorava ir naquela livraria de quadrinhos perto da agência, aquela que fechou, pra ler mangá o dia todo. Você gostava principalmente dos romances. Uma vez, roubei um livro seu e li em voz alta. Você ficou tão brava que não falou comigo por dias.

Agora é a vez de Nathaniel de rir.

— E ainda não te perdoei — digo, o que só o faz dar mais risada.

Nossos olhares se encontram e ele abre um sorriso torto.

Sinto a tensão se esvair dos meus ombros. Talvez eu estivesse me preocupando por nada, pois Nathaniel nem pensou no programa. Ele só está aqui porque Gi Taek o convidou e por acaso estava na área, como disse.

— Olhem! — Angela aponta para o monitor. — O dono adicionou uns minutos na nossa sala. Que legal.

— Tempo suficiente pra incluirmos mais um jogador — Gi Taek fala. — Nathaniel, está dentro?

Ele se vira para Gi Taek sorrindo.

— Não sei o que estamos jogando, mas sempre topo um jogo.

Enquanto Gi Taek explica as regras, Angela e eu damos uma olhada no aplicativo de música procurando inspirações. É mais fácil receber nota alta com melodias simples, mas não viemos aqui pelo fácil.

Gi Taek vai primeiro. Ele canta "Move", do Taemin, com coreografia e tudo. Meu coração se enche de orgulho. Depois de se formar em dança na escola, ele melhorou muito na Neptune. Eu chutaria que ele vai ser selecionado logo para integrar algum grupo e debutar em menos de um ano.

— Noventa e sete! — Angela comemora quando a nota aparece na tela, e depois percebe o que isso significa. — Nunca vamos superar essa nota!

— Você consegue, Angela! — digo, erguendo o punho. — Arrasa!

Ela escolhe uma música do Twice, que é bem difícil de cantar sozinha, pois foi pensada para nove vocalistas.

Bato palmas entusiasmadas quando a nota 94 aparece no monitor.

Então é a vez de Nathaniel. Ele se levanta e gira os ombros como se estivesse prestes a entrar em um ringue de boxe.

— Que música você escolheu? — Angela pergunta para ele, se sentando na minha frente, sem fôlego.

Ele dá uma piscadinha para ela.

— Surpresa.

Ele pega o controle e coloca a música. O título "Eyes, Nose, Lips" aparece com o nome do artista, Taeyang. Meu coração já está acelerado antes mesmo de ele levar o microfone à boca.

Nathaniel é o dançarino principal do xoxo, e também o vocalista principal depois de Jaewoo. Sua voz grave é suave e doce. Ele canta a primeira metade tentando combinar seu tom com a melodia, mas, conforme a música avança, a letra vai ficando mais profunda.

Ela fala sobre um término, sobre a saudade dos olhos, do nariz, da boca, do toque da outra pessoa. A voz dele vai ficando mais intensa. Ele não está cantando para *mim* — seus olhos nunca deixam a tela —, mas é como se cada palavra fosse sobre nós. Enquanto ele canta, lembro dos seus olhos nos meus, dos seus lábios, do seu toque. Quando ele termina, mal consigo respirar.

Cem.

Angela se levanta do assento aos berros. Seus joelhos batem na mesa e o refrigerante de Nathaniel cai, derramando na minha blusa. Fico de pé.

— Ah, não, Sori! Desculpe!

— Não tem problema. Não vai manchar. Só vou me secar rapidinho.

Pego o celular, abro a porta e fujo para o pequeno corredor. Digito o código do banheiro e entro. Por um instante, fico parada na frente da pia, esperando meu coração desacelerar.

O amor das nossas vidas

Me dou conta de que aconteceu algo parecido em Nova York, só que foi Nathaniel quem saiu da sala. Duvido que ele tenha sido dominado por sentimentos inesperados. É mais provável que ele só quisesse tirar o cheiro de álcool da roupa. Suspirando, abro a torneira e molho algumas toalhas de papel para esfregar o tecido.

Quando saio do banheiro, Nathaniel está me esperando do lado de fora.

— Você está bem? — ele pergunta, dando um passo para frente de onde estava apoiado na parede.

— Não sujou tanto.

Ele tira a jaqueta.

— Aqui, fique com isto.

Levanto as mãos.

— Não está frio.

Agora que é primavera, o clima está muito mais quente.

— Você está...

Mesmo ali no corredor mal iluminado, vejo que ele está corado. Olho para baixo e vejo que minha blusa branca está toda molhada, revelando o contorno do meu peito. Agora é *minha* vez de ficar corada. Aceito sua oferta e me embrulho no casaco.

Cantorias abafadas vazam pelas portas fechadas alinhadas no corredor. Anúncios de várias marcas de *soju* estão grudados nas paredes. De longe, alguém toca a buzina do carro.

— Sori... — Fico preocupada com sua voz rouca, mas, quando olho para cima, sua expressão está cautelosamente vazia. — Você ainda sente algo por mim?

— Eu...

Sei por que ele está perguntando isso. Depois do programa e da minha reação à sua performance no karaokê, eu também chegaria à mesma conclusão. Por um instante louco, me imagino falando que ainda *sinto* algo por ele, falando que quando seus olhos estão em mim, como agora, eu me sinto linda e perfeita. Mas... não posso.

Os motivos do término ainda não mudaram, pelo menos os que ele sabe: ele ainda é um *idol* e precisa preservar sua imagem para proteger não só a si mesmo, mas seus colegas também. Além disso, há *outros* motivos que ele nunca pode saber. Não, é melhor eliminar qualquer possibilidade de reavivar sentimentos antes que seja tarde demais.

— Não.

Ele assente, como se fosse a resposta que esperava ouvir.

— Mas *sinto* saudade — digo, porque pelo menos sobre isso posso ser sincera. Seus olhos se voltam para mim. — A gente era tão próximo quando éramos amigos.

Há um silêncio breve, e então ele fala:

— Você nunca deixou de ser minha amiga.

Meu coração parece ficar quase grande demais para o meu peito, e percebo como eu precisava ouvi-lo dizendo essas palavras.

— Acho que eu devia voltar pra casa — falo com um suspiro. — Você avisa Gi Taek e Angela?

— Sim, mas mande uma mensagem quando chegar pra eles saberem que você está bem. E... — ele me olha nos olhos mais uma vez — ... pra mim também. Você tem o meu número. — Sua covinha se acentua.

Descarado. Sua provocação sobre o programa de rádio libera a tensão que senti a semana toda.

Como é que ele faz isso? Acho que ele talvez seja a única pessoa no mundo que me irrita tanto quanto me diverte em igual medida.

— Eu devia pagar a hora extra antes de ir — falo.

Como estou indo embora mais cedo, tecnicamente perdi o jogo.

Ele abana a mão no ar.

— Não se preocupe com isso. Eu já paguei a sala.

Dou um passo em direção à saída, mas me viro para olhá-lo por cima do ombro.

— Obrigada, aliás. Por atender a ligação.

E por ter entrado no jogo. Ele não precisava ter feito aquilo — era um risco.

— Eu sempre vou atender suas ligações.

Enquanto caminho pelo corredor, ouço um clique baixinho de uma das portas se fechando.

Nove

Na manhã seguinte, a secretária Park me busca em casa para me levar para a reunião com a minha mãe. Passei a noite toda pensando no que falar, refletindo sobre a ideia de Gi Taek e Angela de oferecer um plano alternativo para ela. O problema é que não há nenhuma carreira que me desperte paixão. Eu gosto de dança e moda, mas isso não significa que quero ser coreógrafa nem estilista.

— Você sabe sobre o que minha mãe quer falar? — pergunto para ela enquanto prendo o cinto.

Ela é o braço direito de Seo Min Hee, então é a pessoa mais próxima dela — ela deve saber o que minha mãe está planejando.

— Ela me contou um pouquinho — a secretária Park fala, tendo tanto trabalho para manobrar o carro na descida do morro quanto o motorista alguns dias atrás.

— É algo que eu vou gostar?

Se bem que talvez essa não seja a melhor pergunta para fazer. A secretária Park também não sabe o que eu quero, ou pelo menos o que eu *não* quero.

Ela me olha pelo retrovisor antes de voltar a atenção para a estrada.

— É algo em que você é muito boa.

A Joah Entertainment fica no mesmo bairro da minha antiga escola. Enquanto passamos pela entrada da Academia de Artes de Seul, observo os alunos correndo pelos portões depois que uma professora verifica se os uniformes de todos estão dentro das regras. Um aluno pula em um pé só enquanto puxa a meia até o joelho, outro ajusta a gravata com uma das mãos, segurando a mochila com a outra. Eles fazem uma reverência para a professora, que acena a cabeça para os alunos.

A secretária Park estaciona na garagem do subsolo do prédio e pegamos o elevador para o primeiro andar, onde passamos pela segurança antes de entrar no saguão principal. Dali, pegamos outro elevador para o quinto andar, que possui várias salinhas de reunião.

Enxugo as mãos suadas na saia do vestido — estou usando um vestido de malha branca com botões dourados. Chique, clássico. Minha mãe vai gostar.

Ela já está na sala de espera quando chegamos, com uma jaqueta dupla de seda rosa-clara e calças justas combinando. Fico surpresa de ver que ela não está sozinha, mas acompanhada de uma garota que nunca vi antes. Ela é alta e linda, está usando jeans e uma blusa folgada com manga borboleta. Seu cabelo castanho-claro é comprido e está preso com uma grande fivela de pérola.

— Sori-yah — minha mãe fala, me olhando nos olhos. — Esta é Woo Hyemi, filha de um novo parceiro de negócios.

Entendo a mensagem. Hyemi é filha de alguém importante, alguém que minha mãe precisa impressionar.

Lembro de Jeon Sojin, a filha do CEO da Hankook Electric, que apareceu naquele restaurante em Nova York. Afasto essa lembrança e estampo um sorriso no rosto.

— Prazer em te conhecer.

Minha mãe relaxa visivelmente.

— Hyemi nasceu no Canadá, mas passou alguns verões com a família aqui na Coreia.

Observo Hyemi com mais atenção, notando a mistura de ascendência em suas feições. Ela lembra a atriz Kim You Jung, com seus olhos redondos e lábios macios.

— Minha mãe é franco-canadense — Hyemi fala com uma voz alegre e animada, e seu sotaque é adorável.

— Sabe a recente aquisição da Dream Music pela Joah...? — minha mãe começa.

A Dream Music, uma pequena empresa de entretenimento, foi adquirida pela Joah no final do ano passado, e o negócio foi finalizado no início deste mês. A companhia vai manter seu próprio CEO e equipe, mas vai seguir como uma marca sob o comando da Joah.

— Eles estavam se preparando para o *debut* do ASAP, um novo grupo feminino, no começo do ano. A aquisição acabou atrasando o *debut* em alguns meses, o que na verdade foi uma vantagem para nós, já que vamos poder adicionar algumas das nossas garotas no grupo. Sun Ye... — Sun Ye é outra *trainee* que está na Joah há tanto tempo quanto eu. — E Hyemi. — Ela coloca a mão no ombro de Hyemi. — E você.

Este é o momento que eu tanto temia, e tudo o que pensei em dizer na noite passada sumiu da minha cabeça. Não esperava que os planos do meu *debut* estivessem finalizados, nem que isso fosse acontecer... tão cedo.

— Você, claro, vai ser a líder — minha mãe continua alegremente —, já que tem mais experiência. E Hyemi vai ser a *maknae* perfeita para equilibrar o grupo. Só que, por causa de algumas circunstâncias inesperadas, precisamos adiar a data do *debut stage*, agendado para daqui a duas semanas. O que leva à parte mais importante de toda essa empreitada, o motivo de eu ter feito vocês duas se conhecerem antes de apresentar as outras.

Minha mãe foca a atenção totalmente em mim.

— Hyemi não teve nenhum treinamento formal, e preciso que você a guie para que ela esteja pronta a tempo. Ela vai precisar de ajuda para aprender a coreografia da faixa-título, assim como para se adaptar ao time. Há quatro garotas vindo da Dream e, claro, você e Sun Ye, que já estão familiarizadas uma com a outra. Mas acho que nossa Hyemi aqui vai precisar de uma ajudinha extra, não só porque não treinou tanto quanto as outras, mas também pelo aspecto da língua e da cultura...

— Podemos conversar em particular um minuto? — interrompo-a. Ela pisca.

— Claro. — Ela se vira para tranquilizar a jovem. — Hyemi-yah, vou falar com Sori e já volto.

Hyemi assente. Enquanto nos afastamos, ela olha para mim com uma expressão questionadora.

Uma vez que ela não pode nos ouvir, minha mãe não perde tempo. Sua voz volta à normalidade e ela fala daquele jeito cortado:

— Pode ser uma surpresa, mas a aquisição da Dream Music e as reformas do novo prédio foram mais caras do que o estimado pelos nossos consultores financeiros.

— Você disse que não era verdade que a agência estava com problemas. — Meu coração se aperta.

— *Não* é verdade. O pai de Hoo Hyemi prometeu um investimento considerável. — Ela faz uma pausa significativa. — Com a contrapartida de sua filha debutar como *idol*.

Agora a imagem toda está começando a se formar: por que o envolvimento de Hyemi é tão fundamental para o sucesso do ASAP — o pai dela vai bancar o *debut* — e por que, para garantir o investimento, o show precisa ocorrer assim que possível.

— Ela é talentosa? Sabe cantar?

— O pai dela me disse que sim.

Ergo uma sobrancelha, um trejeito que, ironicamente, peguei dela.

— Sori, eu já estou bastante estressada. — Ela pressiona os dedos nas laterais das têmporas, massageando a pele. — Você é a única pessoa em quem eu posso confiar.

O calor inunda meu peito por ela confiar em mim para algo tão importante.

— Adquirimos a Dream Music sabendo que eles tinham planos de lançar um grupo feminino. Acontece que Woo Hyemi seria uma adição maravilhosa. E você também. Você já vai fazer dezenove anos, a idade perfeita para debutar.

Preciso contar para ela. Não posso mais adiar. É agora ou nunca.

— Tenho que te contar uma coisa. Devia ter falado antes, mas estava com medo... — *De decepcionar você. De fazer você sentir que estou tomando seu sonho de você pela segunda vez.* — A verdade é que não quero mais debutar.

Minha mãe pisca devagar.

— O quê?

Nunca estive tão certa. Se minha mente ainda não tivesse se decidido, a agitação que estou sentindo nas minhas entranhas desde que pisei na sala me diria tudo o que preciso saber.

— Mas acho que ainda posso ajudar Hyemi — acrescento depressa. — Na verdade, *sei* que posso, e estarei em melhor posição para ajudá-la se não for debutar, já que vou poder me concentrar inteiramente nela.

Mas ela já está balançando a cabeça.

— Sori, você está se precipitando. Apesar da correria, esta ainda é a oportunidade da sua vida. Milhares de garotas dariam qualquer coisa por essa chance.

— Sei disso, e *ainda assim* não quero. Não tomei essa decisão da noite pro dia. Como é que você pode pensar isso de mim quando passei praticamente a vida toda treinando pra me tornar uma *idol*?

O amor das nossas vidas

— Não posso deixar você tomar essa decisão sozinha. Como você sabe que é isso mesmo que quer?

— Sei que *não* quero.

Respiro fundo, me preparando para o que vou dizer em seguida:

— Às vezes, sinto que estou sendo puxada em duas direções diferentes, com você de um lado e *Abeoji* do outro, e a pressão é... demais. Não sei o que quero *ainda*, mas quero poder escolher sozinha.

Faz meses, talvez anos, que não sou tão honesta com minha mãe. Sempre concordo com o que ela ou meu pai falam, sem querer arrebentar os tênues fios que sustentam a nossa família, mas precisava dizer tudo isso. Por mim mesma.

— Não posso falar pelo seu pai — ela continua devagar —, mas se você conseguir fazer isso... e não vai ser fácil, pois como eu disse, Hyemi não tem nenhum treinamento formal e temos que apresentá-la ao público... você vai provar pra mim que é responsável o suficiente para decidir o que quer para a própria vida. Não vou ficar no seu caminho. Na verdade, vou até te apoiar. Financeiramente.

Então ela acrescenta, como se tivesse pensado depois:

— De todas as formas que uma mãe pode apoiar uma filha.

Isso não deve ter sido nada fácil para ela, que é tão rígida na vida profissional e na familiar. Talvez essa conversa fosse bem diferente se ela não precisasse da minha ajuda com Hyemi. Mas fico grata por ela ter conseguido chegar a um meio-termo.

— Combinado — digo. — Hyemi vai estar pronta para debutar em duas semanas.

— Obrigada, Sori. — Ela dá tapinhas no meu ombro. — Vamos fazer uma refeição juntas em breve.

Meu coração fica mais leve diante dessa ideia. Faz muito tempo que compartilhamos uma refeição só nós duas.

— Eu adoraria.

Enquanto voltamos para Hyemi, o celular de minha mãe toca. Ela se afasta para atender a ligação e eu me aproximo de Hyemi sozinha. Ela tira os fones de ouvido e fica de pé. Ouço alguns compassos do lado B do último single do xoxo antes de ela pausar a música.

— Oi — digo em inglês, um pouco nervosa agora que estamos a sós. Vamos passar bastante tempo juntas, já que vou ajudá-la a debutar, e quero que ela se sinta confortável comigo. Quero que ela confie em mim. —

Você... — começo, querendo perguntar se ela gosta desse single.

Sou interrompida por uma batida na porta. Uma cabeça azul aparece na fresta.

— Sori-nuna?

— Choi Youngmin? — digo.

Não vejo o *maknae* do xoxo desde o verão, já que ele voltou para o hotel logo depois do show em Nova York.

— Pensei ter ouvido a sua voz. — Youngmin abre a porta.

— O que está fazendo aqui? — Dou risada enquanto ele me envolve em um abraço.

Ele sempre foi o mais carinhoso do grupo, talvez por ser o mais novo. Em apenas seis meses, ele ficou mais alto, e não deixo de reparar que seu peito está um tanto... robusto. Fico um pouco vermelha.

— Vou encontrar Ji Seok-hyeong para passar meu cronograma escolar — ele diz, me soltando.

Certo. Ele voltou para o hotel depois do show porque tinha lição de casa. O que me lembra...

Gesticulo para Hyemi, que está nos observando de olhos arregalados e deslumbrados.

— Youngmin-ah, já conheceu Woo Hyemi? Ela vai debutar no novo grupo da Joah. — Ela também deve ter se matriculado na mesma escola que ele estuda, a Academia de Artes de Seul. — Por favor, cuide dela como *hoobae* e aluno mais velho.

Hyemi faz uma reverência e bate a testa na mesa.

Youngmin dá risada.

— Você está bem?

Ouvimos um barulho alto. Viro para minha mãe, que derrubou o celular na mesa. Ela o pega depressa.

— *Eomma*?

— Desculpe, mas surgiu um imprevisto. Sori, garanta que Hyemi tenha tudo o que precisa. Tenho que... — Ela não termina a frase e sai correndo pela porta.

Minha boca seca enquanto uma espécie de premonição me domina.

— Youngmin-ah, pode ficar com Hyemi um minutinho? Já volto.

— Claro! — Ele sorri, inclinando a cabeça para olhar Hyemi. — Quantos anos você tem? Acho que temos a mesma idade.

— Dezesseis — ela fala timidamente.

— Ótimo, vamos ser amigos!

Ele logo abandona os honoríficos e adota o *banmal*.

Disparo pelo corredor. Pelo jeito como minha mãe saiu às pressas, tenho um mau pressentimento. Já estive envolvida em escândalos suficientes para saber quando mais um está prestes a estourar.

Dez

As portas do elevador se abrem para o saguão do nono andar, onde fica o escritório da minha mãe. Durante o trajeto, imaginei diferentes cenários do que pode ter acontecido. Será que meu pai foi pego tendo um caso pela *terceira* vez? Quando entro na sala espaçosa, vejo Jaewoo e Nathaniel sentados nas extremidades de um sofá de couro, e Sun em uma poltrona na frente deles. Dos três, Sun é o único que percebe minha chegada, erguendo de leve a sobrancelha.

— Como pôde deixar isso acontecer? — minha mãe grita.

Levo um segundo para entender o que está acontecendo. A secretária Park está de pé ao lado de um monitor que mostra uma foto granulada do interior de um prédio. Reconheço o corredor mal iluminado com propagandas de *soju* nas paredes. Ela foi tirada ontem à noite no *noraebang*. Há duas pessoas próximas uma da outra. Uma claramente é Nathaniel, de frente para a câmera, e a outra está de costas. Estou usando o casaco dele e meu cabelo comprido cobre meus ombros.

Apesar de estarmos perto, não estamos nos tocando. Estou olhando para os meus pés enquanto Nathaniel me encara. Sua expressão não é visível por conta da baixa qualidade da foto.

— Da última vez, deixei bem claro o que aconteceria se você cometesse mais um erro — minha mãe continua gritando. — Você não respeita esta agência. Não respeita seus colegas. Você não respeita nem a si mesmo. Seria um favor à empresa se você fosse removido do grupo.

Meu corpo tensiona com as palavras e o jeito dela. Apesar de ela ser a CEO e minha mãe, tenho vontade de me colocar entre eles.

O amor das nossas vidas

— Diretora Seo — Sun intervém. — Acho que isso já é demais.

Ela o ignora.

— Por que não está falando nada? — ela segue gritando. — Por que não se explica?

Quando fui embora do karaokê, ouvi uma das portas do corredor se fechando. Alguém deve ter reconhecido Nathaniel e tirado uma foto.

— Quem é a garota na foto com você?

Ele não responde. E não vai responder, porque teria que relevar que a garota era eu, e ele prefere prejudicar a si mesmo do que a mim.

Limpo a garganta.

— Diretora Seo — digo, tratando-a com formalidade.

Jaewoo se vira no sofá de couro e arregala os olhos ao me ver. Sun cobre o rosto com a mão, como se pressentisse o que está por vir.

— Sori? — Ela franze o cenho. — Por que está aqui? Onde está Woo Hyemi?

Nathaniel fixa o olhar em mim.

— A garota na foto... — começo. — É...

Minha mãe fica imóvel e a sala é tomada pelo silêncio.

— A irmã dele, Nadine. Ela está estudando em Seul.

— É verdade? — ela pergunta para ele.

Nathaniel responde sem tirar os olhos de mim.

— Sim.

Jaewoo suspira e belisca o próprio braço para aliviar a tensão.

— Ay, Jihyuk-ah — Sun o repreende. — Sei que você quer proteger sua irmã, mas é melhor falar a verdade em situações assim.

— Vamos ter que revelar a identidade ao público — a secretária Park fala. — Se os colegas dela não sabem que ela é sua irmã, vão ficar sabendo depois que soltarmos a declaração. Acho que é melhor prepará-la.

— Vou ligar pra ela — Nathaniel diz, finalmente desviando o olhar.

Ele fica de pé e sai para o saguão.

— Sori — minha mãe fala, séria. — Quero conversar com você.

Sigo-a para o quarto anexo ao escritório, que acabou se tornando sua casa nos últimos meses.

A cama está feita, e na mesa de cabeceira há um vaso de peônias. Pela porta do banheiro, vejo seus produtos de *skincare* perfeitamente organizados no balcão. Sua maquiagem está na penteadeira ao lado do armário.

— Você me contou a verdade?

A luz da janela se espalha pelo quarto, me cegando momentaneamente.

— Sim.

Ela assente e depois franze o cenho.

— Como você sabe que a pessoa na foto é a irmã dele?

— Angela me contou. — Sou filha do meu pai, rápida nas mentiras. — Ela e Gi Taek estavam com ele.

Ela solta um suspiro, e é como se um peso tivesse sido retirado dos seus ombros.

— *Eomma*? — falo, preocupada.

— Eu só... — Sua voz falha. — Só estou aliviada por não ser você.

Sou atingida pela culpa.

***

Nathaniel está encerrando a ligação quando o encontro no saguão. Temos um pouco de privacidade, já que minha mãe ficou no quarto para tirar um cochilo.

— Como Nadine está? — pergunto.

— Ela ficou mais preocupada em alinhar nossas histórias — Nathaniel diz. — Minha irmã não é nada senão um peão em um jogo elaborado.

Balanço a cabeça, sorrindo, então percebo que, apesar de ter evitado um escândalo entre *nós*, acabei arrastando sua irmã para os holofotes.

— Sori, o que quer que esteja pensando, não acredite. Nadine está bem, e eu também.

Como é que ele sabe exatamente o que dizer para fazer eu me sentir melhor? Lembro do que ele falou ontem à noite. *Você nunca deixou de ser minha amiga.* Meu peito fica quentinho.

— É verdade o que minha mãe disse? Você vai ser expulso do grupo se estiver envolvido em algum escândalo?

Ele balança a cabeça.

— Não é bem assim. Ela só fala essas coisas pra ser dramática, porque ela assiste a muitos dramas.

— Nathaniel, estou falando sério.

Ele abana a mão, afastando minhas preocupações.

— Não se preocupe com isso.

— Você pode até falar pra eu não me preocupar, mas não consigo.

Sua expressão suaviza.

— Eu sei.

O calor que sinto no peito quase irradia para fora.

— Você pensou rápido. Só que minha irmã não se parece nem um pouco com você. — Reconheço os sinais de quando ele está prestes a me provocar, porque seus olhos ganham um brilho travesso. — Nem de frente, nem de trás.

Mesmo assim, fico corada.

— Esse escândalo vai afetar o xoxo? — mudo de assunto.

Mesmo que as circunstâncias não sejam tão ruins quanto poderiam ser, já que eles *acabaram* de voltar de uma turnê mundial muito bem-sucedida, Sun ainda tem que promover seu drama.

— Logo vão esquecer isso — Nathaniel diz. — Especialmente quando a Joah alegar que é minha irmã na foto. Seria bem diferente se a história fosse sobre alguma namorada.

— É.

Não quero nem saber por que meu coração para ao pensar nele namorando uma garota que não eu.

Seu olhar observa algo atrás de mim. Ouço a porta do escritório da minha mãe se abrindo — pelo visto, ela não conseguiu descansar.

— Acho que é minha deixa. Obrigado de novo, Sori. — Ele sorri. — Sei que sempre posso contar com você pra me salvar.

Onze

Estou tão preocupada com o escândalo e com o acordo com a minha mãe que esqueci completamente que concordei em encontrar o filho de alguém importante para a campanha política do meu pai. No dia seguinte, no começo da noite, um táxi me deixa no Sowon Hotel, o mesmo hotel — e restaurante, aliás — onde vi meus pais algumas semanas atrás.

O lugar é tão adorável quanto me lembro, com um lindo piso de carvalho branco e uma abundância de flores cor-de-rosa e brancas em vasos decorativos. A hostess me conduz a uma mesa em uma parte diferente do restaurante, com janelas que vão do chão ao teto e mesas baixas cercadas por assentos almofadados, destinados a refeições e conversas mais casuais. Um cara alguns anos mais velho do que eu está sentado em uma dessas mesas, com uma taça de vinho em uma mão e o celular na outra. Ele não levanta a cabeça quando chego. Suspiro discretamente — vai ser uma longa noite.

Sento-me à sua frente e ajeito a saia nos joelhos. As cadeiras são grandes e eu afundo no assento macio.

Ele pediu vinho para mim, mas peço água para um garçom.

— Você é filha do deputado Min — ele fala, olhando por cima do telefone —, a *trainee* de *idol*. — Ele diz a palavra como se fosse uma sujeira em seus mocassins Ferragamo.

— Sim, e você é filho do dono do restaurante.

Não o chamo pelo nome de propósito, já que ele nem quis saber o meu. Normalmente, sou um pouco mais paciente com os encontros que meu pai arranja, mas fiquei distraída com as reações da declaração que a Joah soltou mais cedo identificando a garota misteriosa da foto como Nadine.

A maioria das reações foi positiva, pois todo mundo sabe que Nathaniel tem quatro irmãs mais velhas. Mas tenho certeza de que os funcionários da Joah estão apagando os comentários mais agressivos alegando que é só uma farsa para encobrir a verdade, que Nathaniel está namorando outra *idol* secretamente, que está prejudicando os outros membros com suas ações e que ele deveria sair...

— Baek Haneul, segundo filho de Kim Jinyi. Minha mãe é dona deste restaurante.

— É adorável — digo, aliviada pelo assunto que pode interessar a nós dois. — De onde são as flores? Esse piso é deslumbrante. Sua mãe trabalhou em colaboração com algum designer?

Ele faz uma careta.

— Como é que vou saber? Quando eu herdar esse lugar, vou ter um gerente pra cuidar dessas coisas.

O garçom volta com meu copo d'água, e dou um gole com cuidado. Fico pensando se Nadine está tendo problemas na universidade, se os repórteres estão perseguindo-a. Odeio tê-la envolvido nisso.

— Sabia que era você — uma voz baixa interrompe meus pensamentos.

Levanto a cabeça e me deparo com Sun se aproximando da nossa mesa. Ele está vestido todo de branco, com o cabelo platinado penteado para trás.

Haneul fica de pé, demonstrando mais entusiasmo por Sun do que por mim.

— Você é Oh Sun, do TK Group, né? — A mãe de Haneul pode até ser dona deste restaurante, mas o avô de Sun, como presidente do TK Group, é dono deste hotel. — Nossos pais jogam golfe juntos.

Haneul estende a mão direita para Sun, enquanto a mão esquerda segura o pulso direito em respeito.

— Ah. — Sun o cumprimenta. — E você é...?

— Baek Haneul, segundo filho de Kim Jinyi. Minha mãe é...

— Baek-ssi — Sun o interrompe, jogando o braço em volta do pescoço de Haneul.

Estreito os olhos. Seu comportamento mudou, o que me diz que ele está planejando alguma coisa.

— Você é exatamente a pessoa que eu precisava — Sun diz de um jeito conspiratório. — Está vendo aquela mulher ali? — Haneul e eu seguimos o olhar de Sun pelo salão até uma jovem sentada perto das janelas altas. — Eu deveria ter um encontro com ela. Meu avô... sabe, o presidente do TK Group, que arranjou tudo. O que ele não sabe é que a gente já se conheceu, e bem... — Ele para de falar. — Não estou procurando relacionamento sério.

— Sei — Haneul fala com entusiasmo, entendo rapidamente a situação. — Eu vou no seu lugar.

— Você está salvando a minha vida — Sun diz, e então acrescenta: — *Hyeong*.

Haneul parece que morreu e foi para o céu.

— Tchau. — Aceno enquanto ele vai embora sem nem olhar para trás.

Sun colapsa no lugar de Haneul, esticando as pernas compridas.

— Esta cadeira tem um ótimo revestimento — ele comenta.

— Alguma dessas coisas era verdade? — pergunto.

— Você me conhece bem demais pra me perguntar isso. — Ele endireita a postura só para pegar minha taça de vinho intocada, levando-a aos lábios. E me observa por cima da borda. — Era tudo verdade.

Reviro os olhos.

— Você não deve empurrar seus encontros pra outras pessoas. Mais importante, você precisa ser claro e comunicativo com suas intenções em relação às mulheres.

— É por isso que eu gosto de você, Sori. Ninguém me enche tanto o saco quanto você.

— Espere só até se apaixonar. Daí você vai se arrepender de todo o sofrimento que causou.

Ele faz uma careta.

— Não fale isso ou vai parecer que você colocou uma maldição em mim.

— Querem pedir alguma coisa?

Olhamos para o garçom sorridente, imperturbável com a nossa discussão e com o fato de termos trocado os pares.

— Sim — Sun fala, pegando o cardápio e pedindo uns aperitivos. — Coloque na conta dele — pede, apontando para Baek Haneul.

Enquanto esperamos a comida, fico observando Sun. Apesar de ter só um ano a mais do que eu, ele *sempre* pareceu mais velho, sendo herdeiro de um grande conglomerado e líder do xoxo. Ele também nunca brigou com Jaewoo, Nathaniel ou Youngmin, mantendo-se mais distante.

— Por que está me olhando assim? — Ele estreita os olhos. — Parece que você está com pena de mim. É perturbador.

— Pensei que seu avô tinha parado de te arranjar encontros depois que você fez aquele acordo com ele.

Seu avô concordou em deixar Sun em paz desde que ele se casasse com uma mulher escolhida pelo avô *depois* de Sun cumprir o serviço militar. Como o serviço militar obrigatório na Coreia pode ser adiado até os trinta anos, Sun achou que era um bom negócio.

— Ele voltou aos velhos comportamentos. Meu *harabeoji* é bem teimoso — Sun fala de seu avô com ternura. — Ele tem a falsa impressão de que tenho mais tempo agora que o xoxo está de férias.

Férias.

Meu estômago se revira.

— É por causa da foto?

— Não, claro que não. O plano sempre foi tirar uma folga depois da turnê. Já estava programado no nosso calendário anual. Estávamos precisando, senão acabaríamos colapsando de exaustão, pra não falar no estresse mental de trabalhar sem parar. Descanso e relaxamento são ótimos pra criatividade.

— Era eu na foto — solto.

Ele revira os olhos.

— Qualquer um que te conhece sabe.

— Minha mãe não sabia.

Ele se abstém de comentar, e eu não o culpo.

O garçom traz a comida que Sun pediu e saboreamos uma refeição deliciosa. Por mais sarcástico que seja, Sun é uma companhia consideravelmente melhor em relação a Baek Haneul.

— Nunca te parabenizei pelo drama — digo, espetando folhas frescas de alface com o garfo. Sun pediu minha salada favorita com vinagrete de morango.

É uma conquista importante ser o protagonista logo no primeiro drama. Vários críticos disseram que ele só conseguiu o papel por causa de sua popularidade como *idol*, mas sei que a atuação é sua paixão há muito tempo.

— Parabéns.

— Obrigado — ele fala, pegando a segunda taça que o garçom trouxe. — Ouvi falar do novo grupo que estão montando. ASAP, né? Anunciaram a novidade internamente. Fiquei surpreso de não ver seu nome na lista.

— Na verdade...

Ele levanta a cabeça com o cenho franzido.

— Me ofereceram a posição de líder do grupo, mas recusei. Depois de pensar bastante, percebi que não quero ser *idol*.

Ele franze mais as sobrancelhas e abaixa o copo.

— Mas você não tem contrato com a Joah? Sua mãe pode até ser a CEO, mas ela tem que responder para o conselho de acionistas. Eles investiram bastante na empresa. E em você, como *trainee*.

Levanto as sobrancelhas, achando divertido. Ao contrário dos outros membros, que aceitam as coisas como são, Sun é muito mais pragmático.

— Sinceramente, não acho que ela me deixaria dar para trás se não precisasse da minha ajuda.

Conto do acordo que fiz com minha mãe. Sinto uma pontada de desconforto ao explicar que a estreia de Hyemi está ligada ao apoio financeiro do seu pai, e que, portanto, sua contratação é inegavelmente de natureza transacional, mas Sun nem pisca. Desde a nossa infância, testemunhamos nossos pais fazendo negócios questionáveis em nome do dinheiro, e sinto uma onda de gratidão por poder confiar nele, sem medo de que vá julgar minha mãe ou me julgar, por concordar com ela.

— Estou animada — digo. — Mais do que quando pensei que ia debutar. Acho que vai ser um desafio divertido, e eu *gosto* de Woo Hyemi. Quero ajudá-la.

Ontem, depois que minha mãe saiu do escritório, voltei para a sala de reuniões, interrompendo Youngmin no meio de uma parada de mão. Pude conhecê-la um pouquinho melhor — ela tem uma irmã mais velha que mora no Canadá com o parceiro, seu filme favorito é *O serviço de entregas da Kiki*, e ela sempre quis ser uma *idol*. Planejamos nos encontrar depois do primeiro ensaio dela para repassar a coreografia.

— Então... — Sun fala. — Em troca da sua ajuda com Hyemi, sua mãe vai rasgar seu contrato e te deixar livre?

— Talvez não tão dramaticamente assim, mas essa é a ideia.

— Não tinha uma cláusula sobre namoro no seu contrato? — ele pergunta, distraído.

— Não, senão eu não poderia sair com Haneul.

O amor das nossas vidas

— Ah, claro.

Nunca tive nenhuma cláusula sobre namoro no contrato, mesmo no novo contrato que assinei logo após o escândalo com Nathaniel, há dois anos. A promessa que fiz para a minha mãe nunca foi escrita em palavras.

— Você tem muito trabalho pela frente — Sun diz, sorrindo. — Estou ansioso para ver o que você vai fazer com Woo Hyemi em duas semanas.

Depois que terminamos de comer, estico a cabeça por cima da divisória para espiar as janelas.

— Haneul-ssi ainda está com a moça. Parece que eles estão se dando bem. Você pode ter bancado o cupido sem querer.

— Acha que eles vão me convidar pro casamento? — Sun brinca.

Enquanto estamos saindo do restaurante, recebo uma ligação de um número desconhecido.

— É internacional — ele fala por cima do meu ombro.

Meu estômago se revira quando percebo quem é.

— Deve ser Nadine. Por que será que ela está me ligando?

— Provavelmente pra brigar com você por tê-la enfiado nessa confusão.

— Sério?

— Atende, senão a ligação vai cair — ele fala, impiedoso.

Aceito a ligação e levo o celular ao ouvido, hesitante.

— Nadine-eonni?

— Sori? — Lembro do jeito como ela me cumprimentou na pizzaria, toda simpática e calorosa. Mas não há calor nenhum na sua voz quando ela diz: — Precisamos conversar.

Doze

Nadine ainda não chegou quando saio do metrô. Verifico o celular e vejo que estou cinco minutos adiantada. Alguns estudantes perambulam pela estação com seus uniformes — coletes de malha cinza com camisas brancas enfiadas dentro de saias que vão até o joelho. Uma mulher passa de mãos dadas com um menininho de mochila do Pororo. Há um pequeno jardim ali perto, então vou até lá e me sento em um dos bancos para esperar.

Apesar da provocação de Sun, ele me garantiu que Nadine não estava brava depois de desligar o telefone, mas como é que ele pode ter tanta certeza? Eu estaria bem brava se meu irmão e a ex-namorada dele me envolvessem nas suas confusões.

— Ei, Sori! — Olho para o enorme vaso no jardim que acabou de falar. — Sori, aqui!

Fico de pé, dou a volta no vaso e encontro Nadine agachada no chão.

— Nadine-eonni?

— Rápido, se abaixe!

Ela pega minha mão e me puxa para trás do vaso.

— O que está fazendo? — sussurro.

— Está vendo aquelas meninas?

Inclino a cabeça e vejo a saída da estação pela lateral do vaso.

— Aquelas estudantes?

— Elas me seguiram desde a universidade. Não existe nada mais aterrorizante que um bando de estudantes. — Ela estremece.

Assim como ontem, quando finalmente me dei conta de que tinha arrastado Nadine para essa confusão, sou dominada pela culpa.

— Me desculpe, é tudo culpa minha. Eu jamais deveria ter te envolvido nisso.

— Tudo bem. Na verdade, é meio que empolgante. Só que não estou acostumada, talvez por isso eu esteja tão assustada. Meus colegas acham legal que meu irmão seja Nathaniel do xoxo. Sinceramente, o problema não são as fãs. Nathaniel diz que a maioria é respeitosa. O problema são os paparazzi.

— Ainda assim, você não estaria se escondendo atrás de um vaso se eu não tivesse mentido e falado que era você no *noraebang*.

— Ah, é, lembrei. *Estou sim* chateada com você.

Me preparo para uma bronca merecida.

— Já faz um tempo que estou em Seul e você não me respondeu.

Pisco lentamente.

— O quê?

— Sei que é meio estranho sair com a irmã mais velha do seu ex, mas eu estava animada pra te encontrar.

— Me desculpe! Eu devia ter te ligado.

Quando trocamos contatos, eu tinha mesmo a intenção de vê-la, mas pensei melhor depois e me senti *esquisita* lembrando de como fiquei constrangida ao ir embora da casa dela.

— Você pode compensar agora. Preciso de um favor.

— Eu faço qualquer coisa.

Ela dá risada.

— Espere eu falar primeiro antes de concordar. Está sabendo que o xoxo está de recesso das atividades, né?

Assinto.

— Sun-oppa comentou comigo.

— Pois é. Só que com esse tal de "escândalo" — ela gesticula para indicar as aspas —, uns paparazzi estão acampando do lado de fora do apartamento deles. Os outros meninos saíram pra ficar com as suas famílias, mas Nathaniel não pode exatamente ir pra casa. Ele até *poderia*, mas se recusa.

Ela franze o cenho.

— Não sei direito por quê. Acho que tem algum motivo pra ele querer ficar em Seul, algo relacionado a trabalho. Ele está fazendo mistério e é bem irritante.

Algo relacionado a trabalho? Algo *além* do xoxo? Enquanto Sun é apaixonado por atuação, Nathaniel nunca manifestou qualquer interesse por atividades solo. Fico curiosa e com vontade de saber mais, mas ela já mudou de assunto.

— Ele está enfiado naquele apartamento sozinho. Ele fala que não liga, mas estou preocupada. Seria diferente se fosse só por uns dias, mas já faz umas semanas, e não vou poder visitá-lo muito por causa da escola. Eu me sentiria melhor se ele pudesse *sair* do apartamento sem ser abordado, só que os paparazzi o seguem por todo lugar.

Meu estômago se revira. O que ela está descrevendo é horrível e completamente verdadeiro. Todos os outros têm familiares na Coreia, exceto Nathaniel. Seus parentes moram nos Estados Unidos. Ao contrário de Sun, que provavelmente curtiria o isolamento, Nathaniel não é assim. Ele é tipo um filhotinho que adora contato humano. Nadine deve saber que a entendo totalmente, porque pega minha mão.

— Daí eu estava me perguntando se Nathaniel poderia ficar com você só até o fim das férias. Vai ser o quê? Umas duas ou três semanas?

Por um instante, fico apenas encarando-a, sem saber se ouvi direito. Ela quer que Nathaniel fique... comigo?

— Andei pensando nisso — ela acrescenta depressa, como se tivesse medo de que eu rejeite a ideia logo de cara —, e parece a solução perfeita, especialmente porque, se me lembro bem, você mora em uma área residencial, o que significa que há menos chance dos paparazzi bisbilhotarem ali. Nathaniel poderia ir e vir à vontade e não estaria sozinho.

Deixar Nathaniel ficar em casa me parece uma péssima ideia, só que... estou devendo uma para Nadine, não só por ter atrapalhado um bocado sua vida, mas também por conta daquele verão em que sua família me recebeu.

Sempre quis fazer algo por eles, *por ele*, em troca, e esta é a oportunidade perfeita. E não estaríamos sozinhos em casa, já que *Ajumma* dorme lá todas as noites, tirando os fins de semana. Nadine disse que seriam só duas ou três semanas. Nathaniel e eu concordamos que somos só amigos. O que poderia acontecer — entre dois amigos — em algumas semanas?

Não acredito que estou considerando a ideia. Eu teria que mentir para a minha mãe — ela me *mataria* se descobrisse.

— É pedir muito, né? — Nadine diz, lendo meu silêncio como uma recusa. — Deixa pra lá. — Ela dá uns tapinhas na minha mão antes de afastar a sua. — Esquece. Mas a gente precisa combinar de se ver. Deixa eu pelo menos te pagar uma pizza coreana com batata-doce e milho.

Alguns minutos depois, acompanho-a até a estação, pois ela vai pegar o metrô de volta para a escola, e sou surpreendida por um sentimento se agitando dentro de mim. Eu deveria estar aliviada por ela ter retirado o pedido, me liberando da decisão, mas, por algum motivo, tudo o que sinto é...

Frustração.

Treze

Estou sentindo emoções demais por conta dos eventos dos últimos dias, então decido sair para fazer compras.

Terapia de compras. Sou uma grande entusiasta.

Estou no shopping folheando adesivos na livraria quando recebo uma mensagem da secretária Park falando sobre uma gravação que surgiu em cima da hora para um programa de variedades.

Então uma van vem me buscar. Hyemi já está no banco de trás.

— Bom dia, *Seonbae* — ela fala, com aquela vozinha estridente.

Não pela primeira vez, me pergunto qual vai ser seu papel no ASAP: vocalista, rapper ou ambas.

— Bom dia, Hyemi. Está animada pra gravação de hoje?

Ela assente, mas percebo que está nervosa, mexendo sem parar na pulseira que está sempre usando.

— Uma atriz ia aparecer no episódio — a secretária Park diz, manobrando a van em torno dos táxis estacionados em frente ao shopping —, mas teve que cancelar.

Isso explica por que Hyemi foi convidada assim do nada. A Joah deve ter pedido para enviá-la como substituta.

É uma grande oportunidade para Hyemi, já que ela ainda não foi exposta ao público. Até eu tenho mais experiência, como modelo e com o programa de rádio. Se as pessoas quiserem fazer uma pesquisa sobre ela na internet, vão encontrar esse episódio, em vez de algo constrangedor da infância como uma foto pré-adolescente do fundamental. Porém, como essa é a primeira aparição de Hyemi em um programa de variedades, vai ser como jogá-la sem colete salva-vidas no mar e torcer para que ela saiba nadar.

— Que programa é? — pergunto para a secretária Park, já pensando em como orientar Hyemi para que ela saiba como agir em cada situação que aparecer.

— *Prenda-me se for capaz.*

Meu coração acelera. É um dos meus programas favoritos. Vai ao ar toda quarta-feira, e *Ajumma* e eu sempre assistimos depois do jantar. Há convidados semanais — o elenco de algum drama atual ou um grupo de *idols*. Após uma entrevista curta e boba com os apresentadores, os convidados se dividem em duas equipes para jogar um elaborado pega-pega.

— Quem são os outros convidados?

— Esta semana o episódio vai ser sobre a Academia de Artes de Seul. A filmagem vai ser na escola. E os convidados são todos ex-alunos ou alunos, como Hyemi.

Lembro de Hyemi me contar que se matriculou no começo do ano.

— E Youngmin — a secretária Park acrescenta.

Franzo o cenho.

— Youngmin? Mas os meninos do xoxo estão de férias.

— Sim, mas essa gravação já estava marcada. Todos eles estarão lá. Ah, esqueci de comentar. Quando o produtor percebeu que *você* também é ex-aluna, ele ficou insistindo para você participar também.

Pisco.

— O quê?

— Você e Hyemi vão ser convidadas no programa.

— Parabéns, *Seonbae!* — Hyemi diz. — Fico feliz que estaremos juntas.

Percebendo a minha confusão, a secretária Park explica:

— A produtora ouviu seu episódio no *Show da Woori e do Woogi*. Ela disse que é uma fã.

Uma... fã? Depois desse programa, meu nome virou *trend*, porque as pessoas ficaram especulando quem era meu namorado, se ele era algum *idol trainee*. Cheguei a ficar até nos cinquenta primeiros no ranking de busca semanal. Mas nunca me ocorreu que alguém tivesse ouvido o programa e gostado de *mim*.

Balanço a cabeça, afastando esses pensamentos. Preciso me concentrar.

— Quando a gravação começa? — pergunto.

— Temos mais ou menos uma hora e meia.

— Certo — digo. Consigo sentir as engrenagens se mexendo na minha cabeça. — Então vamos fazer cada minuto valer a pena.

* * *

Passamos pelos portões da Academia de Artes de Seul com segundos de sobra e paramos o carro no estacionamento. Estou um pouco ofegante, pois a última hora e meia passaram num piscar de olhos. Depois de ligar para a minha cabeleireira para agendar cabelo e maquiagem, pedi para Angela trazer algumas roupas para emprestar para Hyemi, já que elas têm mais ou menos o mesmo tamanho e pensei que Hyemi ficaria ótima com o estilo jovial e moderno da Angela.

— Estou bem? — Hyemi pergunta, mexendo na roupa, nervosa.

Ela está usando uma blusa justa com decote quadrado e mangas curtas. Escolhi para ela uma minissaia esvoaçante — com um shortinho preto por baixo, claro — e tênis brancos, porque acho que vamos ter que correr durante a gravação. Eu pediria para ela mesma escolher o look, para que ela ficasse confiante nas roupas em que *ela* se sente bem, mas não temos tempo.

— Está linda.

Ela fica vermelha.

— *Você* está maravilhosa, *Seonbae*.

Troquei de look com minha cabeleireira, Soobin, no salão mesmo — o vestido camiseta que eu estava usando no shopping era casual demais —, e agora estou de top corset e jeans justos. Por sorte, eu já estava de tênis.

Descemos da van e seguimos para a primeira locação, bem na entrada da escola. É domingo, o que significa que não há aula. Alguns estudantes se voluntariaram como figurantes e nos espiam pelas janelas do prédio. Eles estão de uniforme e máscaras para proteger sua privacidade.

— *Seonbae*, estou nervosa — Hyemi fala enquanto caminhamos.

Pego sua mão e a aperto. Gostaria de ter tido mais tempo para prepará-la. No salão, ela confessou só ter visto alguns episódios de *Prenda-me se for capaz*.

— Você vai se sair bem — tranquilizo-a. — Só seja você mesma. — E torça por uma boa edição.

O amor das nossas vidas

Fazemos uma reverência para cumprimentar os apresentadores — um comediante corpulento de rosto divertido e um ator mais velho que foi um galã nos anos 1990 — conforme uma grande van preta passa pelo portão e entra no estacionamento.

Gritinhos abafados explodem na escola quando as portas da van se abrem. Jaewoo e Nathaniel descem um de cada lado, seguidos por Sun e Youngmin do banco do passageiro.

Juntos, eles fazem uma reverência para a equipe e os apresentadores, que saem correndo para cumprimentá-los.

Divertido dá risada de algo que Nathaniel diz, e Galã balança a mão de Sun.

Meus olhos se demoram em Nathaniel, que está usando uma camisa xadrez de manga comprida e jeans rasgado. Seu cabelo voltou para o castanho-escuro, abandonando aquele azul ousado da promoção da turnê. Embora o azul combinasse com ele, o castanho lhe confere uma *vibe* meio "namorado", e sinto meu coração bater mais forte.

— Boa tarde, Hyemi-ssi. — Jaewoo aparece ao nosso lado. Hyemi sorri; eles devem ter se conhecido na agência em algum momento. — Está animada pra sua primeira gravação?

— Sim! — ela solta um gritinho. — Por favor, tome conta de mim, *Seonbae*.

Ela faz uma reverência de noventa graus, ao que ele responde com um sorriso indulgente antes de sair andando com a mão no bolso. Balanço a cabeça, achando graça. Ele claramente assumiu o papel de irmão mais velho. Hyemi o acompanha com coraçõezinhos nos olhos. Ele precisa maneirar antes que ela desenvolva uma paixão verdadeira, apesar de eu achar que isso não seria tão terrível assim. Ela ia querer ficar na agência se tivesse uma queda por ele — nos oferecendo tempo suficiente para o *debut* e para o investimento prometido pelo seu pai —, e não é como se algo fosse mesmo acontecer, já que Jaewoo está perdidamente apaixonado por Jenny.

Ele vai até Nathaniel, que está retocando a maquiagem. A maquiadora leva um pincel fino aos seus lábios, pintando-os com um tom escuro de bordô. Por um momento, fico paralisada observando a mulher trabalhar em seus lábios. Quando Nathaniel levanta a cabeça, eu desvio o olhar.

Preciso me concentrar, se quero que Hyemi tenha não só uma experiência positiva, mas também deixe uma boa impressão na audiência. Quanto a mim, não parecer uma idiota seria o ideal.

A gravação começa na hora prevista, e Divertido e Galã se apresentam para a câmera. Meu coração para quando eles pedem para cada um de nós fazer uma dança curta, e me surpreendo com a dancinha fofa e sedutora de Hyemi. Youngmin e Nathaniel são os melhores dançarinos do xoxo, mas como esse é um programa de variedades, eles escolhem algo engraçado. Youngmin pede uma música popular de um grupo feminino e Nathaniel gira de cabeça para baixo. Quando sua camisa começa a subir, os apresentadores e os outros membros se amontoam na sua frente para preservar sua "modéstia". Levanto a mão para cobrir os olhos de Hyemi.

Na minha vez, convoco os anos de treinamento em dança para mover meu corpo sem esforço, seguindo o ritmo da música escolhida aleatoriamente. Como Hyemi incorpora o conceito "fofa e jovem", decido fazer a "sexy e madura". É sempre bom oferecer variedade aos espectadores. Depois que termino, vejo uma mulher — provavelmente a diretora ou a produtora — sorrindo para o monitor atrás da câmera principal.

Depois que filmamos as apresentações, fazemos uma pausa para retocar a maquiagem e beber água — Hyemi precisa ir ao banheiro —, e então começamos a gravar o próximo segmento, em que vamos escolher os times para o jogo.

Jogamos *gawi bawi bo* para decidir os capitães: a pedra de Nathaniel vence a tesoura de Jaewoo, e o papel de Sun vence a pedra do Galã. Nos organizamos em uma fila.

— Jihyuk-ah, por que não escolhe primeiro? — Divertido sugere.

— Então escolho você, *Hyeong*! — Nathaniel aponta para Divertido, e ele e o apresentador fazem um *high five*.

Sun segura o queixo entre o indicador e o dedão, refletindo sobre as opções. Depois aponta para Galã.

Nathaniel abre os braços.

— Youngmin-ah, venha para *Hyeong*!

— *Hyeong*! — Youngmin sai correndo para os braços de Nathaniel, mas ele é pesado demais e eles caem.

Sun olha para mim e depois para Hyemi.

— Woo Hyemi.

Ela bate palmas animadas antes de disparar para o time de Sun.

Jaewoo e eu somos os únicos que sobraram, o que é perfeito, porque agora Nathaniel só precisa escolher Jaewoo e eu vou ficar com Hyemi. Vou poder ficar de olho nela durante o resto da gravação.

— Min Sori.

Levanto a cabeça de uma vez. Nathaniel não está olhando para mim, mas para Youngmin, que de alguma forma arranjou três saquinhos de aquecedores de mãos e está fazendo malabarismo com eles.

— Sori-ssi — o Galã me chama. — Nathaniel te escolheu para o time.

Atordoada, me coloco ao lado deles.

Então as equipes ficaram assim: Sun com Galã, Jaewoo e Hyemi, e Nathaniel com Divertido, Youngmin e eu.

Encerramos a abertura, e Hyemi e eu somos enviadas para uma grande tenda separada dos membros do xoxo para trocar de roupa. Suspiro por todo o trabalho que tive para encontrar roupas adequadas, mas acho que elas só serviam para a abertura.

A produtora bate na porta improvisada antes de enfiar a cabeça dentro da tenda.

— O conceito do episódio é "membros do conselho estudantil versus delinquentes". O time de Sun é o conselho e o de Nathaniel, os delinquentes. Por favor, vistam-se de acordo — ela nos informa e vai embora.

— De alguma forma, as pessoas certas foram escolhidas para cada equipe — comento.

Hyemi dá risada.

Nos vestimos depressa e encontramos Jaewoo e Sun nos esperando, de uniformes passados e óculos. Hyemi se junta a eles, toda adorável em sua saia até os joelhos e gravata de fita.

Fiquei com o papel de "garota malvada", o que provavelmente não vai ajudar na minha imagem, pois eu já passo essa *vibe*. Estou usando uma gravata torta, uma saia enrolada na cintura e um delineador pesado. Também estou de *legging* para poder me movimentar com liberdade.

Youngmin se junta a nós, com o cabelo despenteado e sem gravata.

Então Nathaniel aparece e Youngmin se joga no chão, dando risada.

— Que tipo de delinquente você deveria ser, Nathaniel-ssi? — Galã pergunta.

Nathaniel abraçou totalmente o papel de delinquente que se envolve em brigas no beco atrás da escola.

Jaewoo e Divertido se abraçam, chorando de rir.

— Ele colocou até um curativo na sobrancelha — Jaewoo comenta, apontando para Nathaniel.

— Isso é... sangue? — Youngmin não consegue nem respirar.

Nathaniel passou tinta vermelha no canto da boca.

Ele se vira para a câmera central com um sorrisinho, e eu já imagino o editor acrescentando a legenda "Bad Boy" no vídeo.

Gravamos a segunda apresentação e depois seguimos para a próxima locação, dentro do prédio principal da escola. Meu cinegrafista sobe comigo os degraus largos depois de se apresentar. Com o canto do olho, vejo o cinegrafista de Youngmin com as mãos unidas, como se estivesse implorando por algo.

— O que está acontecendo? — pergunto.

O meu cinegrafista vira a cabeça.

— Ah, os convidados mais jovens são muito... rápidos.

Para esta parte do jogo, somos separados e levados para diferentes áreas da escola.

— Arrasa! — falo para Hyemi.

Levanto o punho para encorajá-la enquanto seu assistente a leva embora. Já a minha assistente coloca uma venda nos meus olhos. Enquanto caminho, repasso mentalmente as regras do jogo. É bastante simples. Em algum lugar da escola, há três tokens escondidos. A equipe que encontrar mais tokens *ou* tiver mais tags vence.

Tento adivinhar para onde a assistente está me levando, mas logo perco o senso de direção. Sinto uma lufada de ar quando uma porta se abre, e dou mais alguns passos antes que ela solte meu braço. Ela desamarra minha venda e eu pisco várias vezes antes de observar o que está ao meu redor.

Estou no refeitório.

O sino da escola toca, e a melodia leve e familiar me enche de ternura, me levando de volta para quando eu era estudante e me sentava com meus amigos nessas mesas, rindo entre as aulas. Então a alegre melodia termina.

Neste momento do episódio, os telespectadores verão oito caixas separadas nas telas de suas televisões, mostrando cada um de nós no início do jogo.

Preparar, apontar, já!

Catorze

Meu objetivo é encontrar Hyemi para que ela possa colocar uma tag em mim, mas tenho que esperar ou vai ficar muito óbvio.

Observo as mesas vazias do refeitório. É improvável que eles coloquem um jogador na mesma sala que um token, mas posso pelo menos dar uma olhada, já que tenho tempo. Sigo em direção à cozinha, ao lado do refeitório. As luzes estão apagadas, indicando que não há nada ali, mas mesmo assim...

Começo a abrir os armários e fico de quatro para olhar as prateleiras cheias de panelas e frigideiras de aço inoxidável. Meu cinegrafista me segue, registrando cada movimento.

Não sei bem o que estou procurando. Eles não nos contaram como são esses tokens, só disseram que saberíamos quando encontrássemos um.

Abro a porta do refrigerador e uma rajada congelante me envolve. Na mesma hora, vejo um objeto que não é carne nem vegetais congelados. Pego-o, saio correndo e me escondo atrás do balcão. Agachada no chão, mostro o token para a câmera. É um bichinho de pelúcia do mascote da nossa escola, um coelhinho segurando um pequeno trompete.

Ele é *tão* fofo. Pressiono-o contra o peito em êxtase, e então lembro que estou sendo gravada. Abro a mochila (eles deram uma para cada um no início do jogo), guardo-o lá dentro e coloco a mochila nas costas.

— Você não fechou direito — o cinegrafista diz.

Hesito, sentindo o calor subindo pelo meu pescoço.

— Ele não vai conseguir respirar se eu fechar tudo.

Ah, meu Deus. Não acredito que falei isso em voz alta. Que vergonha.

Coloco as mãos no rosto e saio da cozinha, voltando para o refeitório.

Quanto tempo se passou? Como vou saber se alguém mais encontrou um token?

Da janela que dá para os fundos da escola, vejo Youngmin correndo pelo campo de atletismo. Seu cinegrafista o segue bufando.

Estou saindo das escadas do quinto andar quando vislumbro as luzes de uma equipe de filmagem no corredor. Deve ser um jogador, provavelmente mais de um, pelo número de câmeras. Será que é Hyemi? Uma sensação desconfortável se instala nas minhas entranhas. Pode ser Sun ou Jaewoo. A ideia de estar sendo perseguida é um pouco aterrorizante. Não achei que sentiria *medo* neste jogo. Quase dou um grito quando uma mão segura meu braço, me puxando para uma sala vazia. Meu cinegrafista entra na sala atrás de mim.

— Nathaniel? — digo, ofegante.

A sua cinegrafista — uma mulher com uma bandana xadrez cobrindo o nariz e a boca — acena de trás do ombro esquerdo dele.

— O que está *fazendo*? — ele pergunta. — Sun está lá. Acho que ele encontrou o apresentador. Você *quer* que eles te peguem?

O alívio que sinto ao vê-lo é inebriante. Quase ajo impulsivamente e lhe dou um abraço, mas então me lembro que estamos sendo gravados.

— Claro que não — digo.

Não posso lhe *contar* que estou tentando encontrar Hyemi para que ela coloque uma tag em *mim*. Ele passa a mão pelo cabelo escuro e os anéis metálicos nos seus dedos cintilam.

Para permanecermos juntos na cena, fico perto dele. Enquanto ele e as câmeras estão voltadas para a janela e o que está acontecendo lá fora, tenho uma rara oportunidade de observá-lo. Seus lábios ainda têm aquela cor bordô, mas estão um pouco marcados; ele deve ter pressionado os dentes ali. Seu cabelo é uma verdadeira obra de arte. A cabeleireira usou gel para manter a forma durante o episódio, e algumas mechas caem por cima da sua sobrancelha. Vejo sua pulsação batendo depressa na garganta.

Enquanto algumas garotas como Jenny preferem o tipo conselho estudantil, confesso que me atraio muito mais por um delinquente. E, pelo menos no grupo, Nathaniel sempre teve esse espírito. Sun sempre foi o destruidor de corações; Youngmin, o bom rapaz; e Jaewoo, o presidente do conselho estudantil. Já Nathaniel banca o rebelde. Aquele que quebrou todas as regras e me fez querer quebrá-las também.

Para defender um amigo, ele *seria* capaz de chamar um valentão para brigar no beco. Ou pediria para a garota que ele gosta encontrá-lo na cobertura para lhe roubar um beijo.

— Vamos esperar eles saírem do corredor — ele fala e eu assinto, com o rosto vermelho por conta dos meus pensamentos.

Nos agachamos debaixo de uma janela.

— Pode desligar sua luz? — Nathaniel pergunta à cinegrafista, e ela apaga a luz da câmera.

Meu cinegrafista também faz isso. E agora nós quatro estamos agachados no escuro debaixo da janela.

Ouvimos um som do lado de fora. Nathaniel me protege com o seu corpo, apoiando a mão na parede. Quando fica claro que era só um assistente de produção circulando, ele abaixa o braço.

Sou tomada pela gratidão por não estar sozinha, por ser *ele* quem está ao meu lado.

— Existem vantagens em nos separarmos — Nathaniel fala, devagar —, e também em permanecermos juntos.

— Quero ficar com você — digo.

Ele solta o fôlego e vira o rosto. Depois de uma pausa, ele diz:

— Você cuida da minha retaguarda, e eu cuido da sua?

Espero até que ele se vire para mim antes de pressionar o indicador no polegar, concordando.

— Beleza.

Ele abre um sorriso torto.

Esperamos mais um pouco antes de Nathaniel espiar pela janela.

— Acho que eles foram embora, vamos.

— Espere. — Agarro sua blusa por trás. — Quero te mostrar uma coisa.

Solto-o, pego a mochila e abro-a para mostrar o coelhinho de pelúcia ali dentro.

— Achei um dos tokens na cozinha.

— Caramba, Sori! — Ele dá risada, com os olhos cintilando. — Bom trabalho!

Ele ergue as duas mãos com as palmas para cima, e eu o cumprimento.

Nossos cinegrafistas parecem contentes por termos nos unido. Em duas pessoas, eles vão ter mais ângulos para nos filmar.

Descemos para o terceiro andar e entramos em uma sala cheia de estudantes. Há uma equipe de filmagem lá dentro, o que é um forte indicativo de que os produtores nos querem ali.

— Tem algum token aqui, por acaso? — Nathaniel pergunta para uma garota na primeira fileira.

Ela dá uma risadinha atrás da máscara, mas não o responde. Eles devem ter sido instruídos para não nos ajudarem, a menos que a gente mereça.

— Pode nos dar alguma dica? — ele pergunta, abrindo seu sorriso mais charmoso, mostrando suas covinhas.

— Quem sabe se você dançar — a garota sentada ao lado dela fala descaradamente.

Nathaniel nem hesita e começa a fazer um *moonwalk*. Os estudantes de trás se levantam para ver melhor. Só que eles são difíceis de agradar, porque, mesmo depois disso, continuam em silêncio.

— E eu? — Dou uma pirueta dupla, abrindo um espacate.

Três garotos imediatamente apontam para um dos armários no fundo da sala. Caminho pelo corredor e sopro um beijo para eles.

Dentro do armário, encontro mais uma pelúcia. Desta vez, o coelhinho está segurando um tamborzinho.

— Te amo — sussurro.

— O que você disse?

Viro-me para Nathaniel, apoiado nos armários.

— Nada — falo depressa. — Quer ficar com ele?

— Ele?

Nathaniel pega o coelhinho com as mãos e o vira para mim. Com os dedos, ele mexe a patinha que segura a baqueta, batendo-a no tambor. Meu coração parece adquirir três vezes o seu tamanho ao observá-lo brincando com o coelhinho. Devo ter feito algum som, porque ele levanta a cabeça para me encarar, erguendo a sobrancelha de leve.

— Aqui — ele diz, se afastando dos armários. — Vire.

— O que você está...?

Prendo o fôlego ao sentir seus dedos gelados no meu pescoço. Ele coloca meu cabelo para o lado e abre a minha mochila, guardando o Coelhinho do Tambor junto com o Coelhinho do Trompete. Ainda resta um. Que instrumento ele está tocando? Uma flauta? Um violino? De repente, sinto uma necessidade urgente de *saber*.

— Você quer encontrar o terceiro coelhinho, né? — Nathaniel fala atrás de mim.

Ele não tirou as mãos da mochila. Sinto a pressão dos seus movimentos enquanto ele ajeita as pelúcias confortavelmente.

— Sim.

— Então só resta uma coisa a fazer: ganhar.

Ele começa a fechar a mochila, mas meu cinegrafista o interrompe e diz:

— Não fecha tudo.

Enquanto saímos da sala pela porta da frente, a porta dos fundos se abre e Galã e Sun entram. Há uma pequena pausa, e logo o Galã diz, apontando para nós:

— Atrás deles!

Nathaniel pega minha mão e disparamos para fora. Sinto como se nunca tivesse corrido tão rápido na vida, com os cabelos voando atrás de mim. Nathaniel vira à esquerda no final do corredor, e nos deparamos com o elevador. Aperto o botão para a cobertura enquanto ele pressiona o botão para fechar a porta. Quando ela finalmente se fecha, nos recostamos em paredes opostas, e só então percebo o que fizemos.

— Nathaniel!

— O que foi?

— Esquecemos os cinegrafistas!

— Ah, merda.

Deixo escapar uma risada, ou melhor, um ronco, e acabo perdendo a cabeça. Gargalho tanto que mal consigo respirar. Nathaniel também não se aguenta. Passei esse tempo todo tomando cuidado para esperar meu cinegrafista, mas, naquele momento, com a adrenalina correndo pelas minhas veias, esqueci completamente dele.

— Está tudo bem — ele diz, enxugando as lágrimas dos olhos. Ele aponta para a câmera que instalaram na câmera de segurança no canto superior do elevador. — Eles podem usar essas imagens.

Minha mochila vibra e tiro um walkie-talkie dali.

— Sori-ssi? — meu cinegrafista sibila.

— Estamos indo pra cobertura — falo.

— Será que Sun não vai ver que estamos indo pra lá? — Nathaniel pergunta depois que desligo o aparelho.

— Tenho certeza de que a produção vai segurá-los até estarmos com nossos cinegrafistas de novo.

Estamos ambos ofegantes da corrida e das gargalhadas.

— Sabia que você seria boa nisso — ele fala.

— É por isso que você me escolheu pro seu time?

Fiquei me perguntando por que ele me escolheu, quando poderia ter escolhido Jaewoo, que é notoriamente bom em programas de variedades. Na verdade, ele até já foi convidado deste programa. Talvez ele tenha pensado que faria sentido ter dois membros do XOXO em cada time, mas Nathaniel não é assim. Ele não é como Jaewoo ou eu, que escolheríamos o melhor para o programa, ou como Sun, que escolheria a melhor estratégia, ou Youngmin, que escolheria o mais divertido. Nathaniel não consideraria nada disso.

— *Por que* você me escolheu?

— Eu não queria correr atrás de você — ele fala e eu estremeço. Será que ele finalmente percebeu que não vale a pena correr atrás de mim? — Eu queria correr *com* você.

Volto a respirar. Antes que eu responda, as portas do elevador se abrem. Nossos cinegrafistas estão no topo da escada, tendo subido às pressas até lá.

Nathaniel dá um passo à frente.

— Desculpem por isso — ele diz, coçando a nuca. — Será que a gente dá uma procurada aqui na cobertura? — ele me pergunta.

Como é que ele pode agir normalmente depois do que acabou de me dizer?

— Sori-ssi? — meu cinegrafista me chama, ofegante.

— Sim. Certo. Vamos.

A cobertura da escola é uma área larga e espaçosa, com um depósito e painéis solares. O céu está escuro além dos muros altos, pois o sol se pôs enquanto estávamos filmando dentro do prédio. Achamos a última pelúcia atrás de um vaso. O coelhinho está segurando...

— Um violoncelo! — grito.

— Você tem um incrível talento para encontrar bichinhos de pelúcia — Nathaniel fala. — Será que *você* é boa ou eles é que são bons em *te* encontrar?

— Me recuso a responder essa pergunta.

Meu cinegrafista puxa seu walkie-talkie, transmitindo algo à produtora. Alguns minutos depois, ouvimos um anúncio pelos alto--falantes:

— Todos os três tokens foram encontrados. Vai começar uma contagem regressiva de dez minutos. O primeiro time a colocar uma tag em todos os membros do time adversário antes do final da contagem vai ganhar. Se isso não acontecer, o time com o maior número de tokens ganha.

— Ah, não — resmungo.

Isto não é bom. Não posso *vencer*. Fiquei tão distraída procurando os bichinhos de pelúcia que esqueci que a minha intenção original era ajudar Hyemi. Volto para as escadas correndo.

— O que está fazendo? — Nathaniel fala atrás de mim. — A gente devia se *esconder*.

— Preciso encontrar Hyemi — sussurro só para ele.

— Por que você precisa encontrar Hyemi? — Sua voz ecoa alto pelas escadas.

— Shh!

Cubro sua boca. Depois pego sua mão e o puxo.

— Sori, sério, o que...?

Ele não tem tempo de terminar a frase, porque de repente há câmeras por toda parte e Hyemi está subindo as escadas como se estivesse possuída, arrancando a mochila das minhas costas. Atrás dela, Nathaniel e Jaewoo lutam para pegar a mochila um do outro.

— Min Sori está eliminada — alguém diz. E um segundo depois: — Nathaniel Lee está eliminado.

Nossos cinegrafistas nos conduzem ao primeiro andar, onde a sala da diretora faz as vezes de sala de espera para os jogadores eliminados. Nos sentamos um de frente para o outro nos sofás de couro. Pouco tempo depois, a porta se abre e Divertido entra. Ele olha para nós e solta um suspiro.

— Acho que o Time dos Delinquentes já era.

A porta se abre de novo e Hyemi e Jaewoo entram, seguidos pelo Galã, que foi eliminado alguns segundos depois de nós.

Endireito a postura e pergunto:

— O que aconteceu?

Ninguém responde, porque ouvimos pelos alto-falantes:

— Oh Sun está eliminado. O conselho está fora! Os delinquentes ganharam!

Nathaniel e eu trocamos um olhar perplexo.

Um sorriso se espalha pelo rosto dele.

— O que...

Sun entra, seguindo por Youngmin, que está carregando minha mochila em um ombro.

Nathaniel se levanta, olhando de Youngmin para Sun.

— *Hyeong*, o que aconteceu?

— Youngmin é uma besta — Sun explica.

Youngmin faz a dança da vitória, se colocando de joelhos e fazendo um coração com os dedos para a câmera.

E com isso o episódio se encerra.

* * *

É uma da manhã, as filmagens avançaram bastante pela noite. Enquanto Ji Seok nos esperava, a secretária Park voltou para casa horas atrás. Um motorista substituto nos aguarda ao lado da van para levar Hyemi e eu para casa. Começamos a caminhar.

— Vou levar Youngmin para a casa dos pais dele e depois te deixo no apartamento — ouço Ji Seok falar para Nathaniel.

A mãe e a irmã mais nova de Jaewoo vieram buscá-lo e Sun foi embora no carro enviado pelo avô.

Pelo que me lembro, a casa de Youngmin fica do outro lado do apartamento compartilhado pelos membros do xoxo.

— Você pode ir com a gente — digo. — A casa de Hyemi fica no caminho pro apartamento.

Fico vermelha pela oferta impulsiva, mas é o mais conveniente para todos. Estou pensando em Ji Seok, que vai poder ir para casa mais cedo depois de deixar Youngmin.

Nathaniel olha para mim.

— Vou com elas então — ele fala, e Ji Seok assente.

Hyemi e eu ocupamos os dois assentos do meio, enquanto Nathaniel sobe no banco de trás. Ficamos em silêncio durante a maior parte da viagem, exaustos após a longa filmagem.

Quando o motorista entra no bairro de Hyemi, ela solta um longo suspiro.

— Hyemi, está tudo bem? — pergunto.

— Acha que causei uma boa impressão?

— Claro que sim — digo, sentindo uma pontada de culpa por ter passado mais tempo com Nathaniel em vez de ajudando-a ativamente. Mas eu realmente acho que ela se saiu bem, apesar da timidez com as câmeras, o que era esperado. — Eles vão te amar — falo com sinceridade. — Como poderiam não te amar?

Paramos em frente ao seu prédio no Hannan, um dos complexos mais caros de Seul.

— Obrigada — ela fala, e depois acrescenta timidamente: — *Eonni*.

Antes que eu pisque, ela já desceu do carro. Enquanto me ajeito no assento, um pouco aturdida, vejo Nathaniel me olhando pelo retrovisor. Ele vira o rosto para a janela, mas noto um sorrisinho brincando em seus lábios.

Quinze

— Pode me deixar aqui — Nathaniel fala para o motorista quando estamos na esquina da sua rua.

Mesmo depois que suas carreiras decolaram e eles começaram a assinar contratos publicitários, os membros do xoxo escolheram continuar morando juntos. Youngmin ainda está no ensino médio e, como Sun disse, eles "querem vê-lo crescendo bem". Mas, além disso, eles realmente gostam da companhia um do outro.

Só que não há ninguém no apartamento agora. Em vez disso, uma fila de carros espera Nathaniel, parados no meio-fio com as luzes apagadas.

Me inclino para frente.

— São repórteres de tabloides? — Vejo fumaça de cigarro saindo das janelas abertas, visíveis sob os postes de luz. — Eles sempre ficam te esperando desse jeito?

— Deu uma piorada — ele fala do banco de trás, pegando suas coisas.

— O seu prédio não tem segurança?

Meu desconforto se intensifica ao pensar nele caminhando por esses carros.

— Sim, mas como eles ficam na rua e não dentro da propriedade, os seguranças não podem fazer nada. Mas está tudo bem, de verdade.

Meu estômago tensiona quando vejo uma câmera de lente angular projetando-se de uma janela aberta.

Nathaniel se levanta e desliza para o assento de Hyemi enquanto estica o braço para a porta.

— Espere. — Seguro sua camiseta por trás.

Ele para com a mão na maçaneta e olha para os meus dedos prendendo o tecido. Memórias da minha infância me invadem, de filas de carros esperando minha mãe e eu na agência e na escola, de flashes repentinos enquanto o mundo explodia em luzes e gritos ao nosso redor. *O que tem a dizer sobre a traição do deputado Min? Você conhecia a outra mulher? O boato de que você pediu o divórcio é verdadeiro?*

— Sori? — Nathaniel me traz de volta ao presente.

Ele não se mexeu. Seus olhos não estão mais na minha mão segurando sua blusa, mas no meu rosto. Sei que é meio descabido, que os paparazzi não vão machucá-lo de verdade, mas tenho a sensação inabalável de que se eu deixá-lo sair, estarei enviando-o para o perigo.

Então tomo uma decisão.

— Venha comigo.

Seus olhos se arregalam um pouco e depois se direcionam para o motorista. Não estou preocupada que ele vá dizer alguma coisa. Ele é funcionário da Joah, o que significa que é obrigado por contrato a preservar a privacidade dos artistas.

Solto Nathaniel e me recosto no assento.

— Pode, por favor, nos levar pra minha casa?

É quase duas da manhã quando descemos da van. A rua está silenciosa. Meus vizinhos mais próximos estão no pé da colina, virando uma esquina. As luzes automáticas acendem quando digito o código do portão da frente.

— Esta é a sua casa? — Nathaniel fala. Ele assobia quando entra no jardim atrás de mim. — Parece que estou no filme *Parasita*.

Olho para ele.

— Sem os assassinatos — ele acrescenta.

Acho que *meio* que entendo por que ele está falando isso. Minha mãe contratou um arquiteto de algum renome em Seul para projetar essa casa, que tem cinco quartos, piscina coberta e academia. Na escola, às vezes eu convidava uns colegas para virem aqui, e eles me diziam que tinham inveja por eu morar em uma casa tão espaçosa.

Nathaniel me segue pelo caminho iluminado até a porta da frente.

O hall de entrada está impecável graças à limpeza diligente de *Ajumma*. Abro o armário de sapatos, pego um par de pantufas e coloco-as no chão para ele.

— Está com fome? — pergunto.

Apesar de ser madrugada, me sinto estranha de levá-lo direto para o andar de cima, onde ficam os quartos.

— Bem, agora estou com vontade de comer *Chapaguri* — ele fala com um sorriso, referindo-se ao macarrão instantâneo popularizado pelo filme *Parasita*.

Reviro os olhos.

— A cozinha é ali.

Conduzo-o pelo hall, passando pela sala de jantar e entrando na cozinha. Chapaguri é a combinação de duas marcas de macarrão instantâneo, Chapaghetti e Neoguri. Vou até a despensa e abro uma gaveta contendo vários pacotes diferentes de macarrão organizados com cuidado. Pego os que preciso.

Depois de ferver a água, coloco os dois pacotes de macarrão e flocos de vegetais secos na panela. Enquanto a massa cozinha, olho para trás e vejo Nathaniel na banqueta da ilha. Nossos olhares se encontram e me viro rapidamente, separando o macarrão com o palitinho para que ele cozinhe por igual.

— Posso ajudar? — ele fala.

Lembro dele ajudando as irmãs naquela manhã na casa da família. Não tenho dúvidas de que ele é ótimo na cozinha. Ele se levanta do banco e contorna a ilha na minha direção.

— Não sei onde estão as coisas... — falo, me encolhendo.

A cozinha é o domínio de *Ajumma*. Das poucas vezes que me ofereci para ajudar, seja no preparo de alguma refeição, seja na limpeza, ela me enxotou. Mas agora estou me perguntando se eu não devia ter insistido mais.

— Tudo bem — ele fala, abrindo gavetas e armários. — Vou achar.

Ele desenterra jogos americanos em uma gaveta ao lado do fogão e pega duas tigelas em um armário.

— Vai precisar disso? — ele pergunta, segurando uma peneira que encontrou em uma gaveta.

— Sim, acho que está pronto.

Ele coloca a peneira na pia enquanto eu levo a panela para lá. Viro o recipiente para escorrer o macarrão, deixando um pouco de caldo. Depois transfiro a massa de volta para a panela e acrescento os saquinhos de tempero, misturando tudo muito bem.

— Tem uns acompanhamentos na geladeira — digo.

O amor das nossas vidas

Ele vai buscá-los enquanto sirvo nossos Chapaguri em duas tigelas. Quando termino, ele já está sentado.

— Obrigado pela refeição — ele fala antes de pegar os palitinhos.

— Não é bem como o do filme — digo, observando-o dar uma bocada desumanamente grande.

Ele balança a cabeça, incapaz de falar, esticando o braço para pegar um pouco de *kimchi* para complementar a experiência gastronômica.

— Está perfeito — ele fala ao terminar de mastigar e engolir.

Uma onda de calor me inunda. Me sinto até boba por estar tão feliz. É só *macarrão instantâneo*. Mas ele come com vontade, levando os pauzinhos aos lábios sem parar. Ele abaixa a cabeça para diminuir a distância entre o macarrão e sua boca.

Dou a primeira bocada e solto um gemido baixo. Nathaniel ergue os olhos, que cintilam, achando graça. O sabor tem o equilíbrio perfeito entre a riqueza do molho preto e os frutos do mar picantes; usei só um terço do pacote de temperos para não exagerar. Não sei se é pelo horário ou pela fome, mas está uma delícia.

Eventualmente, Nathaniel diminui o ritmo, comendo de maneira mais humana.

— E aí, vai me contar o que você estava fazendo hoje?

Meus ombros ficam tensos.

— Como assim?

— Na escola, quando Jaewoo e Woo Hyemi nos encurralaram na escada, você a *deixou* ganhar.

— Não tem como você saber. Ela me pegou de surpresa. *Você* que não se esforçou muito com Jaewoo.

— Me distraí com você perdendo de *propósito*.

— Foi tão óbvio assim?

Mordo o lábio. O plano não vai funcionar se as pessoas pensarem que eu estava tentando ajudar Hyemi.

— Não foi óbvio — Nathaniel diz com uma voz mais gentil do que quando me acusou um instante atrás. — O que está tramando, Sori?

Ontem contei tudo para Sun, até sobre as dificuldades financeiras da Joah, mas contar para Nathaniel seria diferente. Primeiro porque não quero sobrecarregá-lo, sabendo que ele está de férias depois de ter trabalhado tanto no último ano. Segundo porque, com seu jeito rebelde, ele tem um forte senso de justiça — é uma das muitas coisas que admiro nele;

Nathaniel sempre fala quando considera algo errado ou injusto. É por isso que não posso lhe contar que minha mãe está cuidando da estreia de Hyemi por conta do apoio financeiro do pai. Não quero que ele pense mal dela.

Além disso, confesso, tem uma pequena parte minha que se pergunta se ele vai pensar mal de *mim* por querer ajudá-la. Eu sabia que Sun não daria muita importância para o assunto, já que se conformar com essas situações é bastante normal para pessoas como nós, com pais no mais alto escalão da sociedade coreana.

No entanto, posso responder sua pergunta com um pouco de verdade:

— Sabe a Dream Music, a agência que a Joah adquiriu recentemente? Eles já iam lançar um grupo feminino quando o negócio foi fechado. Hyemi vai se juntar ao grupo, chamado ASAP, como a integrante mais nova, só que ela não teve nenhum treinamento formal. Ela tem menos de duas semanas pra aprender a coreografia, gravar a parte dela na faixa-título e ensaiar para o *debut stage*.

Faço uma pausa e continuo:

— Outro dia, logo antes do escândalo, na verdade, contei pra minha mãe que não queria debutar mais como *idol*. Fizemos um acordo de que se eu ajudasse Hyemi a se preparar para o show a tempo, ela me deixaria descobrir o que é que eu quero fazer. Vou poder ser livre, sem amarras. Sun me lembrou do meu contrato, e vou perguntar à secretária Park sobre o anulamento dele, mas isso não deve ser um problema. Minha mãe e eu nunca quebramos promessas antes. — Sou a melhor pessoa para ajudar Hyemi, já que à essa altura sou meio que uma *trainee* profissional.

Durante todo o tempo, Nathaniel manteve a mesma expressão, apenas franzindo as sobrancelhas de leve quando eu disse que mudei de ideia sobre debutar como *idol*. Será que ele vai tentar me convencer do contrário? Antes de Gi Taek e Angela, era *ele* quem mais apoiava o meu sonho.

— Então você está falando que Hyemi basicamente tem que entrar pro grupo ASAP.

Reviro os olhos, captando o duplo sentido[2].

— Faz sentido — ele diz. — Você ajudá-la, e não só por causa do acordo com a sua mãe. Você gosta de ajudar as pessoas.

---

2 N. da E.: ASAP é uma abreviação para *"as soon as possible"*, ou seja, "assim que possível" — por isso, a personagem refere-se ao duplo sentido da frase de Nathaniel.

Meu rosto fica quente. Suas palavras são tão genuínas e saem com tanta facilidade.

— Você não acha que estou cometendo um erro?

Ele não responde na hora e sou grata por isso, porque significa que está levando a pergunta a sério.

— Você não é imprudente — ele fala devagar —, e falo como um elogio. — Me pergunto se ele está se lembrando de Nova York, quando disse que eu não era impulsiva. — Você sempre considera as coisas sob todos os ângulos. Você sabe se cuidar. Emocionalmente. Mentalmente. É por isso que você é confiável, e o motivo de você ser a pessoa perfeita para cuidar de Hyemi.

Agora não é só meu rosto que está quente, mas meu corpo todo.

Depois de conversar com Nathaniel, percebo que já falei com todas as pessoas mais essenciais da minha vida sobre esse assunto — todas cuja opinião eu me importo.

Todas com quem eu mais me importo. E eu me importo muito com Nathaniel. Pelo menos posso admitir isso para mim mesma. Eu me importo com seu bem-estar. Me preocupo com ele. Quero que ele seja feliz e esteja seguro.

— Nathaniel, Nadine me falou que você está sozinho no apartamento, que está difícil sair com aqueles repórteres de tabloides de tocaia do lado de fora... — Respiro fundo. — Você quer ficar aqui em casa pelo resto das suas férias?

É o favor que Nadine me pediu. Naquela hora, considerei o pedido por um motivo principal, que ainda não mudou — retribuir a gentileza de terem me recebido naquele verão que passei com eles em Nova York — mas, agora, quero fazer isso pelo bem dele, porque me importo com ele, como amiga.

Ele abaixa os olhos e depois os ergue de novo.

— Posso te responder amanhã?

— Claro — falo depressa. — Eu trouxe esse assunto do nada, né?

Meu rosto esquenta. Ele deve estar desconfortável de pensar em ficar na casa da sua ex-namorada. Estou constrangida demais para encará-lo, então fico observando minha tigela vazia.

Nadine também falou que ele estava trabalhando em um projeto secreto. Ele pode querer ficar no apartamento por isso.

— Obrigado, Sori. — Quando levanto a cabeça, seus olhos são ternos.

— Agradeço muito pelo convite.

— Conseguiu falar com Hyemi? — pergunto, torcendo para a mudança de assunto disfarçar meu constrangimento. — Ela é uma graça. Você vai gostar dela. Ela não é tão mais nova que a gente. E é canadense. A língua materna dela é inglês.

— Ah, é? — ele fala, soltando um bocejo.

Olho para o celular e vejo que estamos ali na cozinha há quase uma hora.

— Você está exausto. Vamos, deixa eu te mostrar o seu quarto.

Lavamos a louça juntos, voltamos para a sala de jantar e subimos as escadas para o segundo andar.

— O quarto da minha mãe é o último — digo, apontando para a porta fechada no final do corredor. — Não se preocupe, ela nunca está em casa. Ela só vem pra pegar roupas, já que está dormindo no escritório.

Nathaniel franze o cenho.

— Você está morando sozinha?

— Tenho uma governanta. Ela dorme aqui durante a semana. Este é o quarto de hóspedes. — Abro a porta para ele.

— Uau — ele assobia. — É do tamanho do nosso apartamento.

— Duvido. — Os membros do xoxo moram em um apartamento *bem* caro. — Você precisa de... alguma coisa? Pijama? Tem toalhas e escova de dente no banheiro.

— Estou bem — ele fala, se apoiando na porta.

— Mas com o que você vai dormir? — pergunto, fazendo uma careta.

— Na cama.

— Com as roupas da rua? — Franzo o nariz.

— Não.

Levo um segundo para entender o que ele está dizendo. Eu devia ficar com vergonha, mas estou curiosa. Será que ele sempre dorme assim?

— Mas você não vai ficar com frio?

Ele dá risada.

— Talvez. O seu quarto é aí atrás?

— Sim — digo, e acrescento depressa: — Você não pode entrar.

Visualizo o que ele veria se entrasse no quarto agora: ursinhos de pelúcia cobrindo cada superfície, incluindo minha cama.

— Isso não estava nos planos.

Encaro-o. Então percebo que estamos próximos demais e dou um passo para trás.

Ele franze as sobrancelhas de leve.

— Bem, então boa noite.

Pressiono as costas contra a porta, sentindo a maçaneta na minha pele.

Ele observa meu rosto. Seu olhar se demora no meu nariz, nos meus olhos, nos meus lábios.

— Boa noite, Sori.

Abro a porta e entro, e não me mexo até ouvir sua porta se fechando.

Dezesseis

Eu devia estar exausta, porque durmo a noite toda e só acordo quando meu celular vibra com uma mensagem. Com os olhos embaçados, viro na cama, derrubando vários ursinhos de pelúcia ao esticar o braço para pegar o aparelho na mesa de cabeceira. É uma mensagem da secretária Lee, funcionária do meu pai: O almoço com o deputado Min e a CEO Kim está marcado para às 13h de hoje. Ela também forneceu o local — um sofisticado restaurante japonês em Apgujeong — e me pediu para vestir roupas adequadas.

Solto um resmungo e atiro o celular na cama. A última vez que encontrei meu pai e minha avó juntos foi logo depois que voltei da Coreia, após o escândalo dele, quando ela contratou um repórter para uma entrevista exclusiva na sua casa. A experiência foi bastante desagradável, pois tive que mentir descaradamente enquanto suportava vários insultos contra minha mãe por parte da minha avó, tia e primos.

Respiro fundo e afasto a lembrança. O almoço é só à tarde, e já que vou encontrar Hyemi depois que ela sair do treino, tenho a manhã toda para fazer o que quiser.

Será que Nathaniel já acordou? Meu corpo está estranhamente leve, como se houvesse um balão no meu peito. Ele está tão perto — apenas duas portas e um corredor nos separam. Sinto-me o mais desperta que estive durante toda a semana, possivelmente todo o mês. Minha mente se agita com ideias para a manhã. Ele certamente vai estar com fome. Encontro o celular enterrado nos bichinhos de pelúcia. Outros tantos caem quando levanto da cama, pesquisando receitas na internet.

Já estou visualizando tudo na minha cabeça: panquecas japonesas, bem fofinhas, servidas em pratos de porcelana; uma flor branca colhida do jardim e disposta em um vaso de cristal no centro da mesa, e talvez outra flor no meu cabelo.

Depois de um banho rápido, visto um body bege-claro com gola e uma saia na altura dos joelhos. No banheiro, passo delineador e curvex. Só estou empolgada porque nunca tive um convidado só para mim antes. *Ajumma* estava aqui das duas vezes que Gi Taek e Angela vieram, e quando Jenny visitou também. Ela não está hoje porque é segunda e só vai chegar de tarde. Eu ficaria empolgada com qualquer visita, sério.

Quando saio do quarto, vejo que a porta do quarto de hóspedes está um pouco aberta.

— Nathaniel? — chamo.

Ele não responde, então bato de leve na porta e depois a abro. Uma estante posicionada no meio do quarto bloqueia a visão da cama.

Lembro da nossa conversa de ontem sobre pijamas, ou a falta deles, e minha respiração fica curta.

Limpo a garganta.

— Nathaniel? Vou entrar. É melhor estar vestido.

Dou a volta na estante e ergo os olhos para a cama *king size* que fica em uma plataforma elevada.

Só que ela está... vazia.

Por um momento, fico parada ali, confusa. Depois verifico o banheiro, que também está vazio.

Com o coração batendo forte, saio do quarto, desço as escadas e abro o armário da entrada. Vejo as pantufas que emprestei para Nathaniel no lugar dos sapatos que ele tirou de noite.

O balão no meu peito explode. Ele foi embora.

Ainda estou pensando em Nathaniel quando vou para o almoço com meu pai e minha avó. Quando ele saiu? Por que não falou nada? Verifico o celular, mas ele não mandou nenhuma mensagem.

Um garçom abre a porta de correr e tiro os sapatos antes de entrar na sala privativa.

— Boa tarde, *Halmeoni*, *Abeoji* — falo, fazendo uma reverência para cada. Eles estão sentados em lados opostos de uma mesa baixa. Acomodo-me na almofada de seda ao lado do meu pai, que me cumprimenta com um sorriso caloroso. Minha avó nem levanta a cabeça.

Ouço os suaves sons da fonte de bambu no fundo da sala enquanto a calha se enche e depois cai, entornando a água em uma bacia. *Quase* me sinto tranquila.

Um garçom despeja o chá de uma jarra de barro em uma xícara; vejo o vapor subindo pelo ar quando ele a entrega para mim. Aceito-a com as duas mãos e os olhos do meu pai se franzem em aprovação. Apesar da minha mãe ser uma beldade renomada, as pessoas costumam comentar sobre os atributos físicos que meu pai e eu compartilhamos. Temos o mesmo nariz reto, sobrancelhas arqueadas e cabelo preto e espesso, embora o dele seja grisalho nas têmporas.

— É um pouco inconveniente que seu pai tenha que agendar um horário para fazer uma refeição com você — minha avó diz. Sua voz alta perfura a tranquilidade da sala. — Isso não seria um problema se você viesse morar conosco. Minha casa é muito mais confortável do que aquela monstruosidade espalhafatosa que Min Hee construiu. Um desperdício do dinheiro do seu pai, aliás. E eu tenho um cozinheiro profissional, não como aquela pobre coitada que sua mãe emprega.

Conto até cinco mentalmente. Aprendi anos atrás a não discutir nem argumentar com ela — não só porque ela é minha avó e isso seria muito desrespeitoso, mas também porque só pioraria as coisas. Nos últimos tempos, minha mãe é sempre a culpada pelo meu mau comportamento. É por causa do sangue dela *que Sori está agindo assim*.

— *Ajumma* cuida de mim muito bem, *Halmeoni* — falo com a voz mais doce que consigo fazer —, e eu não poderia deixar minha mãe sozinha naquela casa tão grande.

Também aprendi muito tempo atrás a não me sentir mal por mentir para a minha avó, especialmente para proteger minha mãe. Ela não precisa saber que eu praticamente moro sozinha.

Ela bufa audivelmente.

— Você devia demonstrar pelo seu pai e por mim a mesma consideração que tem pela sua mãe.

Alguém bate na porta baixinho e a abre em seguida. Os garçons entram com tábuas de madeira feitas à mão, artisticamente decoradas com peças de sushi, colocando uma diante de cada um de nós. Durante o almoço, minha avó e meu pai conversam sobre assuntos que não me interessam, então faço o de sempre nessas situações: penso em outra coisa.

Nathaniel deve ter ido embora porque se sentiu desconfortável. Eu praticamente o arrastei para casa no meio da noite. Talvez ele pense que é arriscado demais ficar lá, ou talvez *prefira* ficar sozinho no apartamento — como pensei ontem à noite —, podendo desfrutar do lugar todo só para si, sem os outros membros do grupo.

Então me ocorre um pensamento terrível. E se ele achar que ainda tenho sentimentos por ele? Ele já tinha me perguntado isso no karaokê. Deve ter ido embora sem falar nada para me poupar.

— Você não está saindo com aquele rapaz de novo, né? — meu pai fala. — Daquele grupo *idol*.

Quase derrubo a xícara de chá.

— C-claro que não — respondo, aliviada que minhas mãos não estão tremendo.

O que o levou a perguntar isso?

— Que bom. Porque tem alguém que eu gostaria que você conhecesse: o sobrinho de um dos meus apoiadores. O tio dele é muito importante para a minha campanha.

Devo fazer uma careta, porque ele acrescenta:

— Eu não ia falar nada, só que esse jovem pediu para conhecer você.

Franzo o cenho.

— Como assim?

— Você causou uma boa impressão naquele programa.

Fico confusa, mas logo entendo que ele está falando do *Show da Woori e do Woogi*, já que *Prenda-me se for capaz* só vai ao ar na quarta.

— Não quer pensar nisso? Eu ficaria satisfeito.

Suspiro. Que mal há em mais um encontro?

— Vou pedir para a secretária Lee te passar as informações — ele diz.

***

Chego na Joah quando Hyemi está terminando seu primeiro ensaio com o grupo. Ao contrário do xoxo, o asap tem seis integrantes, e Hyemi é a caçula. Elas saem da sala de ensaio da mais nova para a mais velha, fazendo uma reverência para a instrutora de dança, que oferece a cada uma palavras de encorajamento. Hyemi parece exausta, com os ombros caídos, mas seus olhos se iluminam ao me ver.

— *Seonbae*!

— Hyemi-yah — digo, puxando-a para o lado para abrir caminho para as outras. — Te encontro aqui na sala de ensaio em quinze minutos. Preciso falar com Sun Ye-eonni primeiro.

Ela assente e sai correndo para o banheiro com as garotas.

A última delas — a líder do ASAP — está me esperando, apoiada na porta com os braços cruzados.

— Você me chamou?

Sorrio.

— Kim Sun Ye.

Apesar de nunca termos sido próximas o suficiente para nos vermos fora da Joah, sempre tivemos uma boa relação. Fora eu, Sun Ye é a *trainee* mais antiga da agência. Ela teve algumas chances de sair no outono passado — a oferta mais significativa foi da KS Entertainment, a maior rival da Joah. Eles lhe ofereceram a posição "principal" no seu mais novo grupo feminino, mas ela recusou. Eu nunca soube o motivo.

— Posso falar com você rapidinho?

Ela assente e seguimos para uma parte mais silenciosa do corredor.

— Como ela está indo? — pergunto.

Sun Ye nem precisa perguntar de quem estou falando.

— Melhor que o esperado — ela fala com sua voz calma e ponderada.

Sun Ye foi a escolha certa para líder, não só por conta da sua idade — aos vinte, ela é a mais velha do grupo —, mas também porque é sensata. Apesar da minha mãe ter me oferecido essa posição, Sun Ye sempre foi a mais adequada para esse papel.

— Ela aprende rápido. Fiquei surpresa por ela nunca ter tido nenhum treinamento.

— E as outras garotas estão a tratando bem?

— Elas nem sonhariam em chateá-la — Sun Ye fala com um sorriso provocador. — Não com Min Sori observando-a de perto.

Reviro os olhos.

— Pode me falar a verdade.

Ela faz uma pausa, pensativa.

— São coisas normais. Seis garotas juntas por longos períodos de tempo em um ambiente de alta pressão... rolam umas briguinhas. Alguns puxões de cabelo. Brincadeira. — Ela dá risada.

Hyemi não deve ter contado para as meninas do envolvimento do seu pai. Se bem que, agora que estou pensando melhor, ela provavelmente nem sabe da extensão da coisa. O que significa que vou ter que guardar segredo não só das outras — elas poderiam se ressentir —, mas também da própria Hyemi, que pode se sentir constrangida por não ter conquistado seu lugar no grupo por conta própria.

— Ela é uma ótima rapper — Sun Ye fala. — Dá para entender por que a Joah a contratou em cima da hora. Nosso diamante bruto.

Fico aliviada.

— Obrigada. Fico mais sossegada com você cuidando dela.

— Eu sei. É bastante pressão. Eu praticamente ganhei cinco irmãs mais novas da noite pro dia.

Sun Ye fala como se estivesse sofrendo, mas noto um brilho nos seus olhos.

— Estou feliz por você — digo.

É um grande momento para ela. Depois de dez anos como *trainee*, ela finalmente vai debutar.

— Obrigada, Sori. — Sua expressão suaviza.

Visto roupas de ginástica e me junto a Hyemi, que está se alongando no chão da sala de ensaio.

— Sun Ye me disse que o ensaio foi ótimo — digo, esticando as pernas e tentando alcançar os dedos dos pés.

— Sun Ye-eonni é muito boazinha — Hyemi diz.

Mais uma vez, percebo que ela parece bem cansada. Não só fisicamente. Se me lembro bem, ela acordou às cinco para praticar, depois de ter voltado tarde da gravação do programa de variedades ontem à noite.

— Sei que precisamos repassar a coreografia, mas podemos descansar um pouquinho.

Hyemi balança a cabeça.

— Não ligo de trabalhar duro nas próximas duas semanas. Posso descansar depois.

Apesar de não ter passado anos como *trainee*, ela definitivamente fala como se fosse uma.

Mais tarde, vou ter que lhe dizer que é melhor ir com calma e que as coisas só vão ficar *mais* difíceis depois que ela debutar, mas, por enquanto, vou deixá-la acreditar nisso.

— Certo — digo, me levantando e seguindo para a lateral da sala para ligar o som. — Me mostre os passos.

A coreografia é *bem* difícil, mas felizmente Hyemi foi colocada nos fundos ou na lateral da formação durante a maior parte da música, indo para a frente apenas quando vai cantar. Ela teve um *pouquinho* de treinamento formal, tendo frequentado um estúdio de dança em Toronto durante o ensino fundamental. Percorro os passos com ela, oferecendo--lhe dicas e correções.

Horas depois, passamos a coreografia tantas vezes que acabei decorando-a. Seus movimentos ainda precisam de refinamento, e ela vai ter que dedicar bastante tempo ensaiando para poder se apresentar com perfeição no palco, mas já melhorou consideravelmente desde quando começamos.

— Estou nervosa com a imagem que vou causar no programa — ela diz enquanto arrumamos nossas coisas para ir embora.

— No *Prenda-me se for capaz*? — pergunto.

Ela assente.

— Acho que não fui completamente eu mesma. Eu não queria passar vergonha, então tentei me comportar da melhor maneira possível, mas acabei ficando meio tensa.

Reflito um pouco antes de falar:

— Você não precisa se mostrar completamente pras pessoas. Na verdade, é *melhor* guardar uma parte só pra você.

— Você faz isso, *Seonbae*? Sua imagem é bem glamorosa, mas você também é glamorosa pessoalmente.

— Não muito.

— É, sim — ela insiste.

— Eu posso ser um pouco insegura e cruel. Além de irritadiça e brava. — Penso em Nathaniel indo embora de manhã sem me avisar. — Talvez um dia eu fique confortável pra mostrar esses meus lados pra estranhos, mas, neste momento, quero manter essas características escondidas e só mostrar meu lado glamoroso.

— Espero ver todos os seus lados um dia, *Seonbae* — ela fala, sorrindo, e eu dou risada.

São quatro horas quando desço do ônibus no meu bairro. O sol está se pondo sobre as montanhas a oeste. Por um momento, fico parada ali, respirando o ar frio do fim de tarde.

A rua está silenciosa e um carro passa. Um casal de idosos dá a volta no quarteirão com seus cachorros.

Em vez de subir a colina da minha casa, vou até a loja de conveniência da esquina. Enquanto me aproximo, a porta se abre e um garoto sai.

Nathaniel.

Dezessete

Espero Nathaniel em uma das mesas de plástico na frente da loja. Alguns segundos depois, a porta faz barulho e ele reaparece com uma bebida em cada mão. Ele deposita uma garrafa de suco de uva diante de mim antes de se sentar do lado oposto. Com dedos compridos, ele retira cuidadosamente o lacre da sua bebida.

Ele está de moletom e calça de ginástica, e seu cabelo macio faz uma curva ao redor das orelhas. Seu celular acende na mesa com uma mensagem de Youngmin, mas ele o ignora. O que está fazendo aqui, no meu bairro, na minha loja de conveniência, entre todos os lugares do mundo?

Pensei que ele tinha respondido a minha oferta ao sair de manhã sem me dizer uma palavra, e agora que ele está aqui, todos os sentimentos que suprimi durante o dia retornam com força. Sinto vergonha por ter pensado que ele estava me evitando, irritação por ele não ter me avisado que ia embora, e decepção por ele ter ido.

— Por que você foi embora de manhã? — pergunto.

Ele me encara com as sobrancelhas levemente erguidas.

— Eu tinha uma reunião, então voltei pra casa pra me trocar.

Reunião? Fecho a cara.

— Mas por que não me falou nada?

— Você ainda estava dormindo. Não queria te acordar. Sori, tem alguma coisa errada?

Balanço a cabeça.

— Nada. Está tudo bem. É só que... — Fico mexendo na garrafa. — Pensei que a gente ia tomar café da manhã juntos.

As palavras me parecem tão bobas quando as digo em voz alta. É só um *café da manhã*. Que eu estava animada para compartilhar com ele. Pelo menos posso ser sincera quanto a isso.

Seguro a garrafa com força.

Não posso olhar para ele. Ele deve estar achando que estou tão carente que fiquei chateada por conta de uma simples *refeição*. Sou uma riquinha solitária na sua mansão enorme.

Nathaniel se inclina para frente, afastando a garrafa das minhas mãos. Em seguida, coloca as mãos nas minhas para que eu as segure. Fico surpresa com a sensação. Durante a gravação de *Prenda-me se for capaz*, ficamos de mãos dadas durante alguns momentos, mas não foi assim. Sua pele é mais macia do que eu me lembrava. Deslizo o indicador em seu dedo e reparo que ele cortou as unhas.

— Desculpe — ele fala depois de um instante. — Eu devia ter te avisado que estava saindo. Eu ia te escrever, mas acabei me distraindo. Da próxima vez, pode deixar que te aviso se tiver que ir pra algum lugar.

Próxima vez. Levanto a cabeça.

Nathaniel respira fundo.

— A reunião que eu tinha de manhã era na ks Entertainment pra discutir sobre uma parceria que estou fazendo com uma artista deles. É por isso que eu não queria voltar pros Estados Unidos durante as férias do xoxo, apesar dos meus pais terem me pedido pra ir.

Ele solta uma risada trêmula, e percebo que ele está... nervoso. Uma parceria é algo importante, e uma novidade para ele, já que, até agora, ele não realizou nenhum projeto solo fora do xoxo.

— Não há nada no meu contrato dizendo que não posso trabalhar como produtor com artistas que não sejam da Joah, e é isso o que vou fazer.

Ele solta minha mão para esfregar a nuca.

— Sinceramente... Eu estava um pouco preocupado sobre como faria pra ir e vir da ks pra casa sem espalhar boatos, porque queremos manter a parceria em segredo até o lançamento. Aqui nesse bairro, ninguém nem me olhou. Ele é bem afastado e a maioria dos moradores parece ser discreta. Eles não iam querer repórteres de tabloides por aí. Mesmo se alguém me reconhecesse, não acho que sairiam publicando minha localização nem nada.

Ele morde o lábio e eu fico observando o gesto. É tão raro vê-lo assim, inseguro, que meu peito fica apertado. Ele está confiando em mim ao falar sobre esse novo projeto que pelo visto o deixa receoso, mas que é importante. Quero valorizar sua confiança, provar que sou digna de algo tão precioso.

Estico o braço e dessa vez sou eu que coloco a mão sobre a sua.

— Vou esperar ansiosamente pelo resultado — falo com toda a sinceridade.

Ele fica olhando para a minha mão em cima da mão dele.

— Você me perguntou ontem, e talvez tenha mudado de ideia, mas... Nathaniel levanta a cabeça.

— Posso ficar com você, Sori? Até o fim das minhas férias?

Ele não precisa me perguntar, pois já estava convidado, mas sei por que está voltando a esse assunto.

Ele está me dando uma chance de dar para trás.

E talvez eu devesse mesmo fazer isso. Ando toda emotiva desde que voltamos a nos falar, e isso só vai piorar, especialmente se morarmos juntos. Mas não importa, porque...

Quero que ele fique.

— Claro.

Ele abre um sorriso tímido e eu coro sem motivo. Me remexo na cadeira.

— Então... vamos? — ele pergunta.

Faço que sim com a cabeça.

Ele solta minha mão para pegar nossas garrafas vazias, levando-as para a lixeira de reciclagem. Ao voltar, ele pega minha mochila e a coloca sobre o ombro.

Enquanto subimos a colina, observo-o discretamente.

Me sinto uma boba agora que sei que ele saiu porque tinha uma reunião, e não porque acha que ainda tenho sentimentos por ele. Ele não pensaria isso, se eu falei que não no karaokê. Não sei se é porque cresceu com quatro irmãs mais velhas, mas ele sempre foi um ótimo ouvinte.

Assim como na noite anterior — ou melhor, na madrugada anterior —, Nathaniel me segue pelo caminho iluminado até a porta da frente. A luz da varanda acende quando nos aproximamos.

— A gente devia estabelecer algumas regras básicas primeiro — falo, parando sob a luz.

Ele assente.

— Certo.

— Vamos nos esforçar pra sermos discretos. Se estivermos no mesmo lugar, é melhor não sairmos juntos.

— Faz sentido.

— Minha mãe não pode saber que você está aqui. Para limitar as chances de ela saber, devemos evitar comentar com o maior número de pessoas possível. Nadine já sabe.

— E quanto a Jaewoo e Jenny?

Mordo o lábio. Não gosto da ideia de esconder coisas de Jenny nem de pedir para Nathaniel guardar segredo de Jaewoo, seu melhor amigo.

— Sabe de uma coisa? — ele balança a cabeça. — Esquece. Se contarmos pra eles, vamos ter que contar pro Gi Taek, Sun e os outros. É melhor não falar nada.

Concordo, aliviada por ele estar levando isso tão a sério quanto eu.

— Se qualquer um de nós mudar de ideia, o acordo está encerrado, sem questionamentos. E você vai ter que usar camiseta o tempo todo.

— O quê? Por quê?

— E se precisarmos acordar no meio da noite? — pergunto. — Tipo, e se tiver um incêndio?

— Daí posso vestir a camiseta.

— Mas isso vai levar tempo.

— Sei lá. — Nathaniel parece contrariado. — Essa regra é meio exagerada.

— É proibido entrar no meu quarto.

Ele levanta a sobrancelha.

— Por quê?

Solto um suspiro, escandalizada.

— Como assim *"por quê"*?

Ele dá de ombros.

— Só fiquei curioso por que não posso entrar no seu quarto e você pode entrar no meu.

— O seu quarto é de hóspedes e não possui objetos pessoais. Já o meu está cheio de coisas.

— Não vou roubar seus bichinhos de pelúcia, se é disso que você tem medo. Não como você, que roubou Bearemy Baggins.

— Eu não *roubei* Bearemy, e não é disso que tenho medo.

Ele fica completamente imóvel e então percebo meu erro.

— Então do que você tem medo? — Meu coração acelera. — Sori, por que tantas regras?

— São só... regras...

Meus olhos encontram os seus e perco o fôlego.

— Você devia tomar cuidado ao estabelecer essas regras comigo — ele fala, e sua voz é como seda. — Você sabe que eu vivo pra quebrar regras.

Nenhum de nós se move, mas, de alguma forma, ele está mais perto.

Posso até contar cada um dos seus longos cílios impossivelmente grossos.

Devagar, ele levanta a mão, deslizando os dedos de leve pelas minhas bochechas, depois descendo pela lateral do meu rosto e parando atrás do meu pescoço.

Estremeço e abro os lábios.

— Min Sori? — A porta da frente se abre e Nathaniel abaixa a mão. — O que está *fazendo*?

Dezoito

Ajumma está parada na porta com uma espátula na mão.
— O que está fazendo aí? Venha!
Ela fecha a porta e gesticula para que entremos.
— *Ajumma*. — Respiro fundo. — Este é...
— Nathaniel Lee! Sou fã do xoxo, mas *você* é o meu favorito.
Solto um suspiro de surpresa.
— Você se parece com o meu primeiro amor. Ou talvez com alguém que eu posso ter amado quando era mais nova. O que acha, Sori-yah? Ele não parece o primeiro amor de alguém?
Meu coração já está acelerado pelo que *quase* aconteceu lá fora.
— Primeiros amores têm esse nome por um motivo — digo para me distanciar daquele momento. — Porque há segundos, terceiros e quartos depois disso.
Olho para Nathaniel e vejo que ele está me observando.
— Você pode se apaixonar de novo — ele fala para *Ajumma* sem tirar os olhos de mim. — Deixe que eu seja seu segundo, terceiro e quarto amor.
Meu coração retumba dentro do peito.
— Não seja bobo. — *Ajumma* abana a mão no ar. — Você deve ser o sétimo.
— *Ajumma*! — digo, tirando os sapatos e gesticulando para que ela abra espaço.
Enquanto Nathaniel tira os tênis no hall, explico para ela que ele só vai ficar enquanto o xoxo estiver de férias, e que ela precisa guardar segredo da minha mãe.

— Ela não entenderia.

Esta é a parte mais difícil: fazer *Ajumma* concordar em mentir para a minha mãe, pois ela sempre foi muito leal.

— Ah, sim — *Ajumma* diz, acenando a cabeça vigorosamente. — Sua mãe às vezes não é muito razoável. Acho que é melhor mesmo ela não saber.

Ela me encara e dá uma piscadela exagerada.

Pela segunda vez hoje, me surpreendo com ela.

— *Ajumma*, eu não... quero dizer, Nathaniel e eu...

— Sim, sim, claro. — Ela me empurra para a sala de jantar. — Não precisa se explicar. Só saiba que estou torcendo por você. Arrasa!

— *Ajumma*! — exclamo, mas ela já está saindo do hall.

— O que foi isso? — Nathaniel pergunta atrás de mim, e eu dou um pulo de susto.

— N-nada. Venha, vamos comer.

Na comprida mesa de jantar, *Ajumma* arruma um segundo lugar para Nathaniel ao meu lado. Depois, como uma chef num programa de culinária, ela revela cada prato com floreio.

Se Nathaniel já não tivesse conquistado *Ajumma* com sua aparente semelhança com seu primeiro amor, ele a conquistaria ao fim da refeição, tendo devorado com entusiasmo tudo o que ela colocou diante dele, incluindo duas porções de arroz.

Depois, *Ajumma* nos expulsa da sala de jantar para que Nathaniel possa se instalar no andar de cima.

— Talvez ainda seja muito cedo para abrir a piscina — digo enquanto subimos as escadas —, mas tem uns equipamentos de ginástica na academia que você pode usar. O código do portão é 452809*.

— Os últimos quatro dígitos são o seu aniversário — ele fala devagar —, mas o que são os primeiros?

— O ano que conquistamos nossa independência. — Como ele não diz nada, viro para ele e noto uma expressão estranha. — O que foi?

— Você disse "nossa independência".

— Claro que sim. — Reviro os olhos. — Você é estadunidense, mas também é coreano — comento com firmeza.

Quando volto a encará-lo, ele está com um sorrisinho no rosto.

Paro na porta dele.

— Pode ir pra qualquer lugar da casa, exceto o quarto da minha mãe.

O amor das nossas vidas

Faz mais de um mês que ela não vem e acho que não volta tão cedo.

Ela já estava ocupada, e acho que isso não vai mudar nas próximas semanas.

Nathaniel olha para o corredor e depois para mim. Me pergunto se vamos conversar sobre o que aconteceu lá fora, antes de *Ajumma* nos interromper. Por um instante, pensei que ele fosse me beijar.

Entro um pouco em pânico. Se isso acontecer, tudo estará acabado.

— Te vejo de manhã — ele fala, abrindo a porta do quarto.

O alívio me domina e meu coração fica quentinho. Suas palavras são como uma promessa.

— Ah, mais uma coisa. — Ele se vira. — Achei uma falha em uma das suas regras.

Estreito os olhos, sentindo que ele vai dizer algo ultrajante.

— Você disse que eu tenho que dormir de camiseta. — Ele abre um sorrisinho malandro. — Como vai saber se eu desobedecer?

Claramente satisfeito consigo mesmo, ele entra no quarto.

***

Na manhã seguinte, acordo num susto. Com o dia anterior na cabeça, salto para fora da cama. Um Pikachu sai voando e bate na porta enquanto eu me situo e abro-a silenciosamente para dar uma espiada lá fora. Do outro lado do corredor, a porta de Nathaniel está aberta. Meu estômago se revira, mas então vejo o moletom que ele estava usando na noite anterior pendurado na cadeira. Ele *ainda* está aqui, só... está acordado. Será que ele sempre acorda cedo?

Escovo os dentes depressa e lavo o rosto, tiro o pijama e coloco um conjunto de moletom. Penteio o cabelo para trás e o prendo com uma presilha. Desço as escadas correndo e paro ao ver Nathaniel sentado na mesa de jantar. Ele está usando um moletom de zíper com uma camiseta branca, e seu cabelo está bagunçado do sono. Ele está com uma perna apoiada na cadeira e o cotovelo equilibrado sobre o joelho enquanto olha concentrado para o notebook. Está de fones de ouvido, mas levanta a cabeça quando chego e acena para me cumprimentar antes de voltar a atenção para a tela.

Lembro que em Nova York ele disse que estava estudando. Curiosa, dou a volta na mesa. Ele está sentado no meio, de costas para a cozinha.

122

Observo a tela e vejo que ela está dividida em vários quadradinhos e que o microfone está destacado. Me jogo para o lado e quase tropeço nas pantufas.

Nathaniel dá risada, colocando os fones no pescoço.

— O que está fazendo?

— Não quero aparecer — sussurro.

— A câmera está desligada — ele fala, divertido, — e estou sem som. — Ele estende a mão para puxar minha manga até que eu esteja ao seu lado. — É minha professora — ele explica, apontando para a caixinha principal, que mostra uma mulher caucasiana de meia-idade. — E esses são meus colegas.

Ele clica em um ícone e mais caixas aparecem. A maioria está com a câmera desligada, assim como ele.

Leio "Nathaniel Lee" no cantinho do seu quadrado.

— Está usando seu nome verdadeiro? — pergunto.

— Por que não? Deve ter um monte de Nathaniel Lees.

Ele tira os fones completamente. Pega a caneca vazia em cima da mesa, empurra a cadeira para trás e se levanta.

— Você não precisa prestar atenção? — pergunto, seguindo-o para a cozinha.

— Ela está repassando umas coisas da última aula. — Ele coloca a caneca no suporte da cafeteira. É um modelo novo que minha mãe comprou antes de sair. — Dormiu bem?

Não quero lhe contar que acordei ansiosa algumas vezes no meio da noite, pensando que não o encontraria em casa de manhã, então me adianto:

— Sim.

Ele levanta a sobrancelha, mas não me questiona.

— Tudo bem eu usar essa máquina? — Ele acena para a cafeteira.

— Sim. Ninguém usa esse treco.

Minha mãe usou apenas uma vez e depois comprou um modelo ainda mais moderno para o escritório.

Ele abre a gaveta repleta de cápsulas coloridas.

— Quer escolher um sabor?

— *Sim*.

Pego uma cápsula e a mostro para ele.

— Rosa, eu devia imaginar.

Ele aperta um botão, abrindo uma tampa. Coloco a cápsula no lugar e inicio o preparo.

Nathaniel se recosta no balcão.

— *Ajumma* veio mais cedo, mas foi lá fora no jardim. Acho que foi isso que ela disse. Ela me perguntou se eu queria café da manhã, mas falei que ia te esperar.

— Que bom. Eu... queria tomar café com você.

Não sei se é porque estou em casa, mas estou conseguindo ser mais sincera com ele — e comigo também. Minhas bochechas ficam coradas. Levanto a cabeça achando que ele vai estar com aquela cara divertida, mas ele desviou o olhar e suas bochechas estão coradas.

— Vamos passar o dia ocupados — ele fala —, mas vamos tentar tomar café da manhã e jantar juntos.

— Certo.

O café fica pronto e seguimos para a mesa.

— Preciso voltar pra aula...

— Não se preocupe comigo — falo depressa.

Enquanto ele se acomoda, subo para o quarto para pegar uns materiais de escritório nas gavetas da escrivaninha. Desço para a sala de jantar e me sento na frente dele, dispondo tudo na mesa. Algumas pessoas encontram conforto na meditação ou nos exercícios físicos, já eu encontro conforto em artigos de papelaria esteticamente agradáveis. Vejo-o sorrir quando organizo meus post-its do *Ursos sem curso* e minhas canetas de gel multicoloridas, mas ele não diz nada e se concentra na aula.

Escolho um caderno e pego uma caneta, mas meus olhos ficam procurando Nathaniel. Sua expressão de concentração é bem... atraente. Ele está com seu caderno — bem simples, preto — e com uma caneta preta, faz anotações em inglês, em *letra cursiva*; sua caligrafia é surpreendentemente elegante.

Ele olha para cima com uma pergunta no olhar. Abaixo a cabeça depressa.

Tento me concentrar na *minha* tarefa. A secretária Park me enviou o cronograma de Hyemi, que imprimi na noite anterior. Escrevo nos post-its e os colo na folha, anotando ideias de como ajudar Hyemi. Ela vai se mudar para um dormitório com as outras meninas do ASAP amanhã. Vai ser uma grande mudança, já que ela morava só com o pai e agora vai dividir o espaço com outras cinco garotas. Além de trabalhar em sua coreografia, quero ter certeza de que ela está lidando bem com tudo, mental e emocionalmente.

Meia hora se passa enquanto Nathaniel e eu trabalhamos em nossas coisas e, apesar de não estarmos interagindo muito além dos momentos ocasionais em que nossos olhares se encontram, esta é uma das melhores manhãs que tenho em muito tempo.

Ajumma volta do jardim e tomamos café da manhã todos juntos, pois Nathaniel a convenceu a se sentar e saborear uma fatia de torrada com geleia de amora.

Depois, ele me acompanha até o ponto de ônibus, que fica ao lado da loja de conveniência. Ele me entrega a bolsa que estava carregando para mim. A KS vai mandar um carro para buscá-lo. Ele deu o endereço de um dos meus vizinhos para disfarçar. O pessoal da KS não sabe onde ele mora de verdade, então não vão fazer perguntas nem vão ligar para isso, já que estão acostumados a proteger a vida pessoal dos *idols*.

— Não trouxe o celular — ele fala. Ele trocou o moletom por uma camisa preta. — A KS é bem rígida com aparelhos que podem filmar, e prefiro deixá-lo em casa do que tê-lo confiscado. Mas volto hoje à noite.

— Certo — digo, quando o ônibus chega. — Obrigada por avisar.

Ele acena para se despedir enquanto eu subo no ônibus. Encosto o cartão no leitor eletrônico perto do motorista e caminho rapidamente até um lugar na janela a tempo de acenar de volta para ele.

* * *

Quando chego, as meninas do ASAP já estão ensaiando há cinco horas, e não estão sozinhas.

— *Eomeoni* — digo, surpresa de ver minha mãe encostada na parede.

Apesar de ser a CEO da Joah, ela quase nunca aparece nas salas de prática. Meu peito se aperta quando vejo as olheiras em seu rosto. Só faz alguns dias que a vi, mas elas pioraram bastante. Falei para Nathaniel que ele podia ficar até o fim das férias, mas se minha mãe estiver precisando descansar, é melhor ela voltar para casa.

— Sori-yah, é você?

Uma mulher de quarenta e poucos anos com cabelos ondulados aparece atrás da minha mãe. Eu a reconheço no mesmo instante:

é Ryu Jin-rang, uma das diretoras criativas mais talentosas do ramo.

Ela foi a mente por trás do XOXO, assim como de outros grupos populares, como o 95D. Se ela vai cuidar do ASAP, significa que este vai ser seu primeiro grupo feminino e, conhecendo sua reputação, sei que ela deve estar determinada a torná-las tão grandes quanto os grupos de garotos — quem sabe até *maiores*.

Faço uma reverência para a diretora Ryu e minha mãe.

— Min Hee-yah — a diretora fala casualmente. Ela pode ser uma presença formidável na indústria, mas também é amiga próxima da minha mãe. — Sua filha sempre foi assim tão linda?

— A senhora me viu alguns meses atrás, no evento beneficente do meu pai no campo de golfe, lembra? — digo.

— Ah, sim. — Ela olha para a minha mãe e depois para o teto. Como amiga dela, ela também tem fortes opiniões sobre o meu pai. — Sua mãe me disse que você está ajudando Woo Hyemi. Fico mais confiante sabendo que você a está apoiando.

Voltamos nossas atenções para as garotas, que estão trabalhando com o coreógrafo para se prepararem para a gravação do MV no fim de semana. Cada uma das seis vai ter um tempo de tela variado, sendo que Hyemi vai aparecer menos, por ter menos falas — nove segundos no total, dos dois minutos e quarenta e oito segundos da música. Mas mesmo com menos versos e uma posição sem destaque, ela claramente está cometendo mais erros do que as outras. Uma hora, ela se atrapalha tanto que todo o grupo tem que parar a coreografia, e duas garotas olham para ela frustradas.

— O que acha do conceito, Sori? — a diretora Ryu pergunta, me distraindo.

Desvio o olhar de Hyemi para pensar na pergunta. De acordo com o documento que a secretária Park me enviou, o conceito para o *debut* do grupo é mulheres jovens invadindo locais de trabalho tradicionalmente dominados por homens na sociedade coreana. A faixa-título, "Wake Up", é uma melodia pop bem animada com letra romântica, mas isso não vem ao caso.

— Gostei muito. É empoderador e carrega uma ótima mensagem.

A diretora assente.

— Eu queria que cada uma se destacasse como indivíduo, então perguntamos para as garotas quais são seus interesses, para construir suas histórias em cima disso, sejam elas esportistas, aventureiras ou excêntricas. Queremos que elas sejam tão autênticas às suas naturezas quanto possível.

Quando você gosta do que está fazendo, a alegria se manifesta na música e nas performances. Woo Hyemi ainda não falou em quais aspectos da sua personalidade ou interesses ela quer se concentrar, então, se puder ajudá-la a descobrir, seria bem útil. No momento, ela é especial por ser a mais nova; a *maknae* de um grupo é sempre valorizada pelo *fandom*.

— Vou conversar com ela — digo, adicionando a tarefa à lista que elaborei de manhã.

— Hyemi é talentosa, mas é nova neste mundo. As quatro garotas da Dream Music estão trabalhando neste sonho há dois anos, e Sun Ye há mais tempo ainda. A questão não é só que Hyemi precisa aprender a coreografia, mas será que ela tem energia para encarar as longas horas de treino? Será que ela tem força mental? Nossos padrões são exigentes, mas é por um motivo. Queremos garantir que essas garotas tenham não só uma carreira bem-sucedida, mas saudável e duradoura. Você tem pouco tempo para determinar se ela está pronta para seguir por esse caminho tão árduo.

Minha mãe a interrompe:

— Temos uma reunião com a diretora do mv. Com licença, Sori.

Enquanto elas saem da sala, percebo que minha mãe e eu ainda não marcamos nosso almoço. Ela só fica cada dia mais ocupada, então eu que preciso marcar. Sigo as duas para fora da sala. Como elas se demoram por ali, vou em direção ao corredor.

— Min Hee-yah. — Paro ao ouvir a voz da diretora Ryu. — Você precisa descansar.

— Não posso parar agora. — Elas estão paradas no corredor falando baixo para não serem ouvidas. — Não quando tudo está em jogo. Os investidores estrangeiros estão perto de assinar acordos com a Joah. Assim que o ceo Woo fechar o investimento, vou poder finalmente respirar.

— Por que não pede ao deputado Min as ações dele na agência? Ele lhe deve isso pelo que você suportou com aquela família *horrível*. E por criar Sori tão bem. Você fez um trabalho maravilhoso com ela.

— Impossível — ela diz, murmurando palavras que não ouço.

Como o principal investidor na Joah quando minha mãe abriu a empresa, meu pai detém a maioria das ações. Se não fosse isso, ela teria se divorciado dele anos atrás. Mas, aos olhos do público, ele é um homem de família com uma esposa amorosa e uma filha — um divórcio prejudicaria essa imagem de maneira irreversível. Essas ações são a única coisa impedindo que tudo desmorone.

— Sori? O que está fazendo aqui?

Levo um susto. A diretora Ryu está parada na porta sozinha.

— Estava procurando minha mãe. Queria perguntar pra ela... — O motivo de eu querer falar com ela parece tão pequeno comparado às inumeráveis e importantes responsabilidades que estão tomando seu tempo. — Se ela quer almoçar.

— Ah, desculpe. Ela já saiu pra reunião. Decidi ficar e falar com o coreógrafo. Não quer ligar pra ela?

É uma sugestão bastante razoável, só que minha mãe e eu não nos falamos pelo telefone se não for por meio da secretária Park.

— A agência está mesmo em dificuldades? — pergunto, detestando a minha vozinha insegura.

A diretora Ryu fica pensativa.

— Você sabia que conheço sua mãe há quase vinte anos? Desde quando ela era *idol* e eu, assistente de produção. Quando seu sonho se encerrou prematuramente, a Joah se tornou seu novo sonho. E tenho muito orgulho por ela tê-lo tornado realidade. Ela trabalhou duro.

Ela continua:

— A *sua mãe* foi a inspiração para o conceito do *debut* do ASAP. Nunca vou contar isso pra ela. Ela ficaria horrorizada se soubesse. Uma jovem mulher invadindo uma indústria em que a maioria dos CEOS, se não todos, são homens. Ela inspira muitas mulheres. Ela me inspira.

— Ela me inspira também — sussurro.

Apesar do trabalho tê-la dominado nos últimos anos e não termos passado muito tempo juntas, sempre tive orgulho da minha mãe ser Seo Min Hee.

— Independentemente da Joah estar enfrentando dificuldades no momento, não é algo com o que você precise se preocupar. Você é jovem. Deixe que os adultos se preocupem com isso.

A diretora Ryu não me conhece bem o suficiente para saber que eu *não consigo* não me preocupar.

— Confesso que, quando recebi a lista das membras do ASAP, fiquei surpresa de ver que seu nome não estava lá. Até que sua mãe me contou da sua decisão. Estou orgulhosa de você, Sori. Nem todo mundo que escolhe uma carreira consegue chegar ao fim do caminho, mas é igualmente difícil *mudar* a rota quando se decide que esse caminho não é mais o que se quer.

Assinto, mas não estou ouvindo de verdade. Tanta coisa depende do sucesso do *debut* de Hyemi e do investimento do seu pai. Não posso realizar o sonho da minha mãe de me tornar uma *idol* — o sonho que ela própria abriu mão —, mas posso proteger a Joah.

Quando voltamos para a sala, as meninas se separaram para continuar treinando individualmente. Algumas saem para trabalhar com o preparador vocal, outras ficam ali para praticar na frente do espelho. Peço para Hyemi repassar toda a coreografia. Depois peço para ela repetir. De novo e de novo. Visto roupas de ginástica e faço as vezes das outras garotas, para que ela saiba onde deve ficar durante cada passo.

Continuamos praticando por muito tempo depois que as outras vão embora. E só quando o pessoal da manutenção apaga as luzes é que percebo que a segurei muito mais do que devia.

— Me desculpe, Hyemi-yah. Eu te pressionei muito hoje, não foi?

— Não, *Seonbae*. — Ela balança a cabeça, e sua sobrancelha cintila de suor. — Sou muito grata por ter você. Quero me esforçar. Afinal, este é o meu sonho.

Sinto o peso e a exaustão do dia na longa viagem de ônibus de volta para casa. Tudo só ameniza quando vejo Nathaniel me esperando na mesa do lado de fora da loja de conveniência. Me junto a ele e então subimos a colina para a minha casa.

Dezenove

Ainda estou pensando na minha mãe e em Hyemi no dia seguinte enquanto sigo para a academia para malhar. Vou cumprir minha promessa de garantir que Hyemi esteja pronta a tempo para debutar, mas deve haver mais alguma coisa que eu possa fazer. Eu poderia falar com meu pai sobre as ações. Não sei por que não pensei nisso antes. Ele não vai abrir mão delas espontaneamente, mas talvez eu possa fazer algum acordo com ele, assim como fiz com minha mãe.

Visto roupas de ginástica, colocando um moletom por cima do top e das *leggings*, e sigo para a academia no fundo da casa. Quando chego, *Ajumma* já está lá, sentada na bicicleta ergométrica, assistindo ao seu drama semanal.

Então me lembro que os dois primeiros episódios do drama de Sun estrearam no fim de semana. Ainda preciso ver. Eles tiveram altos índices de audiência, e o pessoal na internet elogiou o roteiro e a atuação de Sun.

Depois de ajeitar o tapete de ioga em frente ao espelho de parede, faço minha sequência habitual de alongamentos, levantando os braços acima da cabeça e esticando as pernas. A porta da academia se abre e Nathaniel entra, vestido com calça jogger e uma regata folgada. Ele se posiciona perto dos halteres, que estão na minha linha direta de visão quando olho para o espelho.

Tento não ficar encarando, mas é impossível. Seu corpo é uma obra de arte: ele tem ombros quadrados e largos e músculos definidos. Enquanto faço meus exercícios de solo — abdominais, pranchas e afundos —, ele pula corda, levanta pesos e faz flexões. Estou toda vermelha e suada quando termino o treino. Pego a toalha e a garrafa de água e vou até a esteira, aliviada por ela estar voltada para a janela e não para o espelho.

Coloco os fones de ouvido e apoio o celular no suporte para assistir ao primeiro episódio do drama de Sun. A adaptação é bem fiel à *web novel* original, elogiada por ser divertida e romântica, e fico tão entretida que os quarenta e cinco minutos passam voando.

Enquanto desacelero, tiro os fones e os guardo na caixinha.

— Você estava vendo o drama de Sun? — Nathaniel está tão perto que tomo um susto e perco o passo na esteira.

Ele me segura, colocando uma mão no meu pulso e a outra nas minhas costas.

Depois, ele aperta o botão de parar, e a esteira fica imóvel embaixo de mim.

A sala continua girando, e piso rápido para me reequilibrar.

Seu braço está firme sob mim.

— Você está bem? — ele pergunta.

Nathaniel está tão próximo que vejo o suor escorrendo pela lateral do seu rosto. Me lembro vagamente de que ele estava na segunda esteira, ao lado da bicicleta ergométrica de *Ajumma*, apesar de ela não estar mais aqui.

— Sim — falo, ofegante.

Estou extremamente consciente de que estou usando pouca roupa, já que tirei o moletom para correr na esteira. A textura áspera de suas luvas de levantamento de peso provoca arrepios na minha pele. Estou respirando pesado enquanto meu peito sobe e desce, e não sei se é por causa da corrida ou da sua proximidade — provavelmente os dois. Ele abaixa os olhos só para levantá-los devagar. Suas mãos se fecham um pouquinho, e de alguma forma seus olhos estão mais escuros do que antes.

Ele vai me beijar. Isto é ruim. Quer dizer, *quero* que ele me beije. Mas ele não devia fazer isso. Somos amigos. Não *podemos* ser mais que isso. Não só por causa da promessa que fiz à minha mãe, mas por *motivos* que ele não entenderia.

Se nos beijarmos, não vou poder deixá-lo ficar em casa em sã consciência. Ele vai ter que ir embora. Fico um pouco desesperada. É cedo demais. Fazia *meses* que eu não andava tão feliz; os últimos dias têm sido tão alegres...

— Nossa, Sori — Nathaniel fala. Embora ele esteja tentando ser leve, sua voz sai um pouco instável. — Não sabia que você era caidinha por mim.

Sorrio, sentindo meu coração explodir de... algo. Gratidão?

— Você não se aguenta, né?

Ele me coloca de pé. Depois pega minha garrafa d'água, abre e a oferece para mim.

Dou um longo gole, deixando a água fresca correr pelo meu sistema aquecido. *Isto* é bom. *Isto* vai funcionar. Enquanto conseguirmos aliviar o clima e não ultrapassar certos limites para algo *mais*, não há motivo para encerrar o nosso acordo tão cedo.

***

Após o café da manhã, Nathaniel me acompanha até o ponto de ônibus. Ele vai para a KS, e eu pretendo encontrar a secretária Park no apartamento de Hyemi, pois ela vai se mudar para o dormitório hoje. As outras garotas se mudaram na semana passada, mas Hyemi ainda estava esperando o resto da sua bagagem chegar do Canadá.

— Nosso episódio de *Prenda-me se for capaz* vai ao ar hoje — Nathaniel fala.

Atrás dele, o ônibus se aproxima do ponto.

Apesar de termos gravado há poucos dias, parece que uma vida toda se passou — tanta coisa aconteceu desde então.

— Vamos assistir juntos hoje à noite? — pergunto.

Um calor se agita dentro do meu peito. Nunca me senti tão ansiosa para voltar para casa.

Ele assente.

— Devo convidar Nadine?

— Sim, eu adoraria. — Como ela é a única que sabe que ele está ficando em casa, é a convidada perfeita. — Vou trazer pizza — falo, subindo no ônibus.

No caminho para o condomínio de Hyemi, pesquiso alguns restaurantes na internet e salvo os meus favoritos. Quando chego, a secretária Park já está lá ajudando Hyemi com a bagagem.

— Está animada pra mudança? — pergunto para ela depois que colocamos as três malas no bagageiro da van.

O dormitório fica perto do novo prédio da Joah, a cerca de trinta minutos de viagem no trânsito de Seul.

Hyemi não responde na hora, então levanto a cabeça e vejo que seu rosto está voltado para a janela.

— Espero me dar bem com todas — ela fala baixinho.

Meu coração suaviza. Ela deve estar nervosa. É a primeira vez que vai morar longe dos pais.

— Apesar de estar se mudando pro dormitório, você vai passar a noite no seu apartamento — tranquilizo-a.

Este foi um pedido especial do pai dela, que queria passar um tempo com sua caçula antes de ela mergulhar totalmente na sua agitada agenda de *debut*.

Ela assente, apesar de continuar olhando pela janela.

Depois que chegamos no prédio, cada uma de nós arrasta uma mala para dentro do elevador, e apertamos o botão do quinto andar. Enquanto nos aproximamos do apartamento, ouvimos gritos lá dentro. A secretária Park e eu trocamos um olhar. Ela digita o código e abre a porta para...

O caos.

É como se todas as roupas e todos os acessórios de uma loja de departamentos tivessem explodido sobre a sala, com montes aleatórios de peças cobrindo a maioria dos móveis, além de várias jaquetas, vestidos, saias e moletons espalhados pelas estantes. Sem falar na enorme quantidade de sapatos amontoados nos organizadores de calçados na entrada. Esta poderia ter sido a *minha* situação. Tremo só de pensar.

As meninas se levantam e fazem uma reverência quando entramos, mas depois que a secretária Park as cumprimenta, elas retomam suas atividades. Os gritos são das garotas jogando videogame na enorme televisão. Uma delas, de roupão e orelhinhas de coelho, está jogando uma espécie de jogo de tênis com uma jovem de pijama folgado, e as duas balançam os braços despreocupadamente pelo ar. Elas quase pisam em uma garota pintando as unhas dos pés. Seu berro assusta a secretária Park. A segunda mais nova, Jiyoo, está sentada no sofá entre duas pilhas de roupas, crochetando o que parece uma cenoura com rosto.

O lugar não está sujo, só bagunçado. Mas talvez seja melhor não falar nada ainda, porque não vi o banheiro.

Sun Ye sai do quarto mais à esquerda e Hyemi grita de susto. Uma máscara de LED cobre todo o seu rosto e ela parece um Homem de Ferro rosa.

— Ah, Hyemi-yah, você está aqui — ela fala, sem tirar a máscara. — O quarto maior é pra três pessoas. — Ela aponta para o quarto em frente à cozinha. — Mas você vai ficar com Jiyoo. Venha, vou te mostrar.

O amor das nossas vidas

Ela entra no quarto ao lado do seu, do outro lado do banheiro.

— Eu vou... — A secretária Park segue para a cozinha. Será suor na sua sobrancelha? — Lavar a louça.

Hyemi e eu seguimos Sun Ye contornando os riscos de incêndio e entramos no quarto.

— Desculpe por ter espalhado minhas coisas — Jiyoo fala logo atrás da gente. Ela começa a tirar as roupas de cima da cama de Hyemi, jogando-as na sua cama desfeita. — Se precisar, pode atirar tudo aqui.

O quarto é pequeno, mas até que é espaçoso para duas pessoas. Entre as camas há duas escrivaninhas lado a lado, de frente para uma janela que confere luz natural ao cômodo. Hyemi e Jiyoo ainda estão na escola, e por isso devem ter recebido mais espaço.

— Se precisar de paz e tranquilidade, por favor, venha ao meu quarto — Sun Ye diz. Ela é a única que tem um quarto só para si.

Quando ela sai para terminar a rotina de *skincare*, Hyemi e eu começamos a desfazer as malas.

— Precisam de ajuda? — Jiyoo pergunta, pairando sobre nós.

— Obrigada, Jiyoo-yah — digo, entregando-lhe a nécessaire de Hyemi. — Pode colocar isso no banheiro?

Jiyoo parece ter aceitado uma granada e assente bravamente, seguindo para o banheiro à procura de algum espaço disponível. Pensei que talvez Hyemi ficasse tímida demais para pedir para as meninas mais velhas moverem suas coisas, mas Jiyoo, que é a *maknae* das quatro garotas da Dream há um tempo, vai se sentir mais confortável para abrir espaço para Hyemi.

Conseguimos desfazer duas malas em um pouco mais de uma hora, e enfiamos a terceira — com roupas de outono e inverno — embaixo da cama. Também organizamos seu lado do quarto.

— Você tem sorte, Hyemi-yah — Jiyoo diz. — A minha família está em Gyeongju, então não tive ajuda com a mudança. Você deve estar feliz de ter o apoio de Sori-seonbae. — Observo Jiyoo, mas ela não demonstra inveja, e sim melancolia.

— Sou muito grata — Hyemi fala baixinho.

Enquanto arrumamos as coisas de Hyemi no quarto, a secretária Park limpa a cozinha e prepara um macarrão frio e picante com *kimchi*. Ela abre uma mesa baixa de madeira e serve a refeição com a ajuda das outras garotas, que guardaram o videogame e até dobraram algumas roupas e passaram aspirador na sala. Nos reunimos na sala de estar para saborear a comida sentadas no chão em volta da mesinha. As meninas conversam sobre a gravação do MV, seus figurinos e os papéis que cada uma escolheu representar. Percebo que Hyemi não interage muito e fica só mexendo na tigela.

Ela estava tão animada para entrar no ASAP que me pergunto se aconteceu algo. Sun Ye me garantiu que nenhuma delas estava maltratando-a, mas talvez, por ser a mais velha, ela tenha perdido algumas dinâmicas entre as mais novas.

Abordo o assunto quando estamos na van voltando para o apartamento do seu pai.

— Hyemi, tem algum problema? Percebi que você não falou muito com as meninas.

Primeiro, acho que ela não vai responder por conta dos seus ombros curvados, mas depois ela fala baixinho:

— Não sei por que estou me sentindo assim. Todo mundo é tão legal. É só que... elas estão juntas há muito mais tempo. Elas têm piadas internas e ficam confortáveis umas com as outras, brincando e dando risada. Me sinto uma intrusa, como se eu não pertencesse, como se tivesse chegado tarde demais.

Suas palavras me tocam. É assim que *eu* me sentia na escola, como se todos já tivessem formado seus grupos de amigos e eu tivesse perdido a chance de me enturmar.

— Eu também me sentia assim — falo. — Durante a maior parte da escola, eu não tinha nenhum amigo. Eu costumava culpar meus colegas. Não acho que estava errada de acreditar que alguns deles só se aproximavam de mim por causa dos meus pais. Mas, depois de um tempo, passei a afastar qualquer um, até quem queria realmente ser meu amigo. Ganhei reputação de metida, como se eu me achasse melhor que todos.

Por muito tempo, pensei que não teria problema, porque isso me protegia de me decepcionar e me magoar, mas só serviu para ressaltar a minha solidão.

— Foi só quando tive uma nova companheira de quarto que minha vida escolar mudou. Acabamos nos tornando melhores amigas, sendo que começamos como inimigas. Ela leu acidentalmente uma carta confidencial minha e eu pensei que ela tinha feito de propósito.

Hyemi solta um suspiro. Era um cartão-postal que Nathaniel me mandou quando estávamos namorando. Ele encerrava o texto com: "Anime-se, Passarinha. Meu coração sempre será seu. xoxo". Ele postou o cartão quando estava em Los Angeles, depois que liguei para ele em prantos por causa de um incidente que aconteceu na escola — um dos meus colegas tinha enchido meu armário de bolhas de sabão.

— Mas Jenny continuou tentando se aproximar de jeitos sutis e às vezes meio exagerados. Se não fosse pelas várias *tentativas* dela, talvez a gente nunca se tornasse amigas. Agora, não consigo imaginar minha vida sem ela.

Sinto meus olhos arderem um pouco ao perceber que Jenny nunca desistiu de mim e esse é o motivo de sermos amigas — e de eu ser amiga de Angela e Gi Taek também.

Essa conversa me lembra que preciso procurar mais Jenny, assim como ela fez comigo incontáveis vezes antes.

— Tente não erguer muros muito altos. — Ofereço-lhe o conselho que eu daria para mim mesma dois anos atrás. — Tente não pensar que os outros não vão te aceitar. Você tem que dar uma chance pras pessoas, múltiplas chances, aliás, e continuar se esforçando. Senão, pode acabar perdendo a chance de conquistar amizades verdadeiras.

Hyemi assente.

— Pode deixar, *Seonbae*. E... obrigada por compartilhar sua história comigo. É reconfortante saber que mesmo que eu não seja muito próxima das meninas *agora*, pode ser que eu seja no futuro.

Enquanto nos aproximamos do bairro de Hyemi, seu celular vibra. Ela olha para a tela para ler a mensagem, e sua boca se crispa.

— Meu pai não vai conseguir ir hoje — ela diz, com a decepção colorindo sua voz.

— Quer voltar pro dormitório? Ou... — Uma ideia repentina surge na minha mente. — Quer ir pra minha casa? Eu ia assistir a *Prenda-me se for capaz* com alguns amigos.

O rosto de Hyemi se ilumina todo.

— Eu adoraria, *Seonbae*!

Vinte

Enquanto a secretária Park manobra o carro, pego o celular para escrever para Nathaniel: Estou levando Hyemi pra assistir ao programa com a gente.

Ele responde na mesma hora: Legal. Suponho que ela vai dormir aqui. Devo liberar o quarto de hóspedes?

Eu não tinha pensado nisso, e me sinto culpada imediatamente. Eu o convidei para ficar só para expulsá-lo depois.

Não se preocupe com isso, Nathaniel acrescenta, lendo minha mente. Jaewoo está no apartamento, então vou ficar com ele. Sério, não tem problema.

Tomo uma decisão rápida: Convide-o também. Se ele perguntar, diga que eu queria juntar todo mundo que está em Seul pra ver o programa junto. Sun está no interior gravando o drama, e Youngmin está em uma excursão. E não precisa liberar o quarto. Hyemi pode ficar no meu.

Ele responde: Então...

E depois: Hyemi pode entrar no seu quarto e eu não?

Dou risada. Tanto a secretária Park quanto Hyemi olham para mim.

— É só... — Gesticulo para o celular, constrangida. — Algo que meu amigo disse.

Hyemi me olha como se entendesse.

— Secretária Park, se importa de parar em uma pizzaria a caminho de casa?

***

Quando chegamos, Nadine está descendo de um táxi. Uma faixa cravejada de strass enfeita seu cabelo curto.

Depois de agradecer a secretária Park pela carona, grito:

— *Eonni*!

Com a caixa de pizza na mão, gesticulo para Hyemi, que está segurando o frango frito e o refrigerante.

— Esta é minha amiga, Woo Hyemi. Ela vai debutar na semana que vem com o ASAP, o primeiro grupo feminino da Joah.

— Prazer em te conhecer, Hyemi — Nadine fala calorosamente. Ela está usando uma *cropped* preta e *leggings*, com uma jaqueta de couro jogada sobre os ombros e brincos de prata cintilando nas orelhas. — Parabéns pelo *debut*.

Hyemi abre um sorriso largo.

— Obrigada!

Enquanto passamos pelo portão, Nadine vira a cabeça para o jardim.

— Sua casa é linda, Sori.

— Obrigada. Nathaniel disse que lembra a casa de *Parasita*.

— Ah, meu doce irmão, sempre dizendo as coisas mais encantadoras — Nadine brinca.

Abro a porta.

Conforme entramos, Hyemi diz:

— Nathaniel... Lee?

Nathaniel entra no hall com suas pantufas. Ele está usando um avental com uma estampa de um grande pinguim.

— Bem-vindas!

— Parece que você está mesmo em casa — Nadine comenta.

Olho para Hyemi, mas ela não parece entender, ocupada demais observando Nathaniel.

— *Nuna*! — Jaewoo grita, emergindo da sala de jantar.

— Jaewoo! — Nadine grita de volta.

Eles correm um para o outro e param para fazer um cumprimento bastante longo e complexo.

— Pode deixar isso comigo — Nathaniel fala, se aproximando de nós.

Ele enfia o refrigerante debaixo do braço e pega o saco de frango frito. Quando faz que vai pegar as caixas de pizza, eu as seguro firme no peito.

— Eu levo.

Seus dedos roçam o dorso da minha mão de leve enquanto seus olhos encontram os meus.

— Bem-vinda.

— Então é verdade — Hyemi diz e eu congelo. — Era *mesmo* a sua irmã na foto.

Levo um tempinho para entender do que ela está falando. Fico um pouco surpresa com seu comentário. Ela deve ter falado sem perceber, porque fica completamente vermelha.

— Eu não queria... não estava pensando... me desculpem.

Nathaniel dá risada.

— Não esquenta. Acho que não fomos apresentados direito. Meu nome é Nathaniel.

— Eu sei — ela fala, corando lindamente.

— Hyemi-yah. — Jaewoo se aproxima. — Que bom que veio. Precisamos representar o Time do Conselho Estudantil esta noite.

— Não estrague o episódio! — Nadine grita atrás dele.

Seguimos para a sala de jantar. Coloco as pizzas na mesa e abro as caixas.

— Ohhh — Nadine fala, se sentando na ponta da cadeira. — Você não disse que cada pedaço é de um sabor diferente.

— Seja forte, Naddy — Nathaniel diz, em uma súplica falsa. — Não fique tentada por essa bela pizza. Lembre-se de Joe.

— Quando estiver na Coreia — ela comenta implacavelmente, em inglês —, faça como os coreanos. — Ela pega uma fatia com meia espiga de milho no meio.

Nathaniel me lança um olhar hostil e julgador enquanto saco uma faca e um garfo para comer minha pizza.

Hyemi não fala muito durante o jantar, mas ri bastante, olhando de olhos arregalados para Nathaniel e Jaewoo, que por algum motivo decidem se sentar nas pontas da mesa comprida e ficam pedindo para lhe passarem as coisas. *Ajumma* não aceita se juntar a nós, mas leva uns frangos e um picles de rabanete para o quarto, soltando uma risadinha contente com a "casa barulhenta".

Perto das sete horas, Nadine verifica o celular.

— Esperem, o *Prenda-me se for capaz* não vai começar daqui a pouco?

Limpamos a mesa e nos apressamos para a sala de estar. Ligo a TV e coloco no canal da EBC.

Quando me viro, vejo que só há dois lugares vazios, entre Nadine e Hyemi ou ao lado de Nathaniel, já que Jaewoo decidiu ocupar toda a parte comprida do sofá em L. Claramente há mais espaço entre as duas, e mesmo assim... me acomodo ao lado de Nathaniel.

— Eu apago as luzes — Jaewoo diz, se levantando num pulo.

Ouço os outros se ajeitando, assim como Nathaniel, que se mexe um pouquinho.

O episódio abre com uma imagem aérea da Academia de Artes de Seul. Um texto explica a história da escola e nomeia alguns de seus alunos mais ilustres. O lugar também é a *alma mater* de um certo *boy group* bastante popular. Então mostram um MV do mais novo lançamento do xoxo.

Jaewoo aponta para a tela e dá risada quando Nathaniel aparece segurando uma maçã vermelha.

— Seu cabelo estava tão comprido!

— E *azul* — Nadine acrescenta.

— Eu meio que curtia o azul. — Nathaniel passa a mão pelo cabelo. — Opa, foi mal, Hyemi — ele fala, acertando-a sem querer.

Ele chega um pouco mais perto de mim para lhe dar espaço, e agora estamos nos tocando do quadril até o ombro.

Eu também curtia o cabelo azul, mas não falo nada.

Hyemi aparece na tela e se apresenta.

— Hyemi, você é tão fofa! — Nadine exclama.

Apesar de estar claramente nervosa, ela se mostra alegre e animada.

Então é a minha vez. *"Meu nome é Min Sori."* Me encolho. Eu me recusei a ouvir o programa de rádio, e me ver na TV é um novo tipo de tortura.

Depois dos comerciais, a tela se divide em oito quadradinhos, cada um mostrando um dos jogadores. Vai começar a parte do jogo, e estou genuinamente interessada só para ver o que todos estavam aprontando enquanto estávamos separados.

A câmera foca primeiro em Hyemi, que começou no ginásio.

Pelo visto, ela é daquelas que falam bastante quando estão nervosas, e atropela tanto as palavras que o editor adicionou legendas para fazer uma brincadeira. *"Não sei o que fazer. Estou morrendo de medo. E se eu trombar com alguém do outro time? Será que é pra eu correr? E se eu for pega primeiro? Não que isso seja motivo de vergonha nem nada. O primeiro a perder na verdade é bem corajoso. Mesmo assim, tomara que eu não seja a primeira."* As legendas eventualmente ficam inteligíveis quando ela fala rápido demais. O texto diz: Ela está mandando um rap?

Então o programa mostra diferentes momentos de Youngmin correndo pela escola, vasculhando depósitos e terminando em lugares muito estranhos — como uma saída de ar no vestiário masculino.

— Youngmin-ah, o que está fazendo? — Jaewoo pergunta, dando tanta risada que até escorrega do sofá para o chão.

A legenda diz: Choi Youngmin encontrou esconderijos que nem os produtores conseguiram descobrir.

Jaewoo, Nathaniel e Sun estão muito mais calmos que o caçula do grupo, apesar de Jaewoo mostrar bastante energia ao passar o tempo todo correndo, obviamente procurando os tokens.

Já Sun acho que não correu nenhuma vez, caminhando tranquilamente pelo lado de fora da escola. Em um determinado momento, ele para e fica admirando as flores, e até conta aos telespectadores que já foi responsável por regá-las quando era estudante. O texto diz: Será que ele pensa que está num programa de jardinagem?

Nathaniel caminha em um ritmo acelerado, mas só dá uma olhadinha nas salas por onde passa, cobrindo a maior parte do território sem procurar ativamente pelos tokens. A legenda diz: Será que Nathaniel está caçando? Mas o quê... ou quem?

— Você foi direto colocar a tag nos outros? — Jaewoo pergunta. — Respeito sua estratégia.

Nathaniel não responde, mas sinto seu corpo tensionar. Então apareço na tela e me distraio completamente.

Estou no refeitório. Lembro da musiquinha de sino que ouvi quando o jogo começou, do nervosismo e da empolgação correndo pelas minhas veias. Quando a Sori da tela encontra o primeiro token, sinto uma certa satisfação.

— Caramba, Sori — Jaewoo diz, impressionado.

Espero a câmera cortar para outra pessoa, mas ela permanece em mim. *"Ele não vai conseguir respirar se eu fechar tudo"*, digo, segurando o primeiro bichinho.

Minhas bochechas pegam fogo. Pensei que eles fossem cortar essa parte. O texto diz: Por fora, ela é durona, por dentro, sensível. Quem é você, Min Sori?

— O mascote é bem fofinho — Jaewoo comenta.

Os olhos de Nathaniel permanecem fixos na tela.

A câmera *continua* me seguindo. Verifico as horas. É oficial, tive mais tempo de tela que todo mundo. Um nervosismo se agita na minha barriga

— será que os fãs do xoxo vão se ressentir por eu ter aparecido mais que os meninos do grupo?

Então a tela se divide, mostrando meu ponto de vista subindo as escadas e o de Nathaniel, se escondendo de Sun em uma sala.

A câmera mostra Sun se virando, como se estivesse prestes a me pegar no corredor.

Mas uma mão aparece, me puxando pelo pulso. E o programa corta para os comerciais.

— Eles vão parar aí? — Nadine grita. — Que nervoso! Quem editou isso é um gênio.

Depois da propaganda de uma marca de café solúvel e da divulgação da inauguração da nova roda-gigante do rio Han, a Seoul Eye, o programa volta. Há uma pequena confusão enquanto sou arrastada para uma sala de aula vazia. A câmera percorre a sala em um movimento frenético antes de focar em Nathaniel agachado perto de mim. A legenda diz: Dois delinquentes se encontrando depois da escola.

A câmera vai de mim para ele, focando seu rosto.

— Pode apagar a luz? — Nathaniel pergunta, então a tela fica preta. O vídeo finalmente corta para Jaewoo com Hyemi. Não mostram como foi o encontro deles.

— Jaewoo-seonbae me achou escondida na sala dos professores — Hyemi fala.

Dou uma olhada em sua direção para ver se está chateada por não ter aparecido muito, mas ela está completamente absorta, dando risada dos estudantes que ignoraram a dancinha de Nathaniel.

Fico com vergonha quando encontro o segundo token.

— Eles claramente me deram vantagem na edição.

— Não questione, Sori — Nadine fala. — Abrace sua deusa interior do programa de variedades.

Depois vem a perseguição até o elevador, então a cena muda para a filmagem de uma das câmeras instaladas ali dentro. Nathaniel e eu estamos parados um de cada lado do elevador. Não usaram o áudio dos nossos microfones. Em vez disso, lê-se: Vamos nos reunir com eles em breve.

Quando encontro o terceiro token, já me resignei ao meu protagonismo no episódio. Youngmin aparece do nada feito um assassino silencioso de tags, e comemoro com ele e com os outros.

— Preciso voltar pra escola — Nadine fala assim que o programa acaba. — Jaewoo, você pode me levar?

Não vi o carro dele lá fora, mas ele deve ter estacionado mais para baixo na rua.

— Claro. Nathaniel e eu podemos te deixar no caminho do apartamento.

Enquanto Hyemi e eu os acompanhamos até a porta, tenho a perigosa ideia de falar a verdade para que ele possa ficar, mas logo afasto esse impulso.

Levanto a cabeça e me deparo com Nathaniel me observando. *Amanhã*, ele balbucia, e meu coração fica um pouco mais leve.

Depois, Hyemi e eu vamos para o meu quarto. Ofereço-lhe pijamas e escova de dente. Geralmente, eu estaria no celular, verificando as reações ao programa, mas não quero lhe causar mais estresse, então deixo o aparelho virado para baixo na mesinha de cabeceira.

— Como você conheceu Jaewoo e Nathaniel-seonbaenim? — ela me pergunta assim que nos acomodamos na minha grande cama de dossel.

Ela decidiu não retirar nenhum bichinho de pelúcia, mas dormir com eles empilhados em cima dela, assim como eu.

— A gente se conhece desde o fundamental... — começo.

Explico que como éramos todos *trainees* da Joah e estudávamos na mesma escola, acabamos virando amigos.

— Meus amigos estão todos no Canadá — ela diz. — Trocamos mensagens e fazemos chamadas de vídeo, mas não é a mesma coisa.

— Não vou falar que você vai fazer novos amigos — comento com gentileza —, mas que você vai fazer *mais* amigos. E os amigos que você quiser manter, você *vai* conseguir, porque vai se esforçar pra isso acontecer.

— Espero que esteja certa, *Seonbae* — ela responde baixinho. Alguns minutos depois, ela pergunta: — Você acha que Nadine cortou o cabelo recentemente?

— Não sei. Por quê?

Mas Hyemi já pegou no sono.

Na manhã seguinte, ela vai embora logo após o café da manhã, pois precisa voltar para o dormitório a tempo de ir para o aeroporto, já que as meninas do ASAP vão viajar para a Tailândia para filmar o MV. Enquanto como uma torrada, finalmente abro as redes sociais para verificar as reações do público ao programa — quase todas positivas. Afundo-me na cadeira, aliviada.

Os meninos continuam como os reis dos programas de variedades. Hyemi é elogiada pelo seu frescor, e os ânimos já estão aumentando para o *debut* do ASAP.

Então vislumbro uma matéria:

> **Quem é Min Sori? Será que temos uma nova rainha dos programas de variedade?**

E depois outra e mais outra.

> **Tudo o que você precisa saber sobre Min Sori, filha de Seo Min Hee Min Sori é a estrela do episódio de hoje de *Prenda-me se for capaz***

Enfim meus olhos pousam na matéria mais lida do site:

> **Será que Nathaniel Lee e Min Sori estão... namorando?**

Vinte e um

Nathaniel e eu somos destaque na maioria dos sites, às vezes aparecendo juntos, outras, separados. Em pânico, leio rapidamente matéria atrás de matéria, sem saber exatamente o que estou procurando, mas sentindo que meu estômago vai dar uma cambalhota a qualquer momento. Além do texto mais lido daquele site, quase todos são informativos — contando o que aconteceu durante o episódio, qual a minha formação e a minha idade —, e não trazem fofocas maldosas. A manchete do artigo principal é um *clickbait*; a matéria só faz uma recapitulação do programa. A seção de comentários é o verdadeiro teste. Mas, à medida que vou lendo, eles também me parecem inofensivos, e meu coração retoma o ritmo.

Na verdade, os comentários são bem divertidos. O comentário com o maior número de likes diz:

Eles são tipo aquele casal da escola que todo mundo admira.

Vou descendo a página para ler mais.

Eles ficam tão bem de uniforme.

Sei que está todo mundo invejando Min Sori, mas eu tenho inveja é de Nathaniel.

Acho que preciso aprender a tocar algum instrumento.

Então leio um comentário que quase me faz derrubar o celular:

Lembram do escândalo de Lee Jihyuk quando o xoxo debutou? A garota nunca foi identificada, mas disseram que ela era *trainee* na Joah. E se fosse Min Sori?

Esse comentário só tem dez likes. Mesmo assim, está na página inicial da seção, para todo mundo ler.

Alguém respondeu logo abaixo:

> Não espalhe boatos sem provas. Isso significaria que eles estão exibindo seu relacionamento. Seria muito descarado da parte de ambos.

Esse comentário tem vinte e oito likes.

A ansiedade volta, só que dez vezes pior. Preciso falar com alguém sobre isso. Eu poderia escrever para Gi Taek e Angela, mas só preciso de uma pessoa agora. Abro a conversa com Nathaniel e leio as mensagens que trocamos ontem à noite. Jaewoo e eu acabamos de chegar em casa. Tente não acordar Hyemi com seu ronco.

Eu não ronco!

Como você sabe? Eu nem respondi.

Digito uma mensagem e a envio logo em seguida: Você viu as matérias? Espero um pouco para ver se ele leu, mas a confirmação não chega. Então escrevo de novo: Pode me ligar depois?

Abro a conversa com Jaewoo. Nathaniel não está me respondendo.

Ele escreve na mesma hora: Ele foi pra ks.

Claro. Ele tem ido todos os dias para trabalhar com a artista misteriosa. Lembro dele falar que eles confiscam os celulares dos visitantes, o que explica o fato de ele não ter me respondido.

Recosto-me na cadeira. Eu poderia esperá-lo voltar para casa mais tarde — olho para o relógio na parede: ele volta daqui a seis horas. Ou eu poderia... ir até lá.

Meu coração acelera com a ideia inconsequente. Só que é insuportável ficar aqui esperando sozinha enquanto meus pensamentos fogem do controle.

Antes que eu possa me convencer do contrário, já estou chamando um táxi pelo celular.

E mesmo que seja impulsivo, pelo menos estou *fazendo* alguma coisa. Tiro o pijama depressa, de olho no aplicativo para ver se o motorista está chegando. Tenho cinco minutos, tempo suficiente para passar protetor solar e uma maquiagem leve antes de sair correndo para o portão.

Cumprimento o motorista e me acomodo no banco de trás. Já coloquei o endereço no aplicativo. Resisto à vontade de ler mais coisas na internet, pois sei que isso só vai piorar minha ansiedade.

O táxi me deixa na frente da ks Entertainment. Enquanto observo o edifício imponente — o prédio é enorme, muito limpo e de vidro escuro, com quase o dobro do tamanho da Joah —, me dou conta de que não vou conseguir entrar. Vejo alguns fãs do lado de fora, fazendo poses fofas e tirando *selcas*[3].

Um homem se aproxima da entrada principal despretensiosamente e passa seu cartão sobre o leitor, que fica verde, permitindo-lhe acesso.

Eu poderia dar uma carteirada e dizer que sou a filha de Seo Min Hee, mas essa informação chegaria na minha mãe, que não ficaria nada contente de saber que estou na KS — praticamente um território inimigo.

Um carro preto para na calçada e os vidros de trás se abrem.

— Sori? — Meu pai me olha da janela.

Fico tão chocada de vê-lo ali que não respondo de imediato. Seu escritório não fica perto daqui.

— *Abeoji?* — finalmente digo. — O que está fazendo aqui?

— Tenho uma reunião com o CEO Cha. — Ele não explica nada, provavelmente porque os motivos por trás de uma reunião com o CEO da KS Entertainment não devem ser totalmente éticos. — O que você...?

— Eu... — Enquanto tento pensar em alguma mentira, meus olhos pousam na Starbucks da rua. — Fui tomar café com uma amiga, mas ela já saiu.

— Sei — ele fala, esfregando o queixo barbeado. — Na verdade, que bom que te encontrei. O sobrinho do CEO Cha é o cara que eu queria que você conhecesse. Também poderia ser bom pra você conhecer o CEO Cha. Por que não entra no carro e vamos juntos?

Esta parece tanto uma resposta ao meu problema quanto uma péssima ideia. Mesmo assim, dou a volta no carro e entro.

A secretária Lee segue para os fundos do prédio, onde um segurança nos conduz a uma garagem no subsolo. Ela nos deixa na frente de uma entrada antes de sair para estacionar no andar de baixo.

A secretária do CEO Cha nos cumprimenta, fazendo uma reverência e abrindo a porta para o saguão da frente. Ela nos leva até o balcão de segurança, onde um guarda nos oferece uma bandeja para depositarmos nossos telefones.

— Peço desculpas, mas é a política da empresa para todos os visitantes — ela explica.

---

3 N. da E.: "Selca" é a abreviação de "self-cam", também conhecida como "selfie".

O guarda abre uma gaveta para armazenar os celulares, e eu vislumbro o aparelho de Nathaniel entre os outros.

— O CEO Cha está terminando uma outra reunião — a secretária da KS fala educadamente. — Enquanto isso, gostariam de fazer um tour pelo prédio?

— Não precisa... — meu pai começa.

— Eu adoraria! — interrompo-o.

Quando eu estiver presa com meu pai e o CEO Cha, provavelmente não vou ter a chance de procurar Nathaniel.

— Vão vocês — ele sugere. — Tem algum lugar onde posso ficar esperando?

— Sim, siga-me.

Ela sai com meu pai. Quando volta, caminho atrás dela até o elevador mais próximo, e a observo, frustrada, apertar o botão para o subsolo.

Nathaniel não vai estar lá. Ele deve estar em um dos estúdios de gravação nos andares de cima.

A planta da KS é parecida com a da Joah, com salas de música, de prática vocal e de dança nos andares de baixo e estúdios de gravação, salas de reunião e escritórios nos andares de cima.

Assim como na Joah, há fotos dos seus talentos decorando as paredes. Além dos cantores, eles também representam atores e atrizes. A última foto no final de um corredor bastante comprido é o cartaz promocional de *Flor da primavera*, com a atriz Lee Byeol olhando amorosamente para seu parceiro — um homem que já foi um gato alienígena de outro planeta. Além disso, ele é um viajante do tempo.

Ao sairmos do elevador no terceiro andar, o celular da secretária toca. Ela olha para a tela com o cenho franzido.

— Preciso atender. Você vai ficar bem sozinha? Fique à vontade pra dar uma volta.

Faço que sim com a cabeça, mas ela já está se afastando com o celular no ouvido.

Volto para o elevador e aperto o oito. Depois de dar uma olhada em algumas salas vazias, logo percebo que este não é o andar que estou procurando. Sigo para o elevador mais uma vez, mas vejo meu pai no final do corredor. Ele está caminhando na minha direção enquanto conversa com outro homem, provavelmente o CEO Cha. Disparo, abro a porta das escadas e desço correndo até o andar de baixo.

Desta vez, vejo a secretária do CEO Cha se aproximando, espiando as salas como se estivesse me procurando. Parece que estou em outro episódio do *Prenda-me se for capaz*. Agarro a maçaneta mais próxima e entro na sala, fechando a porta silenciosamente atrás de mim. Solto um suspiro de alívio.

— Sori?

Viro com tudo. Nathaniel está sentado atrás de um enorme console de mixagem, com os olhos arregalados de surpresa.

— O que está fazendo aqui?

— Está sozinho? — pergunto, correndo até ele.

Uma janela separa a sala de controle do estúdio de gravação, mas as luzes do estúdio estão apagadas.

Ele fica me encarando.

— Sim...

— Eu precisava falar com você. Te mandei mensagem, mas daí lembrei que você estava aqui. — Respiro fundo. — Não sei se você viu de manhã, mas nossos nomes viraram *trending topic* depois do programa de ontem. A maioria das matérias é inofensiva, mas algumas falam que a gente está... namorando — digo, corada.

— Você viu algo que a Joah precise saber?

Sei por que ele está perguntando isso. Se as matérias fossem violentas ou difamatórias, a agência teria que tomar alguma ação legal a respeito.

— Não. As manchetes são *clickbait*, mas... estou preocupada. E se a coisa escalar?

Nathaniel fica pensando na pergunta com as sobrancelhas franzidas.

— Não tem por que se preocupar — ele fala devagar. — Os boatos não são verdadeiros.

Ele tem razão. Várias celebridades são colocadas como casal, e nada acontece porque não é verdade.

— E mesmo se descobrissem que a gente namorou no passado, já faz um tempo. Só seria um escândalo se estivéssemos namorando agora.

Absorvo suas palavras e sinto a tensão da manhã se esvaindo dos meus ombros.

Talvez eu não devesse ter vindo até aqui só para vê-lo — eu poderia esperá-lo voltar para casa —, mas estou me sentindo muito melhor.

— O que está fazendo? — pergunto.

Agora que posso me concentrar em outra coisa além das matérias da internet, percebo que praticamente invadi o trabalho de Nathaniel.

— Acabei de terminar o arranjo da música. Vamos trazer a artista pra gravar os vocais daqui a pouco. Você quer... ouvir?

— Sim!

Ele dá risada e fica de pé. Eu me sento no seu lugar, afundando na cadeira almofadada. Ele pega os grandes fones de ouvido e os coloca na minha cabeça.

Depois de alguns segundos, a música inunda os alto-falantes — é a faixa que a vocalista vai cantar, trazendo a melodia.

— Você que compôs? — falo.

Fico vermelha ao me lembrar da surpresa que senti quando descobri que ele estava estudando, mas não fico surpresa agora. Só estou... impressionada. E orgulhosa.

Ele assente, abrindo um sorrisinho tímido, porém confiante.

— Está incrível! — grito sob os alto-falantes.

Ouço a faixa inteira e depois peço para ele tocá-la mais uma vez.

— Produtor Nathaniel — digo assim que a música termina pela segunda vez. — O que fez você querer produzir?

Ele se recosta no console.

— Talvez seja porque venho de uma família grande ou porque sou parte de um grupo de *idols*, mas às vezes quero criar algo que seja só meu.

Nunca imaginei que ele se sentia assim, mas faz sentido. Apesar de ter uma família que o ama e companheiros que o apoiam, ele quer ter suas próprias conquistas, ser julgado por seus próprios méritos.

— Entendo por que você se considera parte de um grupo — digo. — Eu me vejo como a filha da minha mãe. Se vale de alguma coisa, eu sempre te vi como você mesmo.

Embora faça parte do xoxo, ele acabou se destacando para mim. É o único que vejo.

— Tenho até um pouco de inveja. Você é apaixonado por tantas coisas, não só pelo xoxo e pela sua família, mas também pela produção musical e suas aulas na universidade. Parece que me falta não apenas paixão, mas também direção. Mesmo agora, ajudando Hyemi. Não sei se sou a melhor pessoa pra esse trabalho.

— Não se diminua assim. Quem mais poderia ajudar Hyemi além de você? Você cresceu nessa indústria. Talvez você não possa transformar Hyemi em uma *idol* como essas que passaram dez anos treinando pra isso, mas você está ajudando a tornar essa transição a mais tranquila possível. E quem sabe enquanto trabalha com ela, você descubra algo que *te* interesse.

— Gi Taek e Angela acham que eu daria uma ótima estilista ou professora de dança.

— Com certeza — ele fala, sério, com uma voz firme. — Mas acho que tem algo mais pra você. Algo melhor.

Os olhos de Nathaniel estão escuros quando ele me encara. Estou sentada na ponta da cadeira.

O jeito que ele olha para mim... O jeito que ele faz eu me sentir... Sua fé em mim... É como uma droga inebriante e intoxicante. Meus membros ficam fracos, mas meu sangue corre quente, e tudo o que quero fazer é esticar o braço e trazer seu rosto para perto do meu até que não haja mais nada entre nós.

— Nathaniel? — uma mulher pergunta da porta.

Estava tão absorta nele e na nossa conversa que nem notei a chegada de outra pessoa.

Eu a conheço — é Naseol, a vocalista principal de um grupo feminino da terceira geração da KS. Ela deve ser a artista com quem Nathaniel está trabalhando.

Fico de pé e faço uma reverência, e Naseol retribui o cumprimento educadamente.

— Esta é minha amiga... — Nathaniel fala.

— Min Sori, né? A modelo do episódio de ontem de *Prenda-me se for capaz*. Aliás, eu estava torcendo pros Delinquentes. — Ela dá uma piscadela. — Não é de se estranhar que vocês dois tenham uma química tão boa.

Nem Nathaniel nem eu nos movemos. Será que ela viu algo entre nós?

— Vocês são amigos de verdade. Você a convidou pra conhecer o estúdio, Jihyuk-ah?

— Eu vim com o meu pai — explico depressa. — Ele é... um conhecido do CEO Cha. Falando nisso, eles estão me esperando. Eu deveria ir.

— Ah, sei — ela diz, parecendo verdadeiramente arrependida de ter perguntado. — Prazer te conhecer.

Mais tarde, sentada com meu pai e o CEO Cha, ouvindo-os discutirem negócios e enumerarem as realizações do sobrinho do CEO, penso em Nathaniel e Naseol no estúdio, e em como eu gostaria de estar com eles.

Vinte e dois

Depois que Hyemi retorna das filmagens do MV do ASAP, ficamos basicamente do nascer ao pôr do sol na Joah aperfeiçoando a coreografia. Trabalho não apenas com ela, mas com as outras meninas também, garantindo que elas estão comendo direito e descansando bem. O *debut* está marcado para sexta à noite, depois do lançamento do primeiro single do grupo, "Wake Up". Vou marcando os dias no calendário, riscando um por um. Passa sábado, depois domingo e então chega a segunda.

Além de trabalhar com as garotas, também estou atuando como assistente da diretora Ryu, que, à essa altura, está sobrevivendo apenas de adrenalina e cafeína. Como ela tem toda uma equipe para ajudá-la, passo a maior parte do tempo correndo até as cafeterias em um raio de trezentos metros da Joah para sustentar a equipe. Mas não estou reclamando. É uma honra ver a diretora Ryu e seu pessoal trabalhando.

Um enorme mapa visual dos sonhos toma quase toda a parede do escritório dela, e às vezes fico parada observando-o com fascínio, estudando todos os detalhes que envolveram a criação do ASAP. Ela pensou em tudo, até na cor do cabelo de cada uma e em seus signos astrológicos.

Ela é a responsável pela seleção de figurino — escolhido por uma equipe de estilistas —, incluindo acessórios de cabelo e calçados, além de supervisionar as edições finais do documentário sobre o *debut* do ASAP, que será lançado uma semana após o *single*. O último episódio vai ao ar antes do EP completo ser lançado no final deste mês.

Posso não ser integrante do grupo, mas trabalhando com as meninas e a diretora Ryu, me sinto parte da equipe.

Ando tão ocupada com a Joah que pensei que os outros aspectos da minha vida sofreriam, o que não aconteceu. Saio da empresa todo dia às seis. Assim como vivo dizendo para as garotas, eu também preciso descansar, e a vida fora do trabalho também é importante — talvez até *mais* importante.

Desço do ônibus na terça à noite e viro a esquina para ver as luzes brilhantes da loja de conveniência. Nathaniel está me esperando em uma das mesas, como tem feito desde a semana passada. Ele está bebendo algo de uma latinha e tem um livro na mão. Reparo no meu suco de uva favorito em cima da mesa.

Esta é nossa rotina agora: ficamos sentados ali conversando sobre os nossos dias antes de subir a colina juntos a caminho de casa. A bebida doce e complexa é refrescante nesta agradável noite de primavera. A vizinhança está silenciosa e o céu escurece. O dorso da mão de Nathaniel roça a minha mão. Nunca pensei que seria dessas que têm uma parte favorita do dia, mas é essa.

Depois de jantar com *Ajumma*, passamos algumas horas na sala de estar juntos. Ele joga videogame enquanto eu me aninho no canto do sofá para ler alguma *web novel*.

O celular de Nathaniel brilha na mesinha de centro, mas ele o ignora. Está no meio de uma batalha intensa de zumbis. Então meu celular vibra com uma mensagem.

Está ocupada? É de Sun.

Quando recebo uma chamada, me levanto do sofá e vou até a cozinha. Apoio o aparelho na cafeteira, aceito a ligação e me recosto no balcão.

A videochamada começa, mas Sun não está na tela. Fico olhando para uma cadeira vazia de encosto alto. Atrás dela há uma estante que vai do chão ao teto com obras de literatura clássica e algumas outras traduzidas do inglês e do japonês.

— Ah, você atendeu. — Ouço-o falar enquanto ele vira a cadeira e se senta, esfregando o pescoço com uma toalha. Ele está de roupão de banho e calça de pijama, e seu cabelo está penteado para trás. — Liguei pro Nathaniel primeiro. Ele não atendeu.

Mantenho uma expressão neutra. Por que ele está falando de Nathaniel para mim? Ninguém sabe que ele está morando comigo.

— Tenho um pedido incomum pra te fazer — ele continua. — Do diretor do drama. Parece que ele é fã de MinLee.

Andei tão preocupada de descobrirem nosso relacionamento do passado que não pensei que nossas interações no *Prenda-me se for capaz* teriam o efeito *oposto*.

Aparentemente, demonstramos tanta química no episódio que agora a internet está nos chamando de "casal MinLee".

Casal MinLee é melhor que SoNath, Nathaniel brincou.

Claro, tem a ironia de as pessoas ficarem felizes pelo nosso relacionamento de mentira, mas, se ele fosse *real*, todo o apoio se transformaria em julgamento e desdém.

— O diretor quer capitalizar o seu relacionamento de mentira — ele diz, abrindo a tampa de um tônico facial e passando o produto nas mãos para aplicá-lo no rosto. — Ele me perguntou se não seria legal usar vocês dois no drama, e eu falei que não poderia pensar numa ideia melhor.

A vontade de revirar os olhos é forte.

— Então o que está me propondo?

— Que você e Nathaniel participem do meu drama. Suas cenas vão ser filmadas nesta quinta-feira pro episódio que vai ao ar na próxima semana. A maior parte já foi gravada, mas a roteirista concordou em escrever cenas curtas pra vocês.

— Sei...

O drama de Sun segue um sistema de filmagem meio que em tempo real. Apesar de os primeiros episódios terem sido filmados com antecedência, os outros estão sendo filmados conforme a série vai ao ar. Dessa forma, os produtores podem fazer alterações, como incluir alguma participação especial, ou atender demandas do público para melhorar as avaliações.

— Eu topo, *se* você também deixar Hyemi aparecer no episódio — digo.

Eu aceitaria só para ajudar Sun, mas posso muito bem aproveitar essa oportunidade para ajudar Hyemi também.

— Woo Hyemi? — Sun ergue a sobrancelha. — É a garota que você está orientando, né? Aquela que vai determinar se o pai vai botar a grana na mesa? — Ele faz tudo parecer uma transação comercial.

— Tem algum problema? Se tiver, não...

— Não, pode ser. — Ele abana a mão. — Vai ser perfeito. Não curti muito a ideia de ficar te devendo um favor.

Fico olhando para cima por um tempo.

— Mas e o Nathaniel? Ele pode não topar — pergunto, me recuperando.

— Ah, ele vai topar — Sun fala, confiante.

Quando volto à sala de estar, Nathaniel está esperando um novo mapa carregar no jogo. Ele olha para mim com um sorrisinho no rosto. Meu coração acelera um pouco. Na mesinha de centro, seu celular vibra com uma nova mensagem.

— É de Sun-oppa — falo depressa.

— Você estava falando com Sun-hyeong na cozinha agora? — Ele pega o celular. Fico observando-o ler a longa mensagem. — Você topou fazer a participação no drama?

— Sim.

O mapa do jogo finalmente carrega. Nathaniel escreve uma resposta rápida e atira o aparelho no sofá, pegando o controle e fazendo seu personagem pegar suas armas.

— O que você respondeu? — pergunto, irritada por ele estar tão concentrado no jogo.

Ele me encara.

— Você topou, né? Eu falei que tudo bem.

Tem algo tão pragmático na sua fala — como eu topei, claro que ele também vai topar — que sinto minha irritação derreter na mesma hora.

Ainda tenho meia hora antes de me preparar para ir para a cama. Pego o celular para ler a *web novel*. Em vez de ir pro canto no sofá, me aninho ao lado de Nathaniel. Seu corpo tensiona e vejo seu personagem tomar umas porradas no jogo, mas depois ele relaxa, ajustando o braço para que eu fique mais confortável. E ficamos assim por meia hora.

***

Na manhã seguinte, na Joah, conto para a diretora Ryu e para a secretária Park sobre a participação especial no drama de Sun.

— O *timing* vai funcionar — a secretária Park diz. — As meninas já iam tirar folga antes do show mesmo.

Só conto a novidade para Hyemi depois da prática de dança com as outras.

— Tem certeza de que não vai ter problema eu participar do episódio? — ela pergunta, mexendo na pulseira. Estamos na mesma sala em que nos conhecemos. Agora ela tem um corte de cabelo estiloso e ganhou uns quilinhos saudáveis depois de trabalhar com uma nutricionista e uma personal trainer. — Eu não tenho nenhuma experiência com atuação.

— Vai ser só uma participaçãozinha. — De manhã, Sun me escreveu dizendo que a roteirista concordou em adicionar Hyemi no episódio. — Nathaniel e eu também não temos nenhuma experiência.

— Mas você tem um talento natural — ela insiste. Abro um sorriso indulgente. Pelo menos alguma de nós tem um pouco de confiança em mim. — *Seonbae*, eu queria te perguntar... — Ela gira a pulseira. É uma trança de vários fios coloridos entrelaçados continuamente. — Como você está se sentindo com essa história de ser um casal com Nathaniel--seonbae? Deve ser pesado.

Meu coração se aquece com a sua preocupação. Seria pesado ser associada tão publicamente com algum estranho, ou pior, com alguém com quem não me sinto confortável, mas...

— Estou bem — falo com sinceridade.

Agora que sei que não há escândalo nenhum à espreita, estou muito mais calma com essa situação, apesar dos comentários negativos, que ainda me deixam um pouco ansiosa.

— *Seonbae*, você já foi a fim de alguém aqui da empresa?

Meus olhos se arregalam com a pergunta.

— Por que está perguntando? Você está a fim de alguém?

Tento pensar nos possíveis candidatos. Tem Youngmin, que tem a mesma idade que ela e é seu colega na AAS. E tem Jaewoo, que também estava no Time Conselho Estudantil e que sei que ela admira. Mas há outros *trainees* na Joah, com quem me familiarizei um pouco, até porque vi as "equipes" potenciais da diretora Ryu para grupos futuros. Um dos melhores *trainees*, um garoto de ascendência malaia, é bem gatinho.

Ela balança a cabeça depressa. Depressa demais.

Hyemi está a fim de alguém.

Fico meio boba por ela.

— Não precisa me contar quem é, mas saiba que estou do seu lado.

Ela dá uma risadinha.

— Obrigada, *Eonni*. É verdade que é proibido namorar? O advogado do meu pai deu uma olhada no contrato e parece que não tem nada sobre isso lá.

— Não é proibido. Só é meio arriscado por conta da reação do público, especialmente pros artistas mais jovens que ainda não têm muitos fãs pra apoiá-los. Mas a Joah não é tão rígida quanto outras agências — acrescento ao ver sua expressão murchar. — Tem uns artistas da Joah que namoram.

Penso em Jenny e Jaewoo, que enfrentaram um escândalo no começo do relacionamento, quando uma foto deles acabou vazando. A Joah apoiou Jaewoo e publicou uma declaração que não confirmava nem negava o relacionamento, mas afirmava que tomaria medidas contra quaisquer artigos difamatórios.

— Sério? — Hyemi pergunta com os olhos arregalados. — Quem?

— Não posso te contar.

Ela suspira.

— Você é uma boa amiga, *Eonni*.

***

Nathaniel tem que fazer um trabalho para uma matéria, então saio para correr de noite. Choveu mais cedo e as ruas exalam aquele aroma característico pós-chuva. Passo por um idoso coletando garrafas e latinhas com uma ferramenta e separando os resíduos em vidro, plástico e outros. Uma mulher de moto carrega um cachorro confortavelmente enfiado na mochila, de olhinhos fechados e a língua balançando. Todos os comércios estão fechados, exceto a loja de conveniência, que brilha como um farol no canto escuro.

Enquanto corro, fico pensando na conversa com Hyemi. É verdade que a Joah tem sido um pouco mais permissiva com essa história de *idols* namorarem, já que protegeram o relacionamento de Jaewoo no ano passado. As expectativas em torno do namoro de *idols* na indústria também mudaram, com cada vez mais fãs apoiando seus *idols* favoritos em vez de virar as costas para eles, como fizeram no passado.

Se há dois anos a indústria fosse como é hoje, será que Nathaniel e eu poderíamos ter ficado juntos? Já que as coisas *mudaram*, será que poderíamos assumir um relacionamento agora?

Fico surpresa com o rumo dos meus pensamentos. Nunca imaginei que me faria essas perguntas. Porque fiz uma promessa para a minha mãe, e nunca quebrei nenhuma promessa.

Mesmo assim, as circunstâncias mudaram desde aquele dia, não só com a posição da Joah sobre *idols* namorarem, mas também com o status da minha mãe na empresa. Com o sucesso do xoxo, a Joah se tornou uma empresa muito respeitada na indústria. Pela forma como minha mãe tem conduzido a Joah, ela vai ganhar o prêmio Trailblazer da EBC Awards. E agora, com o *debut* do ASAP, ela vai provar para qualquer um que duvidou que ela veio para ficar.

E a questão do meu relacionamento com Nathaniel fica tão pequena em comparação com o resto...

Diminuo o ritmo até parar completamente, apoiando as mãos nos joelhos para recuperar o fôlego. Corri até o parquinho do bairro. Há um escorregador com alguns balanços sobre uma cobertura de solo acolchoada azul. Vou até a parte inferior do escorregador, sento-me e levanto os pés. Apoio as costas no brinquedo e pego o celular. A tela emite um brilho baixo quando ligo para a única pessoa que sabe melhor do que ninguém como é namorar um *idol*.

Jenny atende no terceiro toque.

— Sori? — Seu rosto aparece na tela. Ouço um barulho quando ela derruba o aparelho. Vejo o teto lá em cima antes de ela pegar o celular. — Ops — ela fala, ofegante.

— Onde você está? — Faço as contas de cabeça, e deve ser cedo em Nova York.

— Na biblioteca. Espere um pouquinho.

Ela desaparece. Escuto seus passos enquanto ela caminha pela biblioteca, e depois o rangido de uma porta se abrindo.

Jenny segura o celular de modo que eu a veja parada na escada. Sua voz ecoa pelo ambiente.

— Que horas são aí?

— Dez.

— Que tarde! Onde você está?

Movo o aparelho para lhe mostrar o parquinho.

— Eu precisava pensar, então saí pra correr.

— Devo me preocupar?

Balanço a cabeça.

— Só queria ouvir sua voz.

Fecho os olhos enquanto ela me conta sobre sua nova vida. Ela está estudando teoria musical e tendo aulas sobre compositores modernos.

A seleção final do quarteto é esta semana.

— Se eu conseguir, vou estar em Seul no começo do mês — ela fala. — Me desculpe por não ter te ligado tanto.

— Não! — digo com veemência. — Eu é que peço desculpas.

Jenny franze o nariz como se quisesse discutir, mas depois dá risada.

— Bem, estamos conversando agora. Também fiquei feliz de ouvir a sua voz, mas você me ligou por um motivo, né?

Sua habilidade de me ler mesmo do outro lado do oceano, em outro continente, é verdadeiramente impressionante.

Conto tudo para ela. Falo sobre o acordo com minha mãe — que em troca da ajuda com o *debut* de Hyemi, ela vai me dar mais independência — e também sobre Nathaniel estar morando comigo durante as suas férias. Sinto um pouco de culpa de contar para ela essa parte, quando fiz Nathaniel jurar que não ia contar para os meninos do grupo, mas acho que ele me perdoaria — afinal, estou ligando para ela por causa dele.

— Como está se sentindo? — ela pergunta baixinho.

Ela já sabe — mesmo que eu não tenha falado — que meus sentimentos por ele voltaram. Não que eles tenham ido embora algum dia.

Penso na sensação que me invade toda vez que desço do ônibus para encontrá-lo me esperando.

— Estou feliz — falo em voz alta, e parece uma confissão. — Me diga o que fazer.

— Acho que não preciso te dizer — Jenny fala com um sorriso no rosto. — Não vou mentir, não é fácil namorar alguém que passa metade da vida sob os holofotes. Ajuda lembrar que Jaewoo é só uma pessoa, e que, mesmo se não fosse membro do xoxo, eu ainda ia querer ficar com ele. E ajuda *sim* manter nosso relacionamento em segredo, claro. Apesar de algumas fãs terem teorias bizarramente corretas. — Ela estremece. — Mas, ao contrário de Jaewoo e eu, você e Nathaniel não precisariam namorar à distância.

Não, e eu não ia querer isso. Não sou forte como Jenny. Quero ser independente na minha carreira, mas não no meu relacionamento. Quero precisar de alguém, assim como quero sentir que precisam de mim.

— Acho que existem obstáculos em qualquer relacionamento — Jenny continua. — Você só tem que decidir se essa felicidade vale qualquer dificuldade que possa surgir.

Não sei se vale. Só sei que não estou pronta para desapegar.

— Quando você vai conversar com ele?

— Não posso falar com ele antes de conversar com a minha mãe. Ela está no Japão agora... — A secretária Park me informou pouco depois que ela já tinha partido. — Mas ela vai voltar pra Seul pro *debut stage* do ASAP. Eu poderia falar com ela já nessa noite.

Meu peito se agita com nervosismo e empolgação. E esperança.

— Estou torcendo por você! — Jenny fala. — Por você e pelo Nathaniel. Acho que se tem um casal que merece uma segunda chance, são vocês.

Vinte e três

Leio o roteiro do drama de Sun na viagem de trem a caminho do local das filmagens, uma cidadezinha na costa leste da península. *O príncipe do mar* é um romance de fantasia sobre um deus com amnésia que chega à costa durante uma tempestade particularmente forte — obra dele, aliás — e é resgatado pela filha de um pescador. Ela tem raiva desse deus por ter enviado todas aquelas tempestades terríveis. Ela não sabe a identidade do misterioso homem nu, claro. As trapalhadas da comédia romântica acontecem porque a heroína é uma sensata garota do interior e o príncipe do mar é um peixe fora d'água, literalmente.

Hyemi vai interpretar uma estudante que se depara com uma concha mágica contendo as memórias do príncipe do mar. Nathaniel vai fazer um deus da água que habita uma casa de banhos local.

E eu...

— Vou ser uma sereia?

Ergo os olhos do roteiro. A secretária Park está sentada na minha frente. Como representante da Joah, ela vai nos acompanhar nessa gravação. A roteirista, que deve ter trabalhado durante a noite para criar nossas histórias, enviou o texto revisado para a secretária Park. Ela também revisou o conteúdo antes de imprimi-lo e entregá-lo para nós.

— Sim — ela diz. — Uma sereia que gosta de temperaturas mais altas, e é por isso que você acaba na casa de banho.

Hyemi se mexe, encolhida no assento da janela. Ela pegou no sono assim que embarcou, e nenhuma de nós tem coragem de acordá-la.

O papel de Hyemi, ao contrário do de Nathaniel e do meu, é significativo para o enredo. A família de sua personagem coloca a concha mágica à venda depois que ela a encontra, o que faz Sun descobri-la e, enfim, recuperar a memória. Essa cena é o catalisador para a segunda metade do drama.

Mas, apesar de ter um papel importante, ela não tem que decorar muitas falas. Ela vai usar melhor seu tempo se aproveitá-lo para recuperar o sono tão necessário.

Três horas depois de sair de Seul, chegamos à estação, que consiste em uma única plataforma e três trilhos. Faz um tempo que não vejo o mar e, quando saímos, respiro fundo para sentir o ar salgado e fresco. Está um pouco mais quente do que em Seul, e o sol está alto, então deixo o cardigã cair até os cotovelos. Fecho os olhos, inclino a cabeça para trás e fico assim por um instante, sentindo o sol aquecer meu rosto e meus ombros.

Um assistente de produção nos espera no estacionamento e dirigimos mais quinze minutos ao longo da costa até o acampamento que a equipe de produção montou ao lado da praia, com diversas tendas e carrinhos de comida.

O "set" é uma vila de pescadores de verdade, e os moradores estão sendo recompensados pelo uso de suas casas e comércios. Eles também receberam convites para atuarem como figurantes, e vários aceitaram a oferta só para impressionar os netos.

— Min Sori-ssi, Woo Hyemi-ssi. — Um homem de óculos de sol com armação de metal preto e lentes em degradê laranja e barba rala no queixo, provavelmente o diretor do drama, nos cumprimenta quando chegamos.

Ele faz um breve tour pelo set e explica a programação do dia. Hyemi vai gravar sua primeira cena na praia, onde ela descobre a concha mágica, e depois vou gravar a minha nas poças de maré. À noite, Nathaniel e eu vamos gravar nossa cena juntos na casa de banho.

Enquanto seguimos para a barraca dos atores, noto uma mulher meio atordoada caminhando na praia com dois copos de café — e bebendo dos dois.

O diretor segue meu olhar.

— É a roteirista — ele sussurra. — É melhor não a incomodarmos.

Sun está perto da tenda debaixo de um enorme guarda-sol, com os óculos escuros na ponta do nariz. Ele também está bebendo café, e segura apenas um copo de *iced* americano.

— Youngmin mandou um carrinho de café — Sun fala, erguendo o copo. — Sirva-se.

Ele acena com a cabeça para indicar um carrinho colorido entre as tendas. Dois baristas em uniformes verdes e listrados recebem os pedidos de uma pequena fila formada por membros da equipe de filmagem. As bebidas já estão pagas, e o rosto de Youngmin está estampado em uma faixa em cima do carrinho com uma mensagem para Sun:

Parabéns ao Príncipe do mar, Oh Sun! Arrasa!

— Talvez mais tarde — digo, sentindo o estômago meio embrulhado agora que estou prestes a filmar minhas cenas.

— Onde está Nathaniel? — ele pergunta. — Pensei que ele vinha com você da Joah.

Ao ouvir o nome de Nathaniel, meu coração começa a bater mais rápido. Não o vejo desde aquela conversa com Jenny. Quando voltei para casa, ele estava em uma ligação, então subi para o quarto. Não faz muito sentido, mas tenho medo de que ele saiba só de olhar para a minha cara que ando pensando em voltar com ele, e ainda não estou pronta para essa conversa. Não até falar com a minha mãe.

— Ele vem depois com Ji Seok-oppa — falo.

— Hyemi-ssi — Sun diz, tendo percebido Hyemi atrás de mim. — Oi.

Ela faz uma reverência de noventa graus.

— Muito obrigada por me convidar.

Ele assente.

— Se sou obrigado a suportar a companhia de Nathaniel, pelo menos posso ter o prazer da sua — ele brinca.

— Ah, mas Nathaniel-seonbae é muito mais talentoso e charmoso do que eu — ela retruca.

— Estou vendo que é fã dele.

— Eu também gosto de você! Quero dizer...

O rosto de Hyemi fica vermelho feito beterraba.

Eu intervenho, jogando o braço de maneira protetora em volta no ombro dela e a afasto. Ela precisa colocar o figurino e fazer a maquiagem.

— Não deixe Sun te provocar — digo. — Ele quer que você diga que gosta mais dele, mas ele é velho demais pra você. Você devia preferir alguém da sua idade.

Assim como eu prefiro Nathaniel, que nasceu no mesmo ano que eu.

— Não exatamente da mesma idade — ela fala tão baixinho que quase não ouço.

Ergo a sobrancelha e abaixo o braço enquanto ela caminha na frente. Então ela não está interessada em Youngmin. Deve ser Jaewoo. Observo-a com um pouco de pena. Ela vai ficar de coração partido, pois Jaewoo já está apaixonado.

Só tenho tempo de ver o começo da cena de Hyemi antes de ir fazer o cabelo e a maquiagem.

Quando entro na tenda, fico surpresa ao ver que a cabeleireira é ninguém mais, ninguém menos do que Kim Soobin, a amiga que salvou Hyemi e eu antes da gravação de *Prenda-me se for capaz*.

— *Eonni!* — grito.

— Sori-yah!

— Obrigada por me emprestar aquelas roupas — digo, depois que nos abraçamos. — Você salvou minha vida.

— Foi bem legal ver minhas roupas no programa! — Ela dá uma risadinha.

A namorada dela, RALA, é maquiadora, e juntas elas arrumam meu cabelo e me enfeitam com muitos strass.

O figurinista, um homem magro com cabeça raspada e óculos de tartaruga, chega carregando uma mala de roupas, e Soobin me apresenta.

— Esta é nossa sereia, Min Sori.

Seus olhos azuis — ele provavelmente está de lente colorida — se arregalam.

— Oh, você é *perfeita*. — Ele avança depressa para abrir a mala. — Sua secretária me mandou suas medidas. Estamos pensando nisso aqui. — Ele pega um espartilho todo enfeitado com pérolas e pedras verde-água, cobalto e azul safira. O figurino é tomara que caia e, apesar de cobrir minha barriga e meu peito, é bem ousado. Ele me mostra um par de shorts pretos. — Você vai usar isso por baixo, claro.

Ele esfrega o topo da cabeça.

— Sei que é um pouco demais...

— É maravilhosa — digo.

E com certeza bastante desconfortável, mas vou aguentar. Em nome da moda.

Sorrio. Ele claramente é um gênio.

— Vai ser uma honra.

— Vai ficar bem justo no peito, tudo bem? Acho que vamos ter que fazer uns ajustes. Você comeu hoje, certo? E bebeu bastante água?

Hesito um pouco e depois digo que sim. O que não é bem verdade. Eu estava nervosa demais para fazer qualquer uma das duas coisas, mas estou me sentindo ótima, energizada pelo nervosismo e pela adrenalina.

Tiro a roupa atrás de um biombo para ter privacidade e coloco o espartilho, saindo com as costas abertas. Prendo a respiração enquanto ele amarra os fios. Quando ele termina, exalo o ar e sinto a pressão contra o meu peito.

— Está machucando? — ele pergunta. — Posso soltar mais se estiver desconfortável.

Respiro fundo algumas vezes. Está um pouco apertado, o que me deixa um tanto apreensiva, mas digo que está tudo bem.

Ele gesticula para que eu me olhe em um espelho grande.

— O que acha? Não queremos mostrar muito o decote, senão vamos ser censurados. — Ele dá risada como se estivesse brincando, mas tenho a impressão de que não está. — Seu cabelo comprido vai cobrir quase tudo.

Observo meu reflexo no espelho e me viro para admirar o figurino de todos os lados. O espartilho estruturado se ajusta perfeitamente ao meu corpo, agarrando-se ao meu peito, estreitando-se na cintura e alargando-se ligeiramente nos quadris. Com a maquiagem de Soobin, o efeito é deslumbrante.

— Adorei — falo.

Uma assistente traz um robe para eu vestir por cima do figurino e me conduz até o primeiro local de filmagem, uma poça de maré que os cenógrafos decoraram com estrelas do mar falsas e joias. Uma máquina de neblina deixa um rastro branco e vaporoso sobre a poça, dando-lhe uma atmosfera onírica e mística.

Tiro o robe e outra assistente me ajuda a entrar na poça. Encontro um lugar para me sentar que não seja *tão* desconfortável. Espero não estar incomodando nenhum crustáceo.

— Nessa cena, queremos uma aura misteriosa e etérea — o diretor fala atrás da câmera. — Você é uma linda sereia que ficou presa em uma poça de maré e tem a missão de entregar uma mensagem do rei do mar para seu filho, só que você não consegue falar fora da água! E agora? — Sou contagiada pelo ardor dele e assinto. — Perfeito, mantenha exatamente essa expressão. — Ele me filma em diferentes ângulos, movendo a câmera com um suporte. — Agora dê uma tremidinha como se estivesse com frio. Você está com saudade de águas mais quentes. Se houvesse algum lugar para onde pudesse ir...

O amor das nossas vidas

Isto é bem parecido com os trabalhos de modelo que já fiz, já que não tenho nenhuma fala. Fico aliviada pela roteirista ter encontrado uma solução para que eu não tivesse que decorar nada. Logo o diretor grita:

— Corta!

— Perfeito, Sori-ssi. Você fica bem à vontade diante das câmeras.

Saio da água buscando o robe ansiosamente para me aquecer.

Quando volto para a tenda, vejo que há uma multidão na frente do carrinho de café de Youngmin. Sun não está em nenhum lugar, então deve ter saído para gravar suas cenas com a atriz principal.

Aproximo-me de Hyemi, que está esperando perto do carrinho com as bochechas coradas. Ela ainda está de uniforme escolar, com o nome da sua personagem impresso em uma pequena etiqueta de metal presa em seu blazer.

— O que é essa comoção? — pergunto.

— Nathaniel estava aqui — ela fala com os olhos cintilando. — Ele estava tirando foto com o pessoal da equipe. Eu tirei uma também. Quer ver?

Ela me mostra o celular. Na imagem, Hyemi está de costas para Nathaniel, com a mão na metade do rosto, rindo. Ele deve ter dito algo para diverti-la. Depois observo Nathaniel. Ele também está rindo, com o nariz franzido e as covinhas à mostra. Sou arrebatada pelo que vejo e fico até um pouco sem fôlego, o que não é muito favorável quando se está usando espartilho.

Só de ver *uma foto* já estou me sentindo assim. Como é que vou me sentir mais tarde, quando gravarmos nossa cena juntos? Ele não pode suspeitar que algo mudou — e nada mudou *mesmo*, pelo menos não externamente. Preciso esconder meus sentimentos por mais um tempinho. Fiz isso por dois anos, o que são mais duas noites?

Vinte e quatro

A produção fechou a única casa de banho da cidade para a nossa cena. Azulejos antigos revestem a área da ala feminina, onde há três piscinas confortáveis entre vários chuveiros e uma pequena sauna de forno. Embora o lugar esteja vazio agora, imagino-o cheio de mulheres durante o dia, fofocando sobre seus vizinhos enquanto tomam banho.

Minha mãe costumava me levar na casa de banho do nosso bairro quando eu era mais nova, antes de ela ficar ocupada demais com a Joah. Esfregávamos as costas uma da outra e depois mergulhávamos nas piscinas. Ela sempre comprava *sikhye*, e eu lambia os lábios entre um gole e outro, saboreando a doçura e a refrescância da bebida de arroz depois do calor daquelas salas. Depois, íamos descansar nas áreas comuns, com as cabeças apoiadas em almofadas, lendo *manhwa* e rindo das aventuras românticas das heroínas. Uma onda de calor me envolve com a lembrança. Quem sabe, quando as coisas se acalmarem na agência, a gente possa voltar lá de novo, só nós duas.

Viro-me quando a porta se abre, e Nathaniel entra com o resto da equipe. Ele está usando o uniforme habitual das casas de banho que lembra um pijama: camiseta grande com shorts de cordão. Em sua cabeça há uma toalha em formato de ovelha. Eu daria risada se não estivesse tão nervosa.

Ele me vê na mesma hora e se aproxima.

— Oi.

— Você parece confortável — digo, tentando manter uma voz casual.

Ele abre um sorrisinho torto.

— Parece que seu figurino é muito mais elaborado do que o meu.

— Pois é — falo, me sentindo subitamente muito pelada debaixo do robe.

Ele inclina a cabeça para o lado.

Recuo um pouco, fingindo que preciso retocar a maquiagem. Noto uma expressão confusa em seu rosto e saio correndo em direção a Soobin e RALA.

Meu estômago se agita de culpa. Ele não fez nada de errado. Sou *eu* que não consigo controlar minhas emoções.

— Sori-yah, tem alguma coisa errada? — Soobin fala. — Você está um pouco pálida. O espartilho está apertado? Posso soltar.

Só que, assim que ela pergunta, vejo sua boca se contrair de preocupação. Soltá-lo pode fazer a fantasia toda cair, o que me deixa mais desesperada do que já estou.

— Estou bem. Só preciso sobreviver a essa cena.

O personagem de Nathaniel vai se deparar com o meu dando um mergulho na água fumegante depois que a casa de banho fechou.

Observo a equipe posicionando as luzes e câmeras ao redor da piscina e vou ficando mais nervosa a cada minuto. A cena na poça de maré não era tão íntima, talvez porque estávamos ao ar livre. Nesse cenário, com todas as luzes voltadas para a água, me sinto mais exposta.

O diretor me leva até a beira da piscina.

— Você vai nadar um pouquinho... — Ele faz uns círculos com o braço. — E emergir aqui. — Ele bate o chinelo na borda. — Nathaniel vai estar te esperando. Depois que ele disser a fala dele, você vai transmitir a importante mensagem que o Rei dos Mares enviou para você entregar no mundo dos humanos.

Assinto, franzindo as sobrancelhas.

— Mas achei que eu não podia falar.

Ele ajeita os óculos de sol, que continua usando apesar de ser noite e estarmos do lado de dentro.

— Isso, você vai transmitir a mensagem do jeito das sereias. Com um beijo.

Pisco para ele. Depois pisco de novo.

— Isso não está no roteiro.

— Pois é — ele confessa, enxugando o suor da testa com um lenço xadrez. — A roteirista pensou nessa solução quando descobriu o furo.

Mas só vamos fazer se você se sentir confortável...

Meu estômago dá uma cambalhota e me viro para Nathaniel, que está caminhando na minha direção. Penso que ele vai fazer alguma brincadeira, mas ele está estranhamente tímido, coçando o pescoço debaixo da camiseta.

— Você... A gente não tem que...

— Acho que tudo bem — falo, um pouco ofegante. — Pelo Sun...

— Certo — ele diz. — Se você mudar de ideia...

Faço que sim com a cabeça.

— Beleza.

— Sori-ssi — o diretor diz. — Quando estiver pronta.

Percebo que ele quer que eu tire o robe *enquanto está todo mundo olhando para mim*. Respiro fundo, canalizando minha sereia interior, ou pelo menos a atriz. A fantasia é maravilhosa, feita sob medida — tenho *orgulho* de vesti-la. Desfaço o nó do robe e deixo-o cair por meus ombros.

Ouço a equipe suspirar audivelmente, coisa que não fizeram na cena da poça de maré. Endireito os ombros, valorizando o figurino. *Idols* costumam usar roupas mais ousadas que esta no palco; eu mesma já usei roupas mais ousadas na passarela. Não há motivo para timidez. Arrisco um olhar para Nathaniel. Seus olhos, que estavam no meu figurino, se erguem para encontrar os meus. Meu coração dispara com o calor que vejo ali, e a temperatura da sala já quente parece aumentar um pouco.

Antes de eu pegar fogo totalmente, dou as costas para ele e sigo para a piscina, mergulhando depressa na água. Não consigo nem me refrescar, porque ela está acima de quarenta graus Celsius.

— Sori-ssi — o diretor fala atrás da câmera. — Lembra do que falamos? Nade, nade, nade, e depois saia lindamente na borda da piscina. Feito uma fada.

Uma sereia fada, entendi. Eu consigo.

Respiro fundo e mergulho, agradecendo minha mãe por todas as aulas de natação que fiz quando era pequena. *A Coreia é uma península*, ela dizia. *Você precisa aprender a nadar, senão não vai sobreviver*. Pensando bem, talvez fosse uma metáfora.

Faço movimentos que espero serem graciosos debaixo d'água, tentando manter as pernas juntas para facilitar o trabalho do editor quando ele for adicionar a cauda durante a pós-produção. Ainda submersa, nado em direção à borda, plantando os pés no fundo da piscina para emergir com elegância.

A água escorre da cabeça, cobrindo o meu nariz e minhas bochechas. Não puxo o ar de uma vez, com respirações curtas para dar a ilusão de que não preciso de ar. Sinto a água nos meus cílios e resisto à tentação de levantar a mão para enxugá-la. Nathaniel entra em foco. Ele está de joelhos na beira da piscina, olhando para mim.

Ele não fala nada; em vez disso, seus olhos se demoram no meu cabelo, nos meus olhos, nos meus lábios. Ele tem uma fala, mas não consigo me lembrar exatamente das palavras. Acho que ele devia me perguntar por que estou ali. Não posso entregar a mensagem sem que ele diga sua fala. Será que ele esqueceu? Vamos ter que gravar de novo. Meu coração acelera. Preciso fazer *alguma coisa*. Agarro a borda, me ergo para fora da água e pressiono os lábios na boca dele.

É bem rápido. Não tenho força suficiente nos braços para me manter acima da água por mais tempo que o suficiente para um selinho. Abro os lábios. Ele suspira baixinho. Quando me afasto, seus lábios me seguem, como se procurassem por mais, mas já estou caindo.

Engulo um pouco de água, e dessa vez emerjo com muito menos elegância.

— Perfeito! — o diretor grita, e sua voz ecoa pela sala. — Lindo. Emocionante! Que química!

Dou uma olhada para o lado e vejo a roteirista enxugando uma lágrima do olho.

Suspiro de alívio por não ter que filmar uma segunda vez, mesmo que Nathaniel não tenha falado nada. Está bem quente aqui, e estou sem fôlego de tanto prender a respiração.

Quando vou me mover na direção das escadas, tudo começa a girar de repente.

— Sori? — Nathaniel fala com uma voz firme.

— Eu não consigo...

Não consigo respirar. Entro em pânico. Tudo está rodopiando.

Ouço um splash alto e então sinto braços me erguendo da água. Nathaniel. Ele pulou na piscina. Ele me vira e depois puxa a parte de trás do meu espartilho com movimentos bruscos.

A pressão no meu peito abranda e inspiro uma golfada de ar.

Ele me solta por um instante para tirar a camisa e a colocar sobre as minhas costas expostas, usando o próprio corpo para bloquear o meu.

— Está conseguindo respirar agora? — ele pergunta com uma voz gentil, mas tensa.

— Sim.

— Vou te carregar.

Assinto, e ele desliza a mão para as minhas pernas. Prendo os braços em volta do seu pescoço enquanto ele me ergue da água. Estou tão envergonhada que enfio o rosto no seu pescoço para evitar os olhares da equipe, todos demonstrando alto níveis de preocupação.

Depois disso, tudo vira um borrão. Nathaniel me leva até a médica do local, uma mulher simpática que verifica meus sinais vitais e me aplica soro. Em seguida, a secretária Park entra na tenda correndo.

— Mandei uma mensagem pra sua mãe. Ela está voltando do Japão.

Não há espaço para tantas pessoas ali, então Nathaniel sai. Fico mal ao observá-lo indo embora.

— Ela está voltando por causa disso? — pergunto, ansiosa. Sei que essa reunião do Japão era importante. — Diga que estou bem. Ela não precisa voltar.

Vejo a secretária Park lutando consigo mesma, refletindo sobre o que sua chefe tem que fazer pela agência e o que tem que fazer pela filha.

— Tem certeza? — ela finalmente pergunta.

— Sim. Só preciso descansar. — Levanto o braço que está recebendo o soro. — Isto vai fazer o resto.

— Certo, vou falar com ela. — Ela hesita. — Que bom que está bem. — Ela dá um tapinha na minha perna e vai embora.

Acabo pegando no sono, e quando acordo, a médica não está ali, mas Nathaniel está em uma cadeira ao meu lado. Sua cabeça está apoiada na maca, com o rosto virado para o meu braço estendido, preso ao soro. Pergunto-me se ele está dormindo. Movo a mão e ele se mexe, mas não se vira para mim.

— Nunca mais use uma roupa como aquela — ele fala.

Sua voz está levemente abafada por causa do cobertor. Não consigo ver sua expressão, mas percebo algo em sua voz e me dou conta do quão assustador deve ter sido para ele me ver desmaiar. Meu coração amolece.

— Lá se vai minha breve vida de sereia — brinco.

Ele vira a cabeça com o cenho franzido.

— Que bom que você já está fazendo piada.

Ergo a mão para afastar o cabelo que caiu sobre os seus olhos.

— Você está tão sério. Você não costuma ser assim.

— Eu fiquei morrendo de medo, Sori. Você estava tão pálida.

— Você foi bem rápido para alguém tão assustado — digo, lembrando que ele pulou na água sem nem hesitar.

— Bem, eu não queria perder a oportunidade de tirar sua roupa.

— Esse é meu Nathaniel — digo baixinho.

Ele não fala nada e meu coração acelera, o que provavelmente não é bom para a minha saúde.

— Foi lindo enquanto durou — comento para aliviar a tensão. — O figurino, claro.

— Você estava maravilhosa.

Abro a mão e ele desliza a sua sobre a minha.

Pegamos no sono de mãos dadas. Algum tempo depois, acordo e ele não está ali. Sun está entrando na tenda. Ele caminha até a bolsa intravenosa e verifica-a como se soubesse o que está fazendo.

— Onde está Nathaniel? — pergunto.

— Mandei pra casa. Ele precisava descansar.

Sun se senta na cadeira e se inclina ligeiramente para trás.

Não falamos nada. Ele tem uma expressão pensativa. Pergunto-me quanto ele sabe. Sun é bem perspicaz. Ele pode não saber que Nathaniel está morando comigo, mas com certeza percebeu que nos aproximamos bastante nessas últimas duas semanas.

— Você vai falar alguma coisa pra me afastar dele? Sei o que você disse pra Jenny.

Quando Jaewoo e Jenny começaram a namorar, Sun tentou assustá-la. Jenny acha que ele estava tentando "testá-la" e proteger Jaewoo de um escândalo em potencial, mas eu acho que ele só estava sendo um babaca.

— Eu disse *mesmo* alguma coisa, né? — Ele coça o queixo. — Caramba, sou tão intrometido quanto o meu avô.

Ele dá uma risadinha, como se *quase* causar o término de Jenny e Jaewoo fosse algo divertido.

— Mesmo assim... — ele fala, me encarando com seus olhos escuros. — Acho que nada poderia te assustar, Min Sori.

— Quando minha mãe voltar pra Seul, vou conversar com ela sobre a possibilidade de namorar com ele de novo. É o que eu quero. Quero Nathaniel.

Ele ergue uma sobrancelha.

— Se você falar desse jeito — ele diz devagar —, acho que ninguém vai poder dizer não. Até eu estou ficando vermelho.

— Sério? — Franzo o cenho. — Você está pálido.

— Estou vermelho *por dentro*.

Ele fica de pé.

— Eu vim porque queria ver se você estava bem. E... — Ele estica o braço e afasta uma mecha de cabelo do meu rosto. — Jenny era uma estranha pra mim. Você não é. Sempre vou estar do seu lado.

Estranhamente, sinto as lágrimas ardendo nos cantinhos do meu olho. Sun pode ser sarcástico e arisco, mas sempre cuidou de mim como se fosse um irmão mais velho. Do melhor tipo.

— Obrigada, *Oppa*.

— Que bom que está melhor — ele diz. Depois de um tempo, ele acrescenta: — Eu devia saber que você e Nathaniel trariam drama pro *meu* drama.

Vinte e cinco

Sou transferida para uma pequena e aconchegante clínica para passar a noite — sob recomendações médicas — enquanto o resto da equipe volta para Seul. A secretária Park fica comigo, e Ji Seok se oferece para levar Hyemi com Nathaniel e Sun. Ela ameaça ligar para a minha mãe para que eu concorde em ficar.

— Você não vai conseguir ajudar Hyemi se desmaiar de novo — ela insiste.

Ela tem razão, claro. Só que amanhã é o *debut* do ASAP e quero que tudo dê certo. Sei que temos toda uma equipe para garantir isso, mas Hyemi é *minha* responsabilidade — minha mãe confiou em mim, e quero ver sua jornada até o fim.

Apesar de ser só o começo.

O começo de sua vida de *idol*. O começo da *minha* vida, a vida que vou escolher para mim, a vida em que vou poder fazer o que quiser. Se bem que, por enquanto, eu gostaria de continuar trabalhando com o ASAP por mais um tempinho. Ainda há muito a fazer, desde a preparação para o ciclo de promoções até o álbum completo. A diretora Ryu outro dia me falou do design e do conceito do álbum.

Mesmo que eu não passe o dia com Hyemi e as meninas, pelo menos preciso ir ao show. Além disso, tem a festa surpresa que organizei com alguns assistentes. As garotas não sabem de nada e estou ansiosa para ver as reações delas.

Na manhã seguinte, a médica da clínica, uma doce senhora cujos pacientes idosos a visitam mais pelas fofocas do que pelas doenças, me ensina a jogar *Go* — com seu próprio tabuleiro e um conjunto de pedras pretas e brancas — enquanto esperamos os resultados do meu exame de sangue. Depois que recebo alta, enfrento três horas de viagem de trem até Seul. Só tenho tempo de ir para casa, tomar um banho e me trocar antes de seguir para a arena.

A casa está vazia, pois *Ajumma* foi ver a filha, e Nathaniel dormiu na casa de Sun — afinal, ele não podia pedir para Ji Seok deixá-lo *aqui*. No carro a caminho da arena, escrevo para Nathaniel: Vou dar uma festa surpresa pras meninas do ASAP depois do show. **Mando o nome e o endereço do restaurante**. Acha que consegue ir?

Alguns minutos depois, meu celular vibra: Estarei lá.

Meu coração acelera só de pensar em vê-lo.

Ontem à noite, enquanto pegávamos no sono de mãos dadas, alguma coisa se passou entre nós. Uma sensação de que, se eu não disser algo logo, talvez *ele* diga.

Se minha mãe vier à festa — a secretária Park falou que há uma possibilidade —, vou tentar conversar com ela. Eu poderia falar para Nathaniel o que sinto já esta noite.

O que será que ele vai dizer? O que vai *fazer*?

Respiro fundo, abaixando o celular. Se eu ficar pensando no que pode acontecer com Nathaniel, vou ficar pensando *só* nisso, então afasto esses pensamentos. Esta noite é de Hyemi, do ASAP e de toda equipe da Joah.

Mando o convite para os outros meninos do XOXO.

O show vai ser na arena Sowon, que assim como o hotel de mesmo nome, pertence à empresa do avô de Sun, a TK Group. O lugar normalmente sedia eventos esportivos, mas ontem à noite e esta manhã ele foi transformado em uma arena de show, com um palco e mais de dois mil e quinhentos lugares. Os ingressos foram disponibilizados por meio de um sistema de sorteio aleatório, e esgotaram uma hora após a publicação.

Hyemi já está com o figurino quando a encontro, vestida com um espartilho sobre um vestido branco solto. Seus longos cabelos castanho--claros estão enfeitados com uma coroa de trança no topo da cabeça.

— *Seonbae*! — ela grita sobre o barulho do camarim abarrotado. — Você veio! Está se sentindo bem? Nathaniel me contou o que aconteceu.

— Estou bem. E você? Esse espartilho está apertado?

Dou uma puxadinha na sua roupa e noto que o tecido é elástico, e não a aperta tanto quanto meu figurino de sereia.

O amor das nossas vidas

Ela dá risada da minha preocupação, e seus olhos cintilam.

— Você é tão engraçada, *Seonbae*.

Eu esperava vê-la mais nervosa, mas ela está radiante.

— As meninas estão prontas? — uma voz pergunta da porta. — Elas precisam estar no palco em quinze minutos.

— Preciso ir ao banheiro! — Jiyoo grita, usando um vestido cheio de babados até os joelhos. — Dá tempo?

Ela não espera a resposta e sai correndo.

Uma maquiadora agarra Hyemi e a puxa para os espelhos iluminados, onde uma das garotas está terminando o cabelo e a maquiagem.

Uma das integrantes está ensaiando a coreografia no fundo da sala, enquanto outra está parada na frente do ventilador, bebendo água nervosamente. Quando vê Jiyoo correndo, ela para de beber, arregala os olhos e depois olha para a garrafa, horrorizada.

A equipe de filmagem do documentário do grupo captura cada instante de confusão e empolgação.

— Min Sori-ssi? — a assistente da diretora Ryu fala. — Estamos com um probleminha. A diretora disse que você poderia ajudar. Pode me acompanhar por um instante?

Dou uma olhada em Hyemi — ela está de mãos dadas com uma das meninas, falando com ela animadamente — e sigo a assistente até uma sala, em que há um grupo da equipe em volta de um sofá. Sentada ali, soluçando incontrolavelmente, está Sun Ye.

— O que está acontecendo? — pergunto, alarmada.

A diretora Ryu gesticula para que eu me aproxime. Ela não parece tão preocupada quanto os outros.

— Acho que ela só precisa de alguém pra conversar. É difícil ser a líder. Posso deixar Sun Ye nas suas mãos?

Faço que sim com a cabeça, apesar de não saber por que ela acha que *eu* sou a pessoa mais indicada para conversar com Sun Ye.

— Acho que... — a diretora continua, pelo visto lendo a minha mente — ... você vai entendê-la melhor do que ninguém.

Ela se vira para a sala.

— Vocês podem sair por uns minutinhos?

Enquanto a sala se esvazia, pego uma caneca e a encho de água quente, levando-a para Sun Ye.

— Sun Ye-yah — digo, sentando-me ao lado dela. — O que houve?

Está se sentindo mal?

— Me desculpe, Sori-yah. — Ela funga. — Acho que não consigo.

Eu esperava ver esse nervosismo em Hyemi ou Jiyoo, as mais novas, não em Sun Ye. Não só porque ela é a mais velha e mais experiente, mas porque ela sempre foi confiante, pelo menos por fora. Mas sei bem que as pessoas costumam dizer coisas só por dizer.

— Pode desabafar.

— É responsabilidade demais. E se eu decepcionar as meninas? Eu deveria ser a líder, mas e se eu for terrível nisso? Eu sou muito mais velha do que elas. Li uma matéria que dizia que eu aumentei em um ano a idade média do grupo.

Sou tomada pela urgência de encontrar o autor dessa matéria para brigar com ele na internet.

— Faz tempo que você anda pensando nessas coisas? Você devia ter conversado com alguém.

— Não queria que me expulsassem do grupo.

— Não fariam isso. A diretora Ryu e os outros entendem que é dureza, especialmente pra você, como líder do grupo.

Sun Ye balança a cabeça, circulando a borda da caneca com o dedão.

Respiro fundo, pensando no que eu gostaria de ouvir se estivesse no lugar dela. Afinal, a diretora Ryu me pediu para falar com ela por um motivo. *Acho que você vai entendê-la melhor que ninguém.*

— Nós estamos nessa há mais tempo do que as outras. Esta indústria não é fácil, e é sempre mais difícil pras garotas. As pessoas nos julgam porque estamos velhas demais, gordas demais, inteligentes demais... mas é justamente por isso que *esta indústria* precisa de você. Para que as pessoas possam te olhar e ver quão linda e talentosa você é. Quão teimosa e insegura...

— Pensei que você fosse me elogiar — ela diz, fungando.

— E perceber que talvez você não seja a *idol* mais perfeita do mundo, o que não significa que não seja perfeita para as fãs que mais precisam de você.

Como fã, é assim que *eu* me sinto. É mágico se conectar com aquela pessoa especial de um grupo e ela se tornar um alento, alguém que você pode admirar de longe e torcer. Depois de hoje, Sun Ye vai se tornar essa pessoa para muitas fãs, assim como Hyemi e as outras.

— Você vai levar alegria e conforto pra milhares de pessoas — falo. — Talvez até milhões. *Isso* é ser uma *idol*.

O amor das nossas vidas

— Minha maquiagem está toda estragada — ela diz, limpando os olhos com um lenço.

— Vamos chamar uma maquiadora — tranquilizo-a. — Vi pelo menos umas cinco no corredor agora mesmo.

— Obrigada, Sori-yah. Você daria uma ótima *idol*, sabe.

— Talvez. Mas acho que sou um pouco egoísta. Quero me fazer feliz primeiro, e me entregar só pra algumas pessoas, não pra todo mundo.

Por muito tempo, pensei que eu era o oposto, que queria levar alegria para o máximo de pessoas possível, porque assim elas me amariam. Mas percebi que essa não sou eu. Sou feliz sendo amada e valorizada pelas poucas pessoas que amo e valorizo. É o suficiente.

Sun Ye pega minha mão e a aperta.

— As pessoas a quem você se entrega têm sorte, Min Sori.

Chamo uma das maquiadoras e espero Sun Ye ficar pronta. Depois sigo-a para fora.

As outras meninas já seguiram para o palco, então vou até a parte de trás da arena, onde vou poder observar o palco com o resto do público. Eu *poderia* assistir ao show através dos monitores dispostos nos bastidores, mas quero ter a experiência completa, como se eu fosse uma fã. Porque sou mesmo.

Enquanto caminho, vejo o pai de Hyemi sentado com outras pessoas importantes em ternos executivos — minha mãe entre elas. Assim como antes, noto as olheiras fundas debaixo dos seus olhos, apesar de ela ter disfarçado com bastante corretivo. Será que o pai de Hyemi já assinou o contrato? Se ainda não assinou, com certeza vai assinar amanhã.

O apresentador sobe ao palco para cumprimentar a plateia. As meninas vão cantar duas músicas, a faixa-título e o lado B, uma música pop melosa chamada "Blue Heart".

A parte de trás do palco se abre, revelando as seis garotas juntas — em grupo, eles criam uma bela silhueta. Então as primeiras notas de "Wake Up" começam a tocar e a plateia explode em aplausos.

No começo, fico nervosa, mas logo vejo que todo o trabalho valeu a pena, porque seus movimentos são precisos, como se elas tivessem dançado essa coreografia centenas de vezes — e dançaram mesmo. Elas se transformam no palco, deixando para trás todas as inseguranças e preocupações. Sun Ye não dá nenhum sinal de que estava chorando apenas alguns minutos atrás, com uma expressão destemida no rosto. A tímida e doce Jiyoo é um monstro na coreografia, disparando cada movimento com precisão, e Hyemi...

Hyemi está toda sedutora! Ela *provoca* o público, fazendo contato visual com as câmeras de um jeito incomparável; sua confiança é hipnotizante.

Assim como a multidão, estou totalmente encantada com a performance.

Enquanto assisto ao show, procuro no meu coração algum sentimento remanescente sobre a minha decisão de não debutar. Falei para Sun Ye que não queria ser uma *idol*, mas há uma parte de mim que gostaria de ter seguido esse caminho, que talvez esteja... arrependida?

Mas então a resposta chega clara e certeira: não estou nada arrependida.

Tudo o que sinto é felicidade pelas garotas e orgulho por mim mesma, por ter ajudado Hyemi a chegar tão longe. Sei que, apesar de não estar *no* grupo, serei parte do ASAP para sempre.

A alegria vai se espalhando até quase virar uma presença ao meu redor, ecoada pela energia da multidão.

Ela vai me arrastando por dentro feito uma onda, e a sensação é tão poderosa que faz eu *me* sentir poderosa, como se eu pudesse ter qualquer coisa — uma carreira cheia de propósito, amigos que me dão força, e Nathaniel. Eu também posso tê-lo.

Ao final do show, a plateia grita. Acho que a minha voz é a mais alta de todas.

Vinte e seis

— Surpresa!

As meninas explodem em lágrimas, entrando no restaurante sob os barulhos dos lança confetes e das línguas de sogra e das palmas e gritos entusiasmados da equipe. Serpentinas cor-de-rosa e douradas caem do teto, prendendo-se em seus cabelos. Elas trocaram de roupa e estão vestidas casualmente, com moletons largos. Quando percebem que todos estão vestindo camisetas estampadas com "Show de *debut* do ASAP" e a data, elas choram ainda mais.

Faço contato visual com um assistente da equipe e corremos para o fundo da sala para acender as velas do bolo personalizado — um lindo bolo de dois andares com flores azuis e rosa e um "Parabéns" em letras brancas no topo. Enquanto caminhamos, a equipe canta "Parabéns para você".

Como se fossem uma, as seis meninas assopram as velas. Youngmin está segurando um canhão de confete, que explode pela sala enquanto todos gritam.

— Muito obrigada por todo o apoio — Sun Ye fala, chorando de alegria desta vez. — Não podíamos fazer isso sem vocês. Sei que foram semanas difíceis... e anos... — Ela olha para as garotas que vieram da Dream Music. — A jornada ainda vai ser difícil, mas, por causa desta equipe, por causa de todas as integrantes que me dão esperança e me inspiram a ser uma líder cada vez melhor, estou ansiosa pelo que temos pela frente. Por favor, continuem nos apoiando.

Juntas, as meninas do ASAP fazem uma profunda reverência.

A festa vai ser curta, já que as garotas têm gravações agendadas para os programas musicais do fim de semana, incluindo o *Music Net*, da EBC, mas é importante celebrar todos os momentos ao longo do caminho.

— Foi uma ótima ideia, Sori. Que bom que você sugeriu. — A diretora Ryu está ao meu lado com uma taça de champanhe na mão. — Teríamos feito algo na agência, mas isto é melhor. E vamos nos divertir.

A professora de canto trouxe uma máquina de karaokê, e Youngmin e alguns *trainees* cantam "Wake Up" — claro que eles já memorizaram toda a coreografia.

— Sabe quando minha mãe chega? — pergunto para ela.

— Ah, ela não te falou? Ela não vai conseguir vir porque vai levar alguns patrocinadores para um restaurante.

Meu estômago dá uma cambalhota. *Ela não vem?*

A diretora Ryu dá tapinhas no meu ombro.

— Tenho certeza de que ela também gostaria de estar aqui.

Ela acha que estou decepcionada, e estou mesmo. Mas também estou... frustrada. Esta noite seria a oportunidade perfeita para conversar com ela. A estreia bem-sucedida do ASAP é uma vitória para nós duas. Não haveria hora melhor para falar sobre Nathaniel. Agora vou ter que esperar ainda mais.

A porta se abre. Viro-me para ver um assistente entrando.

Jaewoo me escreveu falando que não poderia vir, já que ainda está em Busan com a família, mas Sun e Nathaniel devem chegar a qualquer momento.

Dez minutos se passam — Jiyoo dá um berro, anunciando que o ASAP é o assunto número um em todos os principais sites. Depois mais quinze se passam.

— Está esperando alguém, *Seonbae*?

Hyemi está parada atrás de mim. Pensei que estava sendo discreta, mas pelo visto não.

— Não, eu só... — Sua cabeça está inclinada para o lado enquanto ela me observa com curiosidade. Mudo de assunto antes que ela perceba qualquer coisa na minha expressão. — Eu te vi com Ruby — digo, falando da garota com quem a vi de mãos dadas no camarim. — Vocês parecem estar se dando bem.

— Ruby-eonni é de Hong Kong e fala inglês. Gostamos dos mesmos programas de TV e videogames. Ela também é fã de *Ursos sem curso*.

— Sério? — Preciso conversar mais com Ruby. — Parabéns, Hyemi-
-yah. Como está se sentindo?

— Como se eu pudesse fazer qualquer coisa. Como se esse fosse só
o começo.

— E é! Estou tão feliz por você.

— Na verdade, *Seonbae*, estava querendo te falar uma coisa... — Ela
se interrompe, olhando para algo além de mim.

Viro-me e vejo Sun atravessando as portas de vidro com o casaco
casualmente jogado sobre o ombro.

— Hyemi, me dá uma licencinha? — falo.

Saio correndo até Sun.

— Você está atrasado.

Estico o pescoço para procurar Nathaniel, mas não há sinal dele.

— Que bom te ver também — ele diz.

— Você veio sozinho? — Hyemi pergunta.

Pisco, surpresa por encontrá-la ao meu lado, fazendo a pergunta que
eu estava prestes a fazer.

Sun a observa com uma expressão opaca.

— Isso te deixa decepcionada?

Ela fica branca e depois vermelha.

— Deixe-a em paz — falo, enquanto meu instinto protetor entra em ação.

Sun aponta para o bolo.

— Tem bolo?

— Vou pegar um pedaço pra você! — Hyemi sai apressada.

Sun a segue.

— Nathaniel não veio com você?

Ele me olha.

— A mãe dele ligou. Ele está lá na frente.

Não fico para ver Sun pegando o bolo e disparo para a porta.

Sinto a noite gelada na minha pele e me abraço enquanto vasculho
o pátio externo.

Escolhi este restaurante porque ele é mais reservado. É um dos muitos edifícios de um grande parque cercado de florestas e riachos. Além
do restaurante, também há uma cafeteria e um museu dedicado a um
arquiteto renomado.

Estico o pescoço pelo portão, observando o caminho que leva ao estacionamento. Não vejo Nathaniel em lugar algum. Acho que não teria

como não o ver. Para a direita, há uma trilha com luminárias de pedra que dá num bosque.

Parece-me natural seguir essa trilha. Não há nuvens no céu. A lua penetra as copas das árvores, tingindo as folhas de prata. Chego em uma pequena ponte de pedra que atravessa um riacho. Vejo o museu entre as árvores, iluminado por dentro, brilhando como um tesouro na escuridão.

— Sori?

Viro-me.

Nathaniel está parado do outro lado da ponte. Ele guarda o celular no bolso — deve ter acabado de encerrar a ligação com a mãe. Ele não me pergunta o que estou fazendo ali. Será que sabe que estava procurando por ele? Deixo minha própria mãe de lado, pois algo bom aconteceu hoje e eu queria compartilhar este momento com a pessoa que mais me faz feliz.

Começo a atravessar a ponte e logo estou correndo.

Atiro-me nele. Ele dá alguns passos para trás com o impacto, levantando os braços para me pegar. Por um minuto, nenhum de nós se move. Fico ouvindo sua respiração curta. Seu coração bate depressa contra o meu.

Sua mão sobe pelas minhas costas e eu estremeço em seus braços.

— Desculpe pelo atraso — ele diz. — Sun teve que parar para abastecer. Tinha umas fãs...

Balanço a cabeça.

— Conseguiu assistir ao show?

— Sim, no carro. Elas estavam incríveis. Você deveria se orgulhar.

— Todas estavam maravilhosas. Elas praticaram incansavelmente durante horas e horas.

— Você também se esforçou, ou se esqueceu disso? — Recuo um pouco para vê-lo sorrindo com um brilho malandro nos olhos iluminados pela lua. — Eu te vi todas as noites depois das práticas com Hyemi. Você estava *sempre* suada.

Dou um tapa de brincadeira em seu peito, e ele segura meu braço. Seus dedos compridos fazem círculos gentis na minha pele e seu dedão roça meu pulso.

Esta não é a ordem perfeita — eu gostaria de ter a permissão da minha mãe primeiro —, mas não consigo mais me conter. É como Hyemi disse quando falou que sentia que poderia fazer qualquer coisa. Também me sinto assim. A felicidade me dá asas, me deixando mais corajosa para ir atrás do que eu quero.

Depois de tudo o que fiz por ela e pela minha mãe, finalmente posso fazer o que *eu* quero...

Assim como fiz na piscina, fico na ponta dos pés e levo os lábios até a sua boca.

O beijo é doce e breve. Quando me afasto, olho-o nos olhos, que estão semicerrados, encarando-me de volta.

— Foi pra valer? — ele pergunta baixinho. Seus dedos em volta do meu pulso me apertam quase imperceptivelmente.

— Sim — digo. — Com todo o meu coração, meu corpo, minha alma.

Sua respiração vacila, e então ele está me beijando. Ele solta meu pulso para colocar a mão no meu cabelo. Tremo com seu toque e seguro seus ombros para não cair. Ele abaixa a mão e me puxa para si até que eu esteja totalmente encostada nele.

Abro os lábios contra os seus. Quando sua língua desliza pela minha, é como se eu estivesse derretendo.

Seus beijos são longos e suaves; os meus são ardentes. Eu poderia beijá-lo para sempre, só que fiz uma promessa. Amanhã, depois que eu conversar com minha mãe, não vou precisar mais me segurar.

Dou-lhe mais um beijo demorado e me afasto.

Ele fica um pouco surpreso, então coloco a mão no seu peito.

— Eu queria fazer isso há muito tempo — ele fala, cobrindo minha mão com a sua.

— Há duas semanas? — pergunto, ofegante.

Lembro de todas as vezes que pensei que ele fosse me beijar.

Ele balança a cabeça.

— Há mais tempo.

Meu coração dispara.

— Dois anos?

Ele pressiona a testa na minha.

— Passei metade da minha vida te querendo.

Solto um suspiro. Como é que posso resistir se ele fala coisas assim?

Ele me beija com mais intensidade do que antes. Cedo por um tempo, mas depois recuo.

— Precisamos voltar.

— Eu nem estava lá.

— *Eu* preciso voltar. E você precisa cumprimentar o pessoal. Não quer parabenizar Hyemi e as outras?

Ele respira fundo e encosta a cabeça no meu ombro.

— Não posso só mandar uma mensagem?

Dou risada, pegando sua mão.

— Vamos.

Arrasto-o pela trilha e só solto sua mão quando nos aproximamos do restaurante.

Ninguém percebe que chegamos juntos além de Sun, que ergue a taça de champanhe como se estivesse fazendo um brinde a nós.

Ao me ver, Hyemi se aproxima.

— Parabéns, Hyemi — Nathaniel fala em inglês.

Ele estica o braço e passa a mão na cabeça dela.

Ela cora lindamente, puxando a bainha do moletom.

— Hyemi-yah — digo, lembrando que antes de Sun chegar, ela queria me dizer alguma coisa. — O que você queria me falar?

Seu rosto assume um estranho tom de vermelho.

— Ah, eu... — Ela olha para Nathaniel e depois para mim, em pânico.

Franzo o cenho.

— O que houve?

— Não... não é nada.

— Tem certeza? — insisto. Se ela está com algum problema, quero ajudá-la.

— É sobre o que conversamos na sala de ensaio — ela solta. — Antes de sairmos pra gravação do drama.

— O que... ah!

Arregalo os olhos. A gente falou sobre as políticas da Joah sobre namoro. Olho para Nathaniel. Claro que ela não vai falar sobre Jaewoo na frente dele. Sem querer, acabei constrangendo-a.

— Depois a gente fala sobre isso — sussurro, e ela assente.

Conduzo-a para perto das meninas, que estão cantando no karaokê com Youngmin e alguns assistentes.

Eles se viram para Hyemi, e ela acaba cantando uma música com Youngmin e depois com Nathaniel. Sento-me em uma mesa com Sun, que achou o champanhe doce demais e está bebendo café. Toda vez que Nathaniel me olha, desvio o olhar, consciente do nosso entorno.

Então a festa acaba. Enquanto todos seguem para o estacionamento, fico para trás.

— Sun está achando que vou voltar com ele... — Nathaniel fala atrás de mim, perto do meu ouvido. — Vou inventar uma desculpa.

Balanço a cabeça.

— Não, vá com ele. Preciso de tempo pra pensar.

Há um minuto de silêncio.

— Pensar?

Me dou conta de que ele deve estar achando que estou reavaliando minhas atitudes. Estico o braço e corro os dedos por sua pele. Sun Ye se vira para acenar para nós, e aceno de volta com a outra mão.

— Preciso pensar no que vou dizer pra minha mãe amanhã — sussurro.

Nathaniel respira fundo.

— Você vai falar com ela? Sobre nós?

Agora é a vez de Hyemi acenar conforme entra na van com as outras meninas.

— E sobre outras coisas também.

Todos já atravessaram o portão do pátio, exceto nós dois. Nathaniel me puxa para o lado para que não nos vejam. Ele pressiona minhas costas na parede e me beija. Passo a mão em seu cabelo sedoso e saboreio o champanhe de seus lábios.

— Eu *poderia* inventar uma desculpa — ele diz quando nos afastamos.

Dou risada.

— Sori? — a secretária Park fala do outro lado do muro.

Inclino-me para frente e dou um beijo na bochecha dele.

— Te vejo amanhã à noite.

Uma hora depois, enfiada na cama com meus bichinhos de pelúcia, **escrevo:** Estou em casa. Sonhe comigo.

A resposta chega na mesma hora: Sempre.

Quando estou colocando o celular na mesinha de cabeceira, recebo outra mensagem.

É de Hyemi. Queria te falar uma coisa mais cedo, mas não tive chance. Por favor, mantenha isso entre a gente. Estou morrendo de vergonha, mas não consigo mais segurar. Acho que estou apaixonada por Nathaniel.

Vinte e sete

Na manhã seguinte, leio a mensagem de Hyemi de novo. Não respondi ainda, apesar de ela provavelmente ter visto que já a li. Quero lhe contar a verdade sobre o que sinto por Nathaniel, mas quero conversar pessoalmente com ela para ter a chance de explicar tudo. Me sinto péssima, sei que ela vai ficar arrasada.

Abaixo da mensagem de Hyemi, há uma nova de Nathaniel: Mal posso esperar pra te ver hoje à noite.

É sábado, o que significa que *Ajumma* não vai estar em casa até amanhã de manhã, um dia mais cedo do que o habitual, pois sua filha vai receber os sogros.

Nathaniel e eu vamos passar a noite sozinhos. Meu coração dispara só de pensar.

Pego o celular e procuro a conversa com minha mãe, ignorando completamente a secretária Park. Meus dedos ficam pairando sobre o teclado por um instante antes de eu digitar uma mensagem rapidamente: Está ocupada hoje? Posso passar no escritório? Envio depressa para não mudar de ideia.

Uma baleia de pelúcia escorrega da cama enquanto afasto os cobertores. Meu celular vibra e o pego imediatamente, ansiosa. Mas não é minha mãe.

Kim Sun Ye: Venha pra Joah agora. É uma emergência.

Vinte minutos depois, entro com tudo na sala de ensaio. Hyemi está curvada no chão. Sun Ye está ao seu lado, esfregando suas costas em um movimento circular.

Agacho-me do outro lado.

— O que está acontecendo?

As outras meninas não estão aqui. A secretária Park está de pé com as costas apoiadas no espelho, digitando uma mensagem furiosamente.

— Vou sair do grupo — ela choraminga. — Não é justo com as outras.

Arregalo os olhos. Encaro Sun Ye para que ela me conte o que houve. Ela me entrega o celular.

— Alguém deixou uma mensagem anônima em um fórum popular falando sobre o acordo que o pai de Hyemi fez com a Joah.

O pavor se instala no meu estômago enquanto leio:

> **Uma fonte da Joah confirmou ontem à noite que a inserção de última hora de Woo Hyemi ao grupo feminino ASAP dependia de um investimento considerável de seu pai, o magnata da navegação Woo Gongchul.**

Estremeço. Isto é péssimo. A matéria critica a ética empresarial da Joah, usando palavras como *nepotismo* e *suborno*, e termina apelando para o boicote do grupo.

— D-disseram... — Hyemi começa com uma voz esganiçada, mal conseguindo falar entre as lágrimas. — Disseram que só estou no grupo por causa do dinheiro do meu pai.

— Não é verdade.

Talvez fosse o caso no começo, mas ela provou seu valor repetidamente; ela *pertence* ao ASAP. Ninguém que viu o show duvidaria disso.

— Quando virem como você é talentosa e trabalha duro, nada disso vai importar — digo.

Ela começa a chorar ainda mais alto.

Olho para Sun Ye de novo.

— O primeiro episódio do documentário sobre o *debut* saiu — ela explica. — Hyemi está recebendo muitos comentários negativos.

— Vou ligar pro meu pai — ela diz. — Vou falar que quero sair.

— Você não pode fazer isso — falo com firmeza.

Ele ainda tem que assinar o contrato.

Meu tom a assusta, e ela ergue os olhos para mim. A mágoa e a confusão que vejo em sua expressão é como uma punhalada no meu peito.

Por um breve instante, me transformei no meu pai, agindo de maneira insensível e manipuladora.

Respiro fundo.

— Você decidiu entrar no grupo de uma hora pra outra?

— Claro que não. Eu quero isso desde que me entendo por gente.

— Então pense bem se quer sair, tanto quanto você pensou em entrar. Não precisa se precipitar. Você já debutou. Descanse um pouco e conversamos amanhã.

Enquanto me levanto, noto Sun Ye me observando. Vejo uma indagação em seu cenho franzido: *Você sabia disso?* Evito seu olhar.

Sigo para a porta da sala e passo pela secretária Park. Agora ela não está mais digitando furiosamente, mas está sussurrando alto no celular.

— Eu não me importo com o que você tem que fazer, apenas faça com que eles *tirem* a matéria do ar.

Sem pensar direito aonde estou indo, subo o elevador até o escritório da minha mãe.

Está vazio, assim como o quarto ao lado, apesar de haver sinais de que ela voltou: sua mala está meio desfeita dentro do armário.

Desabo na cadeira de encosto alto atrás da mesa e fecho os olhos. Essa situação deve ser contornável. *Tem* que ser. Só não consigo enxergar como. A Joah pode negar as alegações feitas na matéria, mas como a maior parte é *mesmo* verdadeira, vai ser difícil refutar se outras evidências surgirem.

Estou desconfortável com a ideia de mentir descaradamente. Não acho que devemos nada para os tabloides e as revistas de fofocas, mas acredito que as agências e os grupos devem ser honestos com seus fãs. Senão como é possível construir confiança mútua? Também não sei o que uma mentira como essa poderia fazer com a saúde mental de Hyemi. Lembro da preocupação da diretora Ryu com a saúde mental do grupo, além da física. A agência precisa proteger Hyemi e o ASAP, como um grupo. Sinto uma pontada de culpa por esse não ter sido meu primeiro pensamento quando Hyemi disse que queria sair. Pensei no dinheiro do seu pai. Será que desistir é o melhor para *ela*?

Meus olhos pousam na primeira gaveta da escrivaninha, ligeiramente aberta. Quando tento fechá-la, ela fica presa em algo ali dentro. Abro-a e pego uma foto.

Fico encarando a imagem sem compreendê-la.

Sou eu na formatura do fundamental. Estou de uniforme, olhando direto para a câmera com o cenho um pouco franzido.

As pontas da fotografia estão desgastadas, indicando que minha mãe a manuseou algumas vezes ao longo dos anos. Meu peito dói, é como se tivesse descoberto um segredo dela.

Coloco a foto de volta na gaveta gentilmente. Então noto um envelope ali dentro. Pego-o e disponho os documentos na escrivaninha.

Só depois de ler algumas páginas é que entendo do que se trata. É um contrato descrevendo a aquisição da Joah pela ĸs Entertainment. Não está assinado, mas a data é da próxima semana. Esta é a solução da minha mãe se o pai da Hyemi não fizer o investimento. Ela vai vender a Joah.

Ouço o elevador e enfio o contrato de volta na gaveta no instante em que minha mãe chega.

— Sori? — Ela atravessa a porta e para no meio da sala. — O que está fazendo aqui?

— Sun Ye pediu pra eu vir. Por causa de Hyemi.

Ela esfrega os olhos, exausta.

— Onde ela está?

— Está com Sun Ye. Elas vão voltar pro dormitório.

Minha mãe desaba no sofá, recostando-se com um suspiro pesado.

Saio de trás da escrivaninha, pego a garrafa de água gelada em um frigobar abastecido com várias e vou até ela. Abro a tampa e a ofereço. Ela pega a garrafa e bebe metade do conteúdo antes de colocá-la na mesa.

— Como é que você sempre sabe do que eu preciso? — ela fala baixinho.

Quero lhe perguntar sobre o contrato, mas, em vez disso, digo:

— Você devia ir pra casa. Você vai descansar melhor na sua própria cama, e *Ajumma* pode cozinhar pra você.

— Logo, Sori-yah. Vou voltar logo.

Não acredito nela, mas quero acreditar.

— Como está se sentindo? — ela pergunta.

Pisco, confusa.

— Você desmaiou no set de filmagem do drama. Fiquei tão preocupada. Eu devia estar lá com você. Mas estava no Japão tentando conseguir mais investidores, e no final meus esforços não serviram para nada. Sou péssima em tudo, não sou? Sou uma péssima empresária, uma péssima mãe.

— Não é, não! — digo com firmeza. — Você está se esforçando tanto.

Não há ninguém que eu admire mais do que você. Ninguém em quem eu acredite mais.

A vida dela foi repleta de desafios, desde perder os pais muito jovem — sua tia rica e distante contratou *Ajumma* para criá-la — a se tornar uma *idol*, só para ver seu sonho ser interrompido quando ela ficou grávida de mim. E ela não pôde nem contar com uma família amorosa, porque seus sogros a rejeitaram e seu marido a abandonou — se não legalmente, de todas as maneiras que importam. Daí ela recalculou a rota e dispendeu todo seu tempo e energia para tornar essa agência o que é hoje, empregando várias pessoas e realizando o sonho de muitos artistas. Já fiquei frustrada e até magoada, mas nunca parei de acreditar nela.

— Minha doce menina. — Ela coloca as mãos no meu rosto, pressionando seus dedos na minha bochecha por um momento breve e hesitante. — Você me dá tanta força. Sempre me deu.

Ela abaixa as mãos e fecha os olhos.

— Contanto que não haja outro incêndio para apagar, acho que consigo sobreviver a essa semana.

Outro incêndio. Outro escândalo.

— Pode desligar as luzes quando sair? Acho que vou descansar aqui mesmo.

Ela adormece em minutos. Pego um cobertor e um travesseiro no quarto. Levanto sua cabeça gentilmente e ajeito o travesseiro para ela, depois a cubro.

Não vou direto para casa e pego um ônibus que passa pela cidade. Para mim, Seul sempre foi linda, mas há algo na luz do entardecer, com o sol no horizonte tingindo o céu de um roxo-rosado meio nebuloso, com as luzes brilhantes dos anúncios borrando feito aquarelas, que me faz pensar que essa deve ser a cidade mais bonita do mundo.

Dois anos atrás, eu fiz a mesma coisa depois daquela conversa com a minha mãe que levou ao término do meu relacionamento com Nathaniel. Fico olhando para a janela e me lembrando das suas palavras.

Estávamos no escritório dela, só nós duas, pois os meninos do xoxo tinham voltado para o dormitório.

— Entrei em contato com a agência de notícias. Eles concordaram em desfocar sua foto. Você será uma "*trainee* não identificada"— minha mãe anunciou.

Franzi o cenho.

— Mas Nathaniel vai acabar recebendo todas as críticas.

— Sori, isso é bom. Um escândalo com uma *trainee* não identificada é melhor que um escândalo com a filha da CEO. Você receberia todo o ódio das pessoas e seria o alvo mais vulnerável, e eu nem poderia proteger Nathaniel porque meu nome também estaria manchado, por ter permitido que isso acontecesse. Isso nunca deveria ter acontecido. Eu não fui cuidadosa. É tudo culpa minha.

O *Bulletin*, o infame tabloide, deu a entender que eles iam divulgar um escândalo envolvendo "o vocalista principal de um grupo masculino popular". As pessoas da internet já haviam concluído que se tratava de Nathaniel, e os vídeos do xoxo estavam sendo inundados com comentários pedindo para que a Joah o expulsasse do grupo.

— Vocês vão ter que terminar.

Balancei a cabeça, sem querer aceitar o que ela estava me pedindo.

— Mas e se a gente enfrentasse isso juntos?

Nathaniel tinha me falado exatamente isso quando o procurei em prantos. Que resistiríamos à tempestade juntos.

Minha mãe fez uma cara de pena.

— Você é jovem e está apaixonada, então não está pensando direito. Eu também era assim quando... — Ela não precisou terminar a frase: *quando me casei com seu pai.* — Não se lembra do que aconteceu quando você estava no fundamental?

Sinto um arrepio de medo ao pensar no bullying que sofri na escola, nas ofensas direcionadas para a minha mãe por ter levado meu pai a traí-la — por ser fria e incapaz de amar.

— Seria igual, só que dez vezes pior. Pessoas como Nathaniel podem ser descuidadas com seus gestos grandiosos e românticos, porque nunca souberam o que é estar sozinho. Elas podem suportar críticas e negatividade do público porque têm famílias que os apoiam. Já você e eu não temos esse luxo. Sempre tivemos que lidar com tudo sozinhas.

Ela estava certa. Nathaniel só sabia de uma parte do bullying que enfrentei na escola — os insultos e o isolamento. Porque escondi o resto dele. Queria protegê-lo — ele, aquele garoto radiante que sempre tinha um sorriso no rosto, e sempre tinha um sorriso para mim — dos horrores da minha vida.

Lembro dos dias com a sua família em Nova York, de como nossas vidas eram diferentes. Ele poderia voltar para elas sem hesitar, para aquele lar acolhedor e cheio de risadas.

— Tudo o que temos é uma a outra — minha mãe disse. — Sempre foi assim, só nós duas. Não suporto te ver sofrendo. Vou te proteger da melhor maneira que eu puder, mas...

Ela é minha mãe, mas também é a CEO da Joah. Ela precisava pensar na própria empresa, nas centenas de funcionários cujas vidas dependiam dela. Fui tomada pela culpa. Ao causar um escândalo, coloquei em risco não apenas a carreira de Nathaniel, mas também a agência dela, tudo pelo que ela tanto trabalhou.

— Sei que você gosta de Nathaniel, mas às vezes precisamos tomar decisões dolorosas no presente para evitar sofrimento pior mais tarde. É melhor interromper as coisas antes que seus sentimentos fiquem mais fortes.

Concordei. Suas palavras penetraram na minha pele, envolvendo meu coração.

— Me desculpe por te pedir isso. Promete que vai terminar?

Nathaniel queria arriscar tudo pelo amor, mas isso não era possível para alguém como eu, com tanto a perder. E se o pior acontecesse e a gente terminasse? Ele teria a família, a carreira em expansão. O xoxo já era popular. Já eu teria prejudicado a empresa da minha mãe, minhas próprias oportunidades profissionais e, no final, acabaria como antes de ele entrar na minha vida — trazendo consigo sorrisos, amizade e amor. Eu acabaria completa e devastadoramente sozinha.

— Prometo.

Vinte e oito

Já são dez da noite quando desço do ônibus no meu bairro, tendo percorrido a linha toda até o último ponto só para subir e refazer todo o trajeto da volta. Quando viro a esquina, olho para a loja de conveniência.

Nathaniel está na mesa de sempre, lendo um livro sob as luzes fluorescentes. Ele está jogado na cadeira de plástico com o livro apoiado no peito, acompanhando a leitura com o dedo comprido. Ele franze a testa adoravelmente enquanto vira uma página.

Há quanto tempo ele está ali? Eu geralmente chego na hora da janta, ou seja, quatro horas atrás. Será que ele ficou me esperando esse tempo todo?

Subo os degraus de pedra, ajustando a alça da mochila. Quando me vê, Nathaniel endireita a postura e abaixa o livro aberto na mesa.

Vi várias ligações perdidas e mensagens que não respondi, mas ele não fala nada. Em vez disso, fica de pé e entra na loja, fazendo o sininho soar acima da porta. Sento-me na cadeira à sua frente e leio o título do livro. É a romantização do drama de Sun, *O príncipe do mar*. Ele volta alguns minutos depois com uma sacola plástica.

— Você não comeu nada, né? — ele pergunta.

Balanço a cabeça.

Da sacola, ele tira um *samgak gimbap*. Depois, ele o desembrulha, tomando cuidado para manter as algas sobre o arroz intactas, e me entrega para que eu possa segurá-lo pelo lado com o plástico. Mordisco o triângulo de algas e arroz.

Ele volta a enfiar a mão na sacola e pega uma garrafa de água, abre a tampa e a coloca à minha frente.

Fico aliviada quando ele pega um triângulo desses para si, o que significa que não vai ficar só me olhando comer.

Bebo metade da garrafa e Nathaniel prontamente pega outra, colocando-a ao lado da primeira.

— Estive na Joah — ele fala. Levanto a cabeça. — Fiquei preocupado quando você não me respondeu — ele explica. — Fui com Sun.

— E como foi? — pergunto baixinho.

— As coisas não são tão ruins quanto parecem. Apenas uma das emissoras cancelou uma participação do ASAP, a que estava marcada para hoje. O resto manteve a programação.

— Mas isso não significa que não possam cancelar amanhã, se essa história avançar.

— Tiraram a matéria do ar.

Sinto uma onda de alívio. A pessoa com quem a secretária Park estava falando ao telefone deve ter conseguido contato com o autor da postagem original. O estrago já estava feito — e justo na semana de *debut* do ASAP —, mas pelo menos não vai ganhar mais força do que já ganhou.

— Tudo isso é verdade, sabe — digo, tentando manter a voz neutra, sem emoção. — As alegações sobre o acordo do pai de Hyemi com a Joah e tal.

Quando minha mãe me falou desse acordo, não pensei muito sobre isso. Tudo o que pensei foi que a agência estava com problemas, que *ela* estava com problemas, e esse era um jeito de resolvê-los. Também me distraí com minhas próprias preocupações sobre o meu futuro profissional. Porém, quando tive a chance de contar a Nathaniel, eu o mantive no escuro.

Fiquei com vergonha, como se ele fosse pensar mal da minha mãe ou de *mim*. Acordos interesseiros e negócios duvidosos são normais nos espaços que pessoas como meu pai e minha mãe ocupam. Mas ele nunca teve contato com essa parte da indústria — que parece quase natural para mim.

— O pai de Hyemi ofereceu dinheiro pra Joah? — ele pergunta.

Observo seu rosto, mas sua expressão é estranhamente ilegível.

Balanço a cabeça.

— Ainda não.

— Então não é verdade — ele fala.

— Mas *vai* ser. Quer dizer, tem que ser...

O amor das nossas vidas

— Por que a Joah precisa do dinheiro do pai de Woo Hyemi?

— Eu... não posso dizer.

— Se a Joah está precisando de dinheiro, eu posso...

— Não — falo com o coração apertado. Não quero que Nathaniel se meta nisso. — É responsabilidade da minha mãe. — E minha, como filha dela.

— É normal que *idols* comprem ações nas agências deles — ele fala, franzindo o cenho. — Sun já tem algumas.

— Ele comprou como um investimento. Você compraria por...

— Por você.

— Não. — Balanço a cabeça vigorosamente. — Eu não... não quero que você coloque seu dinheiro nisso.

Não quero que ele se envolva em nenhuma das decisões questionáveis da agência, e também não quero que dinheiro nenhum atrapalhe nosso relacionamento.

Penso no meu pai, que sempre resolve tudo com dinheiro, que comprou uma casa para a minha mãe para apaziguar a situação depois que seu primeiro caso veio a público, e que controla a vida dela ao possuir a maioria das ações de sua empresa. Quero proteger Nathaniel de tudo isso. Quero *nos* proteger de tudo isso.

— Você está certa, me desculpe. Só estou frustrado. Quero ajudar.

Ele passa a mão pelo cabelo escuro e se recosta na cadeira de plástico. Ela se inclina para trás, apoiada em duas pernas, e faz um barulho quando volta para o chão.

— Está bravo? — pergunto.

Ele pisca para mim, com o cenho franzido.

— Com o quê?

— Por eu não ter te contado de Hyemi. Por eu ajudá-la com o *debut* pra que o pai dela invista na Joah.

Ele endireita a postura e olha para mim.

— Mas isso não é verdade.

— É verdade, *sim*, mesmo que ele ainda não tenha feito o investimento.

Mesmo que ele provavelmente vá desistir do acordo depois do desastre de hoje.

Ele balança a cabeça.

— Você estava ajudando Hyemi porque era a única pessoa que podia prepará-la pro *debut* em tão pouco tempo. Você a treinou e a guiou em programas de TV e sets de filmagem. E não fez isso porque queria que o pai dela desse dinheiro pra Joah, mas porque você queria, porque você gosta, porque você é boa nisso.

Meu coração acelera com essas palavras e fico vermelha. Essa conversa está saindo do controle. Eu não posso me sentir assim.

— Esse escândalo é péssimo — sussurro. — A Joah não vai aguentar mais um.

— Não sei por que haveria mais um, a não ser que Sun tenha algum bebê secreto por aí.

Ele dá risada.

— Nathaniel — é tudo o que eu digo. Apenas seu nome.

Ele fica imóvel.

— Não.

Seus olhos encontram os meus.

— Ontem à noite, você disse que era pra valer.

— Eu disse. Mas foi antes de hoje.

— Por quê? Por causa do escândalo?

Eu poderia lhe contar do contrato, da aquisição da Joah pela KS, mas para quê? Ele está produzindo uma música com uma artista da KS. Se souber que a KS talvez compre a Joah, ele pode desistir do projeto que o tem deixado tão animado.

— Talvez a gente *devesse* anunciar nosso relacionamento — ele diz. — Vai tirar o foco de Hyemi.

— Nathaniel, é sério.

— Foi uma sugestão legítima.

Ele está brincando, mas percebo algo em sua voz. Eu o magoei. Estou *magoando-o*. Mas preciso fazer isso. Pelo bem dele e pelo meu. Pelo bem da agência.

— A Joah não pode bancar outro escândalo agora. Alguém vai acabar descobrindo sobre a gente. Não fomos exatamente cuidadosos na festa ontem.

Não fomos nem um pouco cuidadosos, nos beijando atrás do muro daquele jeito. Não sei se consigo esconder meus sentimentos por ele, e não sei se ele consegue esconder seus sentimentos por mim.

— Os motivos do nosso término não mudaram — digo. — Na verdade, só se intensificaram. Hyemi não teve nem um dia como *idol* e já está recebendo uma enxurrada de *hate*. O ASAP já teve um cancelamento, talvez venham outros. Seria pior se os tabloides descobrissem sobre a gente. A sua carreira...

— Isto não é sobre a minha carreira. Eu quero você. Sei o que isso significa.

Meu estômago se agita.

— A situação com Hyemi é diferente — Nathaniel fala com uma voz baixa. — Ela é novata. Ela não tem fãs para apoiá-la, ainda não. Mas os fãs do xoxo não são assim. Eles vão me apoiar.

Balanço a cabeça.

— Não tem como ter certeza. E se você estiver errado? E Sun, Jaewoo e Youngmin? Você não pensa como suas ações vão afetá-los?

Isso parece atingi-lo, porque ele abaixa a cabeça.

— Não posso aceitar que você me afaste pra me proteger — ele fala.

— Então você aceita se eu estiver pensando em mim mesma?

— Não.

— Nathaniel!

— Você se importa de verdade com o que um estranho na internet diz sobre você?

— Não é um estranho, mas uns quinhentos estranhos. Sim!

Respiro fundo.

— Mas é mais do que isso. Tenho responsabilidades com a agência. — Ver minha mãe me lembrou da promessa que fiz para ela. — Tenho muito mais a perder...

— Eu posso perder *você* — ele diz, fervorosamente. — Pra mim, é o suficiente. — Ele se levanta e pega o livro na mesa. — Mesmo que isso não importe pra você — ele dispara, com raiva.

Ele pega o lixo e entra na loja. Então sai e começa a subir a colina em direção à minha casa sem me esperar.

Não sei se é pelo estresse do dia ou pela briga que acabamos de ter, mas as lágrimas começam a verter dos meus olhos.

Paro perto do muro coberto de videiras do portão.

— Nathaniel.

Ele deve ouvir as lágrimas na minha voz, porque se vira. Ele caminha na minha direção em silêncio e me envolve em seus braços.

— Me desculpe — ele diz. Sinto seu hálito quente na minha cabeça. — Não queria te fazer chorar.

— Estou com medo.

— Vamos tomar cuidado. Guardar segredo.

Balanço a cabeça.

— Não podemos.

Ele me aperta mais um pouco e depois me solta, dando um passo para trás.

— É melhor eu ir. Se eu ficar, vou querer te abraçar, vou querer... — Ele respira fundo, trêmulo. — Vou pegar minhas coisas.

Assinto, fungando.

— Vou esperar aqui.

Alguns minutos depois, o portão se abre e Nathaniel sai. Ao vê-lo carregando a mala, preciso segurar uma nova onda de lágrimas.

— E os paparazzi? — pergunto.

— Eles não estão mais lá, pelo menos não na última semana.

O que significa que ele poderia ter ido embora há uma semana, mas decidiu ficar. Porque quis.

— Vou dar uma festa pro lançamento da minha música na quarta. No Sowon Hotel. Você vai?

— Sim.

Quero estar lá por ele.

Ele parece querer dizer mais, mas se detém.

E vai embora sem se despedir. Também não digo nada.

Observo-o descendo a colina até a avenida. Quando ele vira a esquina e desaparece, desabo no chão e choro.

Vinte e nove

Na manhã seguinte, acordo com olhos vermelhos e inchados debaixo de uma pilha de bichinhos de pelúcia. O zumbido baixo do aspirador de pó deve ter me despertado. Desenterro o celular sob Totoro e mando uma mensagem para *Ajumma*: Não estou me sentindo bem. Vou ficar no quarto hoje.

Ela não me responde, mas meia hora depois bate na minha porta.

Ajumma entra carregando uma bandeja com uma tigela de pedra coberta e um copo d'água. Ela coloca a bandeja na mesinha de cabeceira e pressiona o dorso da mão na minha testa.

— Você não está com febre — ela fala, estalando a língua.

— Só estou com dor de cabeça... — *De chorar até dormir*.

— Hum.

Ela me oferece dois comprimidos brancos, que enfio na boca de uma vez. Pego a água e engulo-os.

Ela não comenta nada sobre os meus olhos inchados nem me pergunta onde está Nathaniel, mas deve ter notado o quarto vazio. Fui até lá ontem à noite e recomecei a chorar quando vi a cama feita. O quarto estava impecável, como se ele nunca tivesse estado ali.

E é tudo culpa minha.

— Venho mais tarde dar uma olhadinha em você — *Ajumma* diz, afastando uma mecha de cabelo do meu rosto.

Ela vai embora e eu volto para a cama meio zonza com meus pensamentos, que só servem para intensificar a dor de cabeça. Será que fui precipitada demais? Nathaniel e eu mantivemos o fato de ele estar morando comigo em segredo por duas semanas, ou seja, a gente *poderia* manter um relacionamento secreto — pelo menos até o escândalo de Hyemi se acalmar.

Não, estou pensando com meu coração, não com minha cabeça.

O risco é alto demais, e as consequências de sermos descobertos são graves demais. Preciso ser a pessoa sensata, mesmo que isso signifique tomar decisões difíceis e partir os nossos corações.

Nathaniel vai ficar bem. Ele tem os meninos, a família.

Ele não precisa de mim, não como minha mãe precisa.

Quando decidi ajudar Hyemi, foi em parte para provar que eu era confiável e capaz de fazer minhas próprias escolhas profissionais, mas também porque eu queria *ajudar minha mãe*, aliviar alguns de seus fardos.

Ela ficaria horrorizada se soubesse de todas as coisas que fiz que provariam o contrário, como convidar Nathaniel para morar comigo.

Eu não consegui fazer nenhuma das duas coisas que ela me pediu: ficar longe de Nathaniel e preparar Hyemi para debutar. A diretora Ryu disse que o segredo do sucesso de um *idol* não é só o treino e o talento, mas também o apoio das pessoas à sua volta. É isso o que dá forças e ajuda a enfrentar momentos difíceis.

Falhei com Hyemi em tantos níveis. Talvez eu não pudesse evitar que publicassem aquela matéria anônima, mas poderia tê-la preparado para as consequências, caso algo parecido acontecesse. Eu poderia ter lhe contado que seu pai fez um acordo com a Joah, em vez de esconder a informação dela. Mas tive medo de ela desistir se soubesse da verdade, levando o dinheiro dele consigo.

Sou tomada pela culpa e fico tentando reprimi-la.

Mentalmente, imagino uma casca em volta do meu coração. Talvez esta seja eu. Afinal, meus pais são assim, e sou filha deles.

Levanto da cama para escovar os dentes, porque é possível chafurdar na lama mantendo uma boa higiene bucal. Deixo o celular no silencioso, pego o notebook e volto para baixo das cobertas. Abro a Netflix e clico no primeiro episódio do mais novo drama das irmãs Hong — prefiro assistir a personagens fictícios lidando com seus inúmeros e às vezes fantásticos problemas do que lidar com os meus próprios.

Já estou no episódio seis, com o notebook completamente virado de lado, e eu junto com ele, quando recebo um convite para uma videochamada.

Sua colega de quarto, o identificador de chamadas diz, *Go Jooyoung*. Jenny.

Sento-me. O notebook começa a cair da cama e eu tento agarrá-lo, pressionando sem querer alguma tecla.

O rosto de Jenny surge na tela, iluminado por um anel de luz.

— Sori? — Ela está no dormitório. No fundo, há uma estante de livros e seu violoncelo no suporte. — Está dormindo?

Seus olhos se movem para o lado, verificando as horas. Uma da tarde.

— Ah, Sori. Está ruim, né? — Como é que ela sabe sobre Nathaniel? — Fiquei sabendo do problema com a Joah.

— Como você soube? — pergunto.

Depois me dou conta de que Jaewoo deve ter lhe contado. Ajeito o notebook para que ela olhe para mim e não para o teto.

— Não importa. Fiquei preocupada com você — ela diz.

— Estou bem. Assim, não bem, mas é bom ouvir sua voz.

— Eu já ia te ligar. Queria te contar minha novidade. Vou pro Japão! Consegui a vaga no quarteto.

Dou um grito e ela ri.

— Vou passar uma semana em Seul. Posso ficar na sua casa?

— Claro. Mas você não vai querer ficar com a sua *Halmeoni*?

— Vou ficar lá no fim de semana, só que durante a semana ela gosta de ir pra clínica pra flertar com os senhores de lá.

Dou risada. A *Halmeoni* dela é doce e amorosa, o completo oposto da minha.

Passamos três horas conversando. Em um determinado momento, preciso levantar da cama para colocar o notebook para carregar na escrivaninha. Abro as persianas e deixo a luz entrar no quarto.

Ela parece pressentir que não quero falar sobre os *motivos* de eu estar deitada na cama no meio da tarde, então conversamos sobre tudo, menos isso.

O mingau de *Ajumma* está frio, mas eu o como mesmo assim enquanto Jenny esquenta água na chaleira elétrica para preparar uma tigela de macarrão instantâneo.

— O que estava fazendo antes de eu ligar? — ela pergunta.

— Estava assistindo ao novo drama das irmãs Hong.

— É *tão* bom. Que episódio você está? Já chegou na cena do beijo?

— Ainda não! É no episódio seis?

Faltavam quinze minutos para acabar o episódio quando ela ligou.

— Como é que vou me lembrar disso? Mas sim, a cena rola depois de uma hora e vinte minutos.

Quando estamos nos despedindo, ela diz:

— Você sabe que sou Time Sori, né?

— Sim, e eu sou a presidenta do seu fã clube. Vá dormir.

São três da manhã em Nova York.

Aceno um tchau e ela desliga.

Sinto-me renovada depois de falar com Jenny e termino de assistir ao episódio. Vejo a cena do beijo duas vezes.

Tomo um banho e elaboro um plano na minha mente.

Na verdade, a ideia surgiu depois do que Nathaniel disse ontem à noite, ao se oferecer para comprar ações da Joah. Não tenho dinheiro para comprar ações, mas talvez eu não precise...

Escrevo diretamente para o meu pai, ignorando a secretária Lee.

Ultimamente tenho ignorado bastante as secretárias dos meus pais.

Podemos nos ver amanhã?

Sua resposta é imediata, e me pergunto se ele ficou surpreso de receber uma mensagem minha. Sim. Venha para a casa da sua *Halmeoni* amanhã de manhã para tomar café da manhã.

Ajumma prepara um jantar bem simples, já que ainda estou "doente".

— As coisas estão um pouco mais calmas esta noite — ela arrisca, claramente esperando que eu explique a ausência de Nathaniel.

— As coisas só voltaram ao normal. É melhor assim.

Se ela pensa diferente, não fala nada, deixando-me em paz, comendo em silêncio.

Mais tarde, nos sentamos para ver o drama de Sun, que em meio à confusão dos últimos dias, acabei esquecendo que iria ao ar *esta noite*. A maior parte do episódio foi gravada nas semanas anteriores, e só as cenas de Hyemi, Nathaniel e eu foram filmadas e editadas de última hora.

A personagem de Hyemi é adorável. Ela é uma estudante do ensino médio que é a fim de um garoto da sua sala, mas ele não sabe.

Dou risada quando ela chuta a concha mágica, frustrada, e acaba machucando o dedão, pulando com um pé só.

— Ela é boa! — *Ajumma* diz.

Ela lembra Jung So Min jovem. Ela entrega cada uma de suas falas com carisma. Na verdade, tenho quase certeza de que a roteirista adicionou algumas falas depois de perceber o talento dela.

O episódio continua com uma imagem aérea de uma praia rochosa. A névoa paira sobre as poças de maré enquanto uma voz narra a cena.

A mensageira do Rei do mar chegou das profundezas cintilantes da corte para entregar uma mensagem ao Príncipe do mar. Uma cauda aparece na tela e então a câmera vai subindo lentamente.

Ajumma suspira.

— Sori-yah. Você está *linda*.

Ela pega o celular para gravar a cena.

Fico impressionada com o que os editores conseguiram fazer em tão poucos dias. Meu rabo é uma mistura deslumbrante de violeta e verde--água, combinando perfeitamente com o espartilho. Meu cabelo molhado cai sobre os ombros nus, e meu colo está adornado com joias e pérolas. A voz de barítono do narrador continua: *Mas sereias não podem falar fora da água. Como ela vai entregar a mensagem do Rei dos mares?*

Se me lembro direito, minha próxima cena — e a última — é no final do episódio, o que é um alívio, porque posso curtir a história. Ela segue com um encontro entre Sun e a heroína. Esse é o episódio em que eles começam a assumir o que sentem um pelo outro, mas, por causa da concha que vai restaurar as memórias do príncipe do mar, eles estão divididos.

Fico tão absorta com o enredo que os quarenta minutos restantes passam voando — o drama tem uma hora, já que é da EBC, e não da TVN —, e de repente o cenário muda para a casa de banho.

Abraço uma almofada do sofá. Nathaniel entra em cena com seu chinelo e uma toalha de ovelha na cabeça.

Ele tem algumas falas, e embora sejam um pouco afetadas, ao contrário das de Sun e Hyemi, seu humor natural se adapta ao personagem. Ele fica chateado quando vê uma luz acesa na casa de banho depois do expediente, pensando que é alguma senhora entrando escondido.

Então nota algo se mexendo na água, uma cauda cintilante. Ele se ajoelha no chão e se aproxima da borda para espiar a piscina. A câmera se inclina para capturar minha lenta aparição enquanto a água escorre pelo meu cabelo adornado com joias. Lembro-me de como fiquei desconfortável tentando não piscar, e que bom que fiz isso, porque o efeito é adorável. Uma segunda câmera mostra a expressão de Nathaniel. Sei o que *eu* estava pensando — estava pirando porque ele ainda não tinha dito sua fala —, mas ele parece hipnotizado, percorrendo meu rosto com os olhos. Pensei que o diretor fosse cortar a cena, mas ele manteve a longa pausa. Nathaniel e eu nos encaramos como se tivéssemos sido capturados um pelo outro.

Então chega a hora. Eu me ergo da piscina e levo os lábios à sua boca.

Depois volto para a água e a cena termina.

— *Omona!* — *Ajumma* grita.

Ainda faltam dez minutos para o episódio acabar, mas recebo uma enxurrada de mensagens.

MIN SORI, Angela escreve. Ao mesmo tempo, recebo outra de Gi Taek: Estou passado. E depois: Esse figurino é de outro mundo.

Jenny me manda centenas de ponto de exclamação.

Fico olhando para o celular, torcendo para receber alguma mensagem de Nathaniel. Mas ele não manda nada. Talvez não tenha assistido.

— Sori-yah — *Ajumma* fala, apontando para a TV. — Você está perdendo o resto.

O episódio termina com a personagem de Hyemi entregando a concha para o personagem de Sun na feira. Ele recupera a memória, se lembrando de que foi a tempestade que ele provocou por conta de um pequeno acesso de raiva que destruiu os negócios da família da heroína, causando todos os seus infortúnios.

Depois que acaba, leio os comentários do site da EBC:

Acho que a roteirista é mais uma fã de MinLee.

A química deles é bastante convincente!

Não foram longe demais para uma participação especial?

Dá para ver que Woo Hyemi é uma boa atriz.

Min Sori é abençoada.

Eles parecem apaixonados.

Enquanto me preparo para dormir, recebo uma mensagem encaminhada da secretária Park.

À gestão de talentos de Min Sori,

Como CEO da EBC, gostaria de convidar Min Sori para ser coapresentadora do nosso EBC Awards anual, agendado para o próximo fim de semana.

Nas últimas semanas, Min Sori, com seu charme e beleza, atingiu nosso público de uma forma ressonante. Sua química na tela com Nathaniel Lee, do popular grupo XOXO, nos inspirou a convidá-lo para ser seu coapresentador da premiação deste ano. Aguardo ansiosamente a resposta positiva de Min Sori.

Com admiração,

Kim Seo-Yeon,

CEO da EBC

Trinta

Na manhã seguinte, digito uma mensagem para Nathaniel e a envio rapidamente, entrando no chuveiro logo em seguida para não mudar de ideia. O texto é curto: Você vai aceitar? Quando saio do banho, tenho uma ligação perdida. Meu coração acelera, mas murcho assim que vejo que é da secretária Park.

Ela teria escrito alguma coisa se fosse urgente, então termino de me arrumar, secando e modelando meu cabelo, além de fazer toda a minha rotina de *skincare*: tônico, essência, ampola, sérum, máscara em folha, creme para os olhos, hidratante e protetor solar.

Ligo para a secretária Park quando me sento para o café da manhã. Ela atende no primeiro toque.

— *Timing* perfeito. Estava prestes a te ligar de novo. A produtora de *Show da Woori e do Woogi* te convidou para voltar para gravar a continuação do episódio, marcada para hoje. Lee Byeol e Tsukumori Rina já aceitaram.

— Não posso — digo. Sinto-me culpada no mesmo instante, porque há a possibilidade de que, sem a minha participação, eles cancelem o programa, já que não terão as três convidadas originais. — Queria dar um apoio pra Hyemi — explico.

O ASAP teve a agenda cancelada ontem, mas elas vão participar de um programa musical diferente hoje.

A secretária Park demora tanto para responder que acho até que a ligação caiu.

— Hyemi e as outras concordaram que ela não vai seguir com o grupo por enquanto.

— O quê? — falo tão alto que *Ajumma* ergue os olhos dos brotos de feijão que está quebrando do outro lado da mesa. Hyemi vai sair hoje à noite para um retiro em um spa com as amigas no sul. Vai ficar fora a semana inteira.

A secretária Park limpa a garganta.

— Hyemi sentiu que estava atrapalhando o grupo e que não estava com a cabeça boa para se apresentar. As meninas a apoiaram e disseram que esperariam até ela estar pronta para retomar as ações promocionais, mas Hyemi insistiu. Ela falou que se sentiria pior sabendo que as outras não poderiam se apresentar por causa dela.

Ah, Hyemi.

— Onde ela está agora?

Empurro a cadeira para trás. Eu deveria ir atrás dela para ver se ela está bem e se não está se acabando de chorar, doente de desgosto.

Fico em silêncio por um tempo.

Lembro que já me comprometi em ver meu pai esta manhã, e *preciso* falar com ele o quanto antes.

— Ela está com o pai. Acho que você devia participar do programa de rádio — a secretária Park fala. — Se perguntarem de Hyemi ou do episódio de ontem, você pode dizer algo em apoio a ela.

Assinto.

— Boa ideia.

Depois, ligo para Hyemi, mas a ligação cai na caixa postal após alguns toques.

Mando uma mensagem: Está ocupada esta noite? Abriu um novo café perto da Seoul Forest. Quer dar uma conferida?

A viagem de ônibus até a casa da minha avó em Suwon, no sul de Seul, leva duas horas, o que me dá tempo suficiente para ficar ruminando sobre o motivo de Nathaniel e Hyemi não terem me respondido.

Hyemi está me deixando preocupada. Ela nunca demorou tanto para me escrever. Mas ela está com o pai, então deve estar bem. Será que ela vai falar para ele que quer sair do grupo?

Abrir a conversa com Nathaniel é doloroso. Antes da mensagem que mandei esta manhã, há várias mensagens dele de sábado à noite, perguntando onde eu estou, querendo saber se estou bem. E antes disso...

Mal posso esperar pra te ver hoje à noite.

Ele *também* nunca demorou tanto para me responder, pelo menos quando está com o celular. Ele ainda não leu a mensagem, mas pode ter visto a notificação e a dispensado para que *pareça* que ainda não leu.

Desço do ônibus enjoada e tenho que caminhar mais vinte minutos morro acima com saltos de tiras para chegar ao portão da casa da minha avó.

Aperto o interfone e abro um sorriso, suada, para a governanta, que me deixa entrar.

A casa é térrea, mas se estende por mais de dois mil metros quadrados, com janelas que vão do chão ao teto, voltadas para a Gwanggyosan, a montanha ao norte de Suwon. Seus picos elevados estão enevoados no horizonte. Enquanto subo a passarela bem-cuidada, percebo um movimento através das janelas — a sra. Shin, a governanta, está avisando meu pai e minha avó da minha chegada.

Ela deixou a porta aberta. Desamarro a sandália no saguão, estremecendo ao ver as marcas vermelhas nos tornozelos, e calço os chinelos que a sra. Shin deixou para mim.

Meu pai e minha avó estão me esperando na sala de jantar, o maior cômodo da mansão e o que tem o teto mais alto. A sala inteira ecoa com os sons suaves dos meus chinelos.

Faço uma reverência ao entrar. Quando levanto a cabeça, fico surpresa de ver que há mais uma visitante ali.

— *Eomma*?

— Sori? — Ela também está surpresa de me ver. — O que está fazendo aqui?

— Ela veio visitar o pai e a avó. Não é permitido? — a voz dura de *Halmeoni* reverbera pelo ambiente.

— Minhas desculpas, *Eomeoni* — minha mãe fala baixinho.

Sento-me com cautela ao lado da minha mãe, de frente para o meu pai e minha avó.

O brunch é *hansik*, servido em lindas louças de cerâmica — dezenas de pratinhos dispostos cuidadosamente na mesa pela sra. Shin e sua assistente.

A comida está deliciosa, preparada pela cozinheira da minha avó. Eu a aproveitaria mais se não fosse pela atmosfera estranha do ambiente, que torna difícil engolir.

— Desculpe-me por mencionar isso de novo — minha mãe diz, e me dou conta de que devo tê-la interrompido com a minha chegada. — Eu só precisaria do dinheiro por um curto período. E devolveria já no próximo mês.

Mantenho uma expressão neutra. Ela veio pedir dinheiro?

— Você já não pegou o suficiente do meu filho? — *Halmeoni* diz, e sua voz ecoa pelas paredes. — Você não tem vergonha. É porque não teve pais para te criar. Não importa que sua tia seja uma pessoa importante. Ela nunca te adotou. Órfãos nunca aprendem humildade.

— *Eomeoni* — meu pai a repreende com delicadeza. — Não vamos brigar com a família.

— Família? — ela desdenha.

— Sim, *minha* família — ele diz, pousando os olhos brevemente em mim antes de estreitá-los para a minha mãe. — Sori-eomma, entendo o que está me pedindo. Claro que te empresto o dinheiro.

— Você vai ter que assinar um contrato — *Halmeoni* solta. — E haverá contrapartidas. Ele não pode simplesmente te dar o dinheiro.

— Sim, *Eomeoni.* — Minha mãe abaixa a cabeça. — Sori-abeoji. — Ela se vira para o meu pai. — Posso falar com você em particular?

— Por quê? Para fazer ameaças? — *Halmeoni* vocifera.

Meu pai ignora a mãe, empurrando a cadeira para trás e se levantando da mesa. Juntos, eles seguem para o escritório do meu pai do outro lado da casa.

Alguns minutos depois, peço licença para ir ao banheiro.

Ouço a voz da minha mãe escapando do escritório, que está com a porta ligeiramente aberta.

— Sori-appa, Kyung-mo-yah... eu não te peço muitas coisas.

— E mesmo assim, pede algumas. Sinceramente, é vergonhoso. Se você fosse mais educada, se tivesse uma criação melhor, saberia disso.

Se minha mãe se ofende, não demonstra, e fala com uma voz calma:

— Se vai vender suas ações pra KS, o dinheiro que estou pegando emprestado para salvar a Joah não vai fazer diferença.

— Eu ainda não decidi. As decisões que eu tomo não são só por mim. Preciso pensar em mais pessoas além de mim mesmo. Meu papel em nosso governo não é só um hobby. Por favor, entenda que se eu vender as ações, não vai ser algo pessoal contra você.

Volto para a sala de jantar silenciosamente. Estou sentada na mesa quando minha mãe se aproxima alguns minutos depois. Ela faz uma reverência para *Halmeoni*.

— Estou indo, *Eomeoni.* Fique bem.

— Menina ingrata. — Ela estala a língua.

Sigo minha mãe e a encontro parada no caminho de pedras.

— *Eomma*?

Ela se vira para mim e meu coração para quando vejo lágrimas nos seus olhos. Ela as enxuga depressa.

— É o vento — ela fala baixinho. — Está forte aqui. Você podia ter me falado que queria visitar sua avó. Eu teria mandado um carro te buscar. Posso te esperar...

Não posso lhe contar o motivo de eu ter vindo.

— Não precisa.

Sei que ela só continuou casada por causa das ações, mas me pergunto se valeu a pena. Como é que ela aguenta tanta crueldade?

— Família pode ser uma complicação, né? — ela diz, suspirando de leve. — Mas é bom ter família. É difícil ser sozinha neste mundo.

Depois que ela vai embora, procuro meu pai e o encontro no escritório, fumando um cigarro na janela aberta.

— Sobre suas ações da Joah... Quero elas como herança.

Sua expressão permanece a mesma, mas sua sobrancelha se ergue um milímetro.

— Vou fazer o que for preciso. — Para salvar a Joah. Para salvar minha mãe.

— O sobrinho do CEO Cha ainda está perguntando de você — ele fala, soltando fumaça.

Fecho meu coração para Nathaniel. Ele não pode me ajudar agora.

— Posso me encontrar com ele — digo.

Meu pai não vai vender as ações para a KS, não se oferecê-las para mim.

— Vou pedir para a secretária Lee te mandar as informações.

Ele me acompanha até o portão, onde a secretária está me esperando para me levar de volta para Seul.

— Eu diria que você parece sua mãe, mas você é muito mais esperta, Sori — meu pai diz. — Você sabe fazer os acordos certos. Não... — Quando levanto a cabeça, vejo que ele está me observando com uma expressão calculista. — Você é muito mais parecida comigo.

No banco de trás do carro, escrevo novamente para Hyemi: Você está bem? Por favor, responda. Estou preocupada.

Nathaniel também não respondeu, mas isso não me surpreende. Recebo uma mensagem da secretária Lee com as informações do sobrinho do CEO Cha. Salvo o contato de Cha Donghyun e escrevo: Donghyun-ssi, é Min Sori. Meu pai me deu seu número. Espero não ser direta demais, mas estou interessada em te conhecer. Sinto-me entorpecida, meu coração congelou.

Três minutos depois, ele responde: Não pensei que você fosse me escrever. Fiquei muito feliz, Sori-ssi. Está livre na quarta?

Quarta é o lançamento da música de Nathaniel.

Respondo: Estou livre.

* * *

— Estamos de volta com nossas convidadas, Tsukumori Rina, Lee Byeol e a descolada modelo que se tornou a rainha dos programas de variedades, Min Sori, que também fez uma participação no episódio de ontem de *O príncipe do mar*!

Byeol funga. O drama de Sun ultrapassou *Flor da primavera* como o programa com o maior número de espectadores do horário.

A gravação prossegue de maneira muito parecida ao episódio anterior, com nós três respondendo perguntas feitas pelos ouvintes. Desta vez, um garoto pede conselhos de como se declarar para a melhor amiga da irmã mais velha, que está um ano à frente dele na escola. Rina e Byeol dão gritinhos pelo amor proibido — a garota é mais velha, e é a melhor amiga da irmã!

Eu também ficaria interessada nesse romance, só que o entorpecimento de antes persiste. É como se eu estivesse vendo e ouvindo tudo debaixo d'água.

— E agora vamos para o jogo do nosso episódio! — Woori exclama com entusiasmo. — Assim como fizemos antes, cada uma vai ligar para a pessoa mais famosa dos seus contatos!

— Não temos dúvida para quem você deve ligar, Sori-ssi — Woogi diz, ignorando completamente as outras convidadas.

Levo um minuto inteiro para entender o que ele está dizendo. Está se referindo a *Nathaniel*.

Nunca me ocorreu que eles decidiriam gravar uma continuação do episódio só por esse motivo, para aproveitar a popularidade de Nathaniel e eu como o mais novo casal da moda dos programas de variedades.

O amor das nossas vidas

— Será que o namorado dela não vai ficar com ciúme? — Lee Byeol brinca, mencionando o "Namorado" do episódio anterior.

Eles pegam meu celular, que felizmente bloqueia o número dos meus contatos, senão eles poderiam reconhecê-lo.

Estou realmente prestes a *fingir* ter um relacionamento falso com Nathaniel?

O telefone toca e toca e toca.

Então ouvimos um clique e a voz automatizada da caixa postal, a mesma que ouvi mais cedo quando liguei para Hyemi.

Estou cansada demais para ficar com vergonha. Também estou um pouco aliviada. Nathaniel e eu não nos falamos desde a briga, e não sei se quero que nossa primeira conversa depois disso seja em um programa de rádio.

— Eu posso ligar pra alguém! — Byeol fala alegremente.

Ela liga para o mesmo ator de antes, mas agora eles parecem mais próximos, pois falam em *banmal*.

O produtor enfia a cabeça no estúdio e acena a mão para chamar a atenção de Woori.

— Min Sori está recebendo uma ligação de Nathaniel Lee — ele sibila.

— Oh! Coloque-o na linha!

O colega de elenco de Byeol é sumariamente dispensado.

Por que Nathaniel está retornando minha ligação quando nem respondeu minha mensagem?

— Nathaniel-ssi? — Woogi diz. — Aqui é Woogi, do *Show da Woori e do Woogi*. Estou aqui com uma convidada, Min Sori. Tem tempo pra jogar um jogo com ela?

Ouvimos um som metálico, e depois a voz de alguém no fundo — a voz de uma garota. Meu coração para. Ele está com alguém. *Uma garota.*

— Desculpe — ele fala um pouco sem fôlego. — O que disse?

— Aqui é Woogi, do *Show da Woori e do Woogi*. Estou aqui com Min Sori. O desafio era ligar para alguém...

— Onde você está, Nathaniel-ssi? — Woori o interrompe.

— Estou em uma gaiola de batedura[4].

— Parece que está com alguém.

— Só uns amigos.

---

4 N. da E.: gaiola de treinamento de rebatidas; estrutura usada para treinar batedores no beisebol e no softbol.

— Não fale assim, Nathaniel-ssi — Woori cantarola. — Vai magoar os sentimentos de Sori-ssi.

— Oh, não, por favor — digo, abanando a mão no ar.

Que bom que Nathaniel não pode ver meu rosto, que está todo vermelho.

— Você pode vir, Sori — ele fala. Sua voz está mais clara, como se ele tivesse se afastado dos outros. — Eu te espero.

Rina solta um gritinho. Byeol olha para mim com uma indagação no olhar.

Minhas bochechas ficam quentes. Sei que ele só está fingindo para o programa. No monitor, vejo o número de ouvintes online praticamente dobrar.

— O jogo é simples — Woogi explica. — Vamos perguntar a Sori se ela gosta ou não gosta de algo. Ela vai segurar uma placa com um X para o que não gosta e um O para o que gosta, que quem está nos assistindo online vai poder ver. — As plaquinhas com as letras estão na minha frente. — Você tem que acertar duas das três perguntas para ganhar um milhão de wons, que serão doados para uma instituição de caridade da escolha dela. Entendeu?

— Entendi — Nathaniel fala.

— Beleza. Sori-ssi, diga se gosta ou não gosta de...

— Toranja — Woori diz.

Na mesma hora, levanto a plaquinha com o X.

— Não gosta — Nathaniel fala depois de uma breve pausa. — Sori adora uva, mas odeia toranja.

— Você a conhece tão bem! Há quanto tempo vocês se conhecem, Sori-ssi?

— Há quase seis anos — respondo baixinho.

— É bastante tempo. Vocês devem ser bem próximos.

— Nathaniel me ajudou muito quando eu estava no fundamental. Por isso, ele sempre vai ser um ótimo amigo.

Queria poder ver a cara de Nathaniel. Ele permanece em silêncio do outro lado da linha.

— Certo, próxima pergunta. Sori-ssi, diga se gosta ou não gosta de...

— Cobras.

Byeol e Rina estremecem.

— Gosta — Nathaniel fala ao mesmo tempo que levanto a plaquinha com o O. — Sori gosta de todos os animais.

— Isto está revelando muita coisa sobre o relacionamento de vocês, Sori-ssi — Woogi diz. — Tem certeza de que não são mais do que amigos? — Ele dá risada, claramente querendo fazer uma piadinha.

— Última pergunta. Você já ganhou um milhão de wons, então este bônus vale quinhentos mil wons extras, que serão destinados a uma instituição de caridade da escolha de Nathaniel. Sori-ssi, diga se gosta ou não gosta de...

— Nathaniel Lee, do xoxo — Woogi complete.

— É melhor esclarecer, *Oppa* — Woori o repreende. — Ela acabou de dizer que eles são amigos há seis anos. Claro que ela gosta dele.

Woogi limpa a garganta.

— Deixe-me reformular: você tem sentimentos além de amizade por Nathaniel Lee, do xoxo?

Sim, quero responder.

Mas antes que eu diga qualquer coisa, Nathaniel fala:

— Vou doar quinhentos mil wons por conta própria.

— Não quer que ela responda?

— Eu sei a resposta.

As convidadas e os apresentadores soltam um gritinho.

— Obrigado por participar do programa com a gente, Nathaniel-ssi! Quer dizer alguma coisa a Sori-ssi antes de desligar?

— Nathaniel! — É aquela mesma voz. — Com quem está falando? — a garota pergunta em inglês. — É a sua vez!

— Preciso ir — ele responde. — Obrigado por me receberem.

Ele desliga.

— *Oppa*, sou só eu, ou você também está tendo um déjà vu? — Woori pergunta.

— Eu também estou, Woori. Nathaniel-ssi tem a mesma voz do seu ex-namorado, não é, Sori-ssi? Talvez seja porque eles têm personalidades semelhantes?

Mal ouço o que estão dizendo.

Sei de quem é aquela voz. Hyemi.

Trinta e um

Depois do programa, entro no táxi. Pesquiso as gaiolas de batedura mais próximas do apartamento de Hyemi, dou o endereço para o motorista e me recosto no assento. Só estou indo porque estou preocupada com ela. Hyemi me disse que está gostando de Nathaniel. Se ela se declarar para ele, sua rejeição, mesmo que gentil, vai deixá-la arrasada. Ele deve tê-la convidado para fazê-la se sentir melhor, apesar de eu não entender como foi que eles acabaram ali juntos.

Ela não está só a fim dele. Posso até ver a mensagem que ela me mandou três noites atrás quando fecho os olhos. *Acho que estou apaixonada por Nathaniel.*

Escrevo para Gi Taek e Angela, procurando apoio moral.

Então você está indo pra falar com Hyemi? **Gi Taek pergunta.**

Ele ainda está digitando quando Angela acrescenta: Não tem nada a ver com o fato de que Hyemi está com Nathaniel e você quer garantir que não tem nada rolando entre eles?

Sim para a primeira pergunta, **respondo rapidamente.**

Beleza então! hahaha

Como é que você sabe que ele está lá? **Gi Taek escreve.**

Explico que eu estava no programa de rádio e Nathaniel disse que estava na gaiola de batedura.

Será que os fãs dele não vão fazer a mesma coisa?

Fico olhando para a mensagem. Não tinha pensado nisso. Acho que vai dar tudo certo. Só vou verificar um endereço. Não fica perto da Joah, mas perto do apartamento de Hyemi.

Escreva quando encontrar ele, está tarde. **Gi Taek pede.**

Arrasa!

Não, Angela. Só estou indo dar uma olhada em Hyemi.

Hahaha! Beleza!

Pago o motorista e desço do táxi em uma rua tranquila. O lugar é mais isolado do que eu imaginava, escondido em um emaranhado de vielas, atrás de uma avenida grande. Um único poste de luz ilumina um prédio verde de um andar com uma placa tremeluzente que diz *Casa dos home run!*

Abro a porta e dou uma espiada antes de entrar. O edifício está dividido em uma pequena recepção na frente e gaiolas na parte de trás, separadas por uma cerca de arame. Há uma cabine fotográfica encostada na parede e alguns fliperamas antigos. O atendente deve ter saído, porque a sala está vazia.

Ouço o barulho de uma bola de beisebol atingindo um taco de metal. Lentamente, me aproximo da cerca. Todas as gaiolas estão vazias, exceto a última, onde vejo duas pessoas. Reconheço a risada de Hyemi, mais animada e clara do que ouvi na ligação. Não consigo ver o rosto de Nathaniel, pois ele está de costas para mim. Hyemi está usando um capacete grande demais para ela, rindo e mexendo nas alças. Ela está com dificuldade, então Nathaniel estende a mão e ajusta as alças para ela com seus dedos compridos. Depois, levanta o punho e bate suavemente no topo do capacete dela. Ela sorri e dá um tapa nele.

Sinto-me esquisita, meio tonta. Eles passaram o dia ignorando minhas mensagens. Será por isso? Porque estão juntos? Ouço alguém se aproximando.

Jaewoo. Eles não estão sozinhos. Ele devia estar sentado, porque não o vi. Ele pega o taco que Hyemi lhe oferece.

De frente para o fundo da gaiola, ele levanta o taco. Uma máquina de arremesso lança uma bola e ele balança o taco, acertando-a em cheio. Ela voa para o céu antes de colidir com uma rede alta e cair no chão.

Hyemi grita em inglês:

— *Home run!*

Enquanto Jaewoo faz suas tacadas, percebo que eles estão falando apenas em inglês. De onde estou, perto da cerca, só consigo ouvir trechos da conversa. Mas só ouço as vozes de Jaewoo e Hyemi. Presto atenção e não consigo identificar Nathaniel entre eles.

Então é a vez de Nathaniel. Quando ele vai pegar o taco de Jaewoo, vejo seu rosto pela primeira vez.

Noto olheiras escuras debaixo dos olhos, como se ele não tivesse dormido bem nas últimas noites. Ele parece bem cansado. E... infeliz.

Ele está triste. Meu peito dói e de repente tenho vontade de chorar.

Ele balança o taco com as duas mãos antes de ajustar a pegada no cabo, nivelando-o com os ombros. Então se vira para a máquina, que lança uma bola tão depressa que quase a perco.

Ele a acerta com força. Com mais força que Jaewoo. A bola sai voando.

Hyemi dá pulinhos e grita:

— *Home run*!

A máquina lança outra bola rapidamente — ele deve ter ajustado a velocidade. Jaewoo teve mais tempo entre os arremessos.

Nathaniel acerta de novo, desta vez com ainda mais força; a bola ricocheteia para a esquerda, atingindo um poste. Bola fora. Ele continua sem desistir. A cada golpe, a bola sobe, atingindo o fundo da rede.

— Ei, calma — Jaewoo fala.

Nathaniel não para e continua batendo com força, cada vez mais rápido. Quando sua vez termina, meu coração está disparado.

— Vamos dar um tempo — ouço Jaewoo dizer.

Hyemi contorna o espaço. *Está vindo para cá.* Viro-me para a cabine fotográfica e me enfio ali dentro, vendo-a passar pelo meu esconderijo a caminho do banheiro. Não acredito que estou me *escondendo* dela. No que me tornei? Afasto as cortinas e saio com cuidado.

Volto para a cerca e avanço um pouco mais, chegando o mais perto possível da última gaiola sem que me vejam.

— Não sei se isso está ajudando — ouço Jaewoo dizer.

Ele e Nathaniel estão sentados no banco, e Nathaniel está com a cabeça apoiada na cerca.

O que não está ajudando? Eles não vieram para animar Hyemi? Pelo jeito como ela passou saltitando pela cabine, eu consideraria a missão um verdadeiro sucesso.

Nathaniel não responde, e me aproximo mais.

— Está se sentindo melhor? — Jaewoo pergunta baixinho.

— Não — ele diz, com um tom bem diferente da voz casual e desinteressada que ouvi no rádio. Ele parece arrasado. — Ainda dói pra caralho.

É como se meu corpo se movesse por conta própria, seguindo para o portão que nos separa.

Finalmente admito que não vim por causa de Hyemi; vim porque queria estar com Nathaniel e porque estava com ciúmes.

Fecho a mão no trinco do portão.

Sinto meu celular vibrar dentro do bolso. Deve ser Gi Taek e Angela me perguntando se encontrei Nathaniel e se estou segura. Quero ignorar as mensagens, mas também não quero que eles chamem a polícia.

Pego o celular. É uma mensagem de Cha Donghyun. Que tal um almoço na quarta? Posso te buscar.

O torpor de antes me congela no lugar, sugando toda a minha vontade, minha esperança e meu fôlego.

Já tomei minha decisão. Se eu atravessar esse portão, se eu for até Nathaniel, estarei fazendo uma promessa que não vou poder cumprir.

Afasto a mão do trinco. Antes que eu possa mudar de ideia, dou meia-volta e sigo para a porta...

E me deparo com uma multidão.

Por um instante, fico parada ali, completamente desorientada.

Então uma garota aponta para mim, e ela está tão perto que posso até ver o strass em forma de coração na sua unha.

— Não é Min Sori?

De repente, vários olhos estão se virando para mim e celulares estão sendo erguidos. Cubro o rosto com as mãos enquanto ouço os cliques das câmeras à minha volta.

— Sori-eonni, olhe pra mim!

— Min Sori, sou sua fã.

— Deem espaço pra ela! — uma garota grita.

A multidão avança, e eu tropeço e caio no chão; meu celular escorrega e desaparece na agitação dos pés.

Vislumbro uma brecha na aglomeração e, por instinto, me levanto e saio correndo. Os jovens ficam para trás, mas algumas pessoas mais velhas, homens carregando grandes câmeras profissionais, me seguem.

Repórteres de tabloides. *Paparazzi.*

Eles me perseguem pela rua. Viro à esquerda, percebendo tarde demais que estou me *afastando* da avenida principal.

As ruas são mais escuras ali. Mal consigo ver meus próprios pés pisando no chão.

A única vantagem que eu tenho é que sou pequena e rápida. Vejo um beco estreito e disparo para lá, dando um grito quando percebo que é um beco sem saída. Volto para trás, e ao notar um espacinho entre as latas de lixo, abaixo-me até o chão. Ouço passos quando os paparazzi passam correndo pelo meu esconderijo.

Levo os joelhos ao peito. Não estou com meu celular, então não posso ligar para ninguém. Gi Taek me avisou que isso poderia acontecer e eu não o levei a sério. Ou pelo menos, não quis. Eu só conseguia pensar em encontrar Nathaniel. Ajeito a posição e estremeço ao perceber um fio de sangue escorrendo pela perna. Devo ter arranhado o joelho quando caí.

Preciso sair desse beco. Estou encurralada, sem ter para onde ir. Se um dos paparazzi voltar...

Ouço um barulho do lado de fora. Passos vindos de onde os homens estavam. Alguém está se aproximando. Fico de pé, procurando alguma saída, alguma porta ou escada, mas só vejo paredes de tijolos. O pânico toma conta de mim, meu coração dispara.

— Sori!

Nathaniel.

Ele entra no beco correndo. Seus olhos estão brilhantes, sua respiração, irregular.

Disparo até ele, gritando. Ele me envolve em seus braços, me mantendo pertinho.

— Meu Deus, que bom que te encontrei. Está machucada?

Balanço a cabeça, incapaz de falar.

— Por que está aqui? Não estava no programa de rádio?

Estou aqui porque estava com ciúmes e queria ficar com você.

Mas não posso lhe dizer isso.

— Está tudo bem, contanto que você esteja bem — ele solta.

Percebo que estou agarrada nele. Afasto-me e dou um passo para trás. Ele franze o cenho de leve.

— Como me encontrou? — pergunto.

— Alguns fãs viram você vindo para cá. — Ele faz uma pausa. — Eles mandaram os repórteres pro outro lado.

— Sou tão irresponsável — resmungo. — Vai haver um escândalo enorme por minha causa.

— Talvez — ele diz.

Encaro-o.

— O que está fazendo com Woo Hyemi?

— Hyemi? — ele fala. Meu coração se aperta ao ouvi-lo falando o nome dela assim, casualmente. — Eu estava na Joah. Ela estava lá com o pai pra pegar umas coisas. Ela parecia tão triste que a convidei pra sair comigo e com Jaewoo.

É quase o que pensei que tinha acontecido.

— É melhor a gente voltar — ele diz. — Venha. Jaewoo deve estar nos esperando.

Ele me oferece a mão, e eu a aceito. Devagar, seguimos na direção da avenida principal, emergindo em uma rua bem iluminada. Jaewoo e Hyemi estão esperando em frente ao carro dele estacionado na calçada.

— *Eonni!* — Hyemi fala quando me vê.

Nathaniel solta minha mão conforme ela se aproxima.

— Estou com seu celular — ela diz. — Achei no chão. — Ela me entrega o aparelho.

— Obrigada, Hyemi-yah.

A tela está trincada, mas ele está funcionando.

— Foi tão assustador!

— O que aconteceu? — pergunto.

— Percebemos que tinha algo rolando lá fora — Jaewoo diz. — Quando saímos, uma garota explicou o que tinha acontecido, que você estava aqui e que os repórteres tinham te perseguido. Algumas das garotas tinham te seguido pra ver se você estava bem. Nathaniel...

Ele para de falar, olhando para seu amigo ao meu lado. Ele não precisa explicar o resto. Nathaniel foi atrás de mim.

— A gente tem que ir embora — Nathaniel fala. — Os repórteres podem estar por aí.

Jaewoo assente, entrando no carro.

Nathaniel se apressa para abrir a porta do passageiro.

— *Eonni*, vá na frente desta vez — Hyemi fala, aparentemente cedendo seu lugar.

Antes que eu possa responder, ela dá a volta no carro para se acomodar atrás.

Nathaniel continua segurando a porta. Enquanto entro, lembro de um momento parecido em Nova York, quando ele chamou o táxi para mim.

Ajeito a saia e Nathaniel solta um suspiro.

— Sori, você está sangrando.

Eu tinha me esquecido do arranhão. Quase nem dói mais.

Nathaniel abre mais a porta e se inclina para abrir o porta-luvas, pegando um kit de primeiros socorros.

Ele se agacha no chão e gentilmente afasta a saia do meu joelho. Sinto minha bochecha corar. Envergonhada, olho para Jaewoo, mas ele está mexendo no celular. Não consigo ver Hyemi sem me virar.

Então volto a mim mesma e estremeço quando Nathaniel pressiona um algodão embebido em álcool na ferida. Seus olhos encontram os meus.

Por um breve momento, ele sustenta meu olhar, deixando-me ver como está infeliz. Então abaixa a cabeça, aplicando bacitracina no ferimento e pressionando um curativo firmemente sobre ele.

— Deveria pedir ajuda quando precisa — ele diz baixinho, se levantando.

Ele fecha a minha porta antes de abrir a porta de trás e se sentar.

Jaewoo segue pela rua e entra na avenida principal.

Enquanto atravessamos a ponte sobre o rio Han, Hyemi aponta para uma roda-gigante toda iluminada ao longe.

— Olhe, terminaram de construir a roda-gigante.

Deixamos Hyemi primeiro, e fico no carro com Nathaniel e Jaewoo.

Quando ele vira na minha rua, Nathaniel quebra o silêncio:

— Você vai no lançamento da minha música, né? Na quarta.

A mensagem de Cha Donghyun faz um buraco no meu bolso. Ainda não o respondi.

— Não vou conseguir. Apareceu uma coisa, me desculpe.

Ele não fala nada. Não consigo olhá-lo sem me virar, então fico encarando o horizonte.

— Você... — respiro fundo — ... não quer apresentar aquele prêmio?

Eu não o culparia. Não fiz nada além de magoá-lo e decepcioná-lo.

— A secretária Park não te contou? Eu aceitei o convite.

— Aceitou?

Desta vez, eu me viro, mas ele está olhando para a janela, com o queixo na mão.

Ajeito a postura.

— Ela não me falou nada.

Jaewoo finalmente para na frente do meu portão. Nathaniel se levanta para trocar de lugar. Ele não me olha ao passar por mim.

— Boa noite, Sori — Jaewoo diz de dentro do carro antes de Nathaniel fechar a porta.

Eles não vão embora, e percebo que estão me esperando entrar.

Viro as costas, digito o código e corro para dentro. Espero até ouvir o som do carro de Jaewoo descendo a colina antes de subir lentamente os degraus da casa escura e vazia, sozinha.

Trinta e dois

Cha Donghyun me pega em casa no final da manhã da quarta e vamos almoçar em um restaurante na parte descolada de Yeonnam, o bairro vizinho à Universidade Hongik. O lugar não aceita reservas, mas Donghyun conhece o dono, então furamos a longa fila de pessoas esperando do lado de fora e somos prontamente acomodados no terraço do andar de cima, que dá para uma rua tranquila.

Coloco a bolsa no colo para sentir meu celular vibrar, caso eu receba alguma ligação ou mensagem. Espero a secretária Park entrar em contato a qualquer momento para me informar que saiu uma matéria dizendo que Nathaniel e eu fomos vistos juntos em uma gaiola de batedura. Por sorte, não devem ter tirado nenhuma foto nossa *juntos*, apesar de saberem que estávamos no mesmo local — o que não se configura como um escândalo, já que Jaewoo e Hyemi também estavam lá. O time de relações públicas da Joah vai poder facilmente alegar que eram apenas quatro amigos da mesma agência se divertindo. Pelo menos é o que espero.

— Sori-ssi, não consigo nem dizer o quanto estou feliz por você ter entrado em contato.

Na minha frente, Cha Donghyun sorri timidamente. Ele está com roupas casuais, uma camisa e calças não tão justas, apesar de eu saber que a soma total de suas peças provavelmente vale alguns milhões de wons. Ele parece um ator, com sua pele e tez claras. Seu atributo mais charmoso são as orelhas, que se destacam de um jeito adorável.

— Peço desculpas pelo meu tio. — Ele fica corado. É tão branco que é difícil esconder suas emoções. — Falei pra ele que era seu fã e ele decidiu

O amor das nossas vidas

bancar o cupido. Você deve ter achado estranho.

Balanço a cabeça.

— Achei fofo. Estou surpresa por ter um *fã*.

Se meu pai não tivesse transformado esse encontro em uma contrapartida para o nosso acordo, eu talvez me sentisse à vontade com Cha Donghyun.

— Sério? Mas você é tão linda e charmosa. Me desculpe.

— Obrigada. Você também é lindo. E fofo.

Ele está tornando isto muito fácil para mim. Eu poderia pedir para ele ligar para o tio agora mesmo e exigir que ele rasgue o contrato entre a KS e a Joah.

— Eu provavelmente devia te contar algumas coisas sobre mim pra ver se você quer... — Ele limpa a garganta. Ele está dizendo que eu preciso conhecer suas qualificações antes de considerá-lo um candidato a namorado. Eu tinha esquecido que é assim que algumas pessoas da minha classe social namoram: compartilhando pedigrees para ver se combinamos. — Estou no primeiro ano da Universidade Nacional de Seul.

No primeiro ano? De acordo com as informações da secretária Lee, ele tem vinte e um anos.

— Já cumpri o serviço militar obrigatório — ele continua, referindo-se ao serviço que todos os cidadãos coreanos do sexo masculino devem cumprir.

Nathaniel não precisa, já que é americano, mas, em algum momento, Sun, Jaewoo e Youngmin vão ter que se alistar.

— Estou estudando fotografia — ele fala.

Arregalo os olhos. Eu esperava que ele fosse dizer que estuda administração ou algo mais... prático, pelo menos aos olhos de homens como seu tio e meu pai.

— Sempre adorei tirar fotos. — Ele me olha nos olhos. — Consigo captar bem a beleza.

Ergo a sobrancelha. Nathaniel diria algo assim. Ele sustentaria meu olhar com um sorrisinho nos lábios e me provocaria, todo sedutor.

Donghyun deve ter se dado conta do que disse e fica vermelho até a ponta das orelhas.

— Quero dizer, gosto de ressaltar a beleza dos outros. Claro que ajuda quando a modelo já é bonita. Eita, não estou sabendo consertar, né?

Dou risada, achando-o encantador. Com ele, as coisas seriam fáceis.

Ele é claramente a escolha certa. Meu pai conseguiria o que quer. Minha mãe teria o que precisa. A agência estaria a salvo. Assim como Nathaniel.

O garçom se aproxima de nós para pegar nossos pedidos. Ao contrário do meu pai ou de Baek Haneul, Donghyun me pergunta o que quero comer, e como não consigo escolher entre duas opções, ele pede os dois pratos.

Não consigo parar de me perguntar o que Nathaniel faria. Obviamente, nunca saímos para comer em um restaurante sozinhos. Acho que ele pediria um prato e depois comeria o meu.

— Eu vi sua participação no último episódio de *O príncipe do mar*. Você estava adorável. Confesso que fiquei um pouco chocado com o final. — Ele esfrega a nuca. — Você deve ser próxima de...

— Não sou — falo depressa. Se Cha Donghyun pensar que tem algo rolando entre Nathaniel e eu, pode acabar contando para o tio. Que poderia contar para o meu pai. Estremeço só de pensar. — Quero dizer, a gente era mais próximos, mas...

Não podemos mais ser.

— Sei — ele diz. Encaro-o. *Quanto ele sabe?* — Ele é Nathaniel Lee, do xoxo. E provavelmente não pode namorar como garotos da idade dele. Não que vocês estivessem namorando. — Donghyun sorri, inocente.

Balanço a cabeça. Será que ele se deu conta do que disse? *Garotos da idade dele*, como se Nathaniel fosse muito mais novo do que ele.

O garçom dispõe a comida na mesa, duas enormes travessas de massa com especiarias coreanas. Donghyun distribui uma quantidade considerável de cada uma em um prato para mim, estendendo a mão sobre a mesa para colocá-lo à minha frente. Pelo canto do olho, vejo duas garçonetes sussurrando e rindo de suas maneiras.

— Eu o conheci — Donghyun diz. — Nathaniel Lee.

Ainda bem que ele está se servindo, senão teria me visto engasgar com uma alcaparra.

— Ah, é?

— Ele está colaborando com uma artista da ks, Naseol. Fomos apresentados quando ele estava na agência.

Não sei como reagir a essa informação, então não falo nada. Como uma garota normal interessada nele reagiria à menção de um garoto por quem ela não está apaixonada? Minha cabeça dói.

— Ele parece bem despreocupado, né? Foi a minha impressão.

Franzo o cenho. Somente alguém que não conhece Nathaniel diria isso dele. Seus amigos sabem que ele não é assim. Seus *fãs* também.

Ele se preocupa profundamente com a família e os amigos. Ele é apaixonado por música e dança. E tem diversos outros interesses, que cultiva sem medo. Além de ser engraçado e gentil, também é trabalhador, confiável e a pessoa mais genuína que existe.

Ele jamais mentiu para mim. Ele age de um jeito muito diferente da forma como fui criada — aprendi a esconder as emoções e a nunca causar desconforto nos meus pais. Ele sempre é sincero com seus sentimentos, mesmo quando dói. Ele acredita em tudo o que eu digo, o que às vezes é aterrorizante, porque sei que posso magoá-lo facilmente. Sua confiança é um presente.

Sei que estou ficando agitada, o que só vai confundir Donghyun. Respiro fundo. Assim como antes, não falo nada, e só fico mexendo na massa no meu prato.

* * *

— Este encontro está indo tão bem — Donghyun diz, manobrando o carro para fora da área da Universidade Hongik. — Não quero que termine.

Sorrio para ele. O encontro está *mesmo* indo bem, muito melhor do que pensei, mas só quero ir para casa e dormir. Verifico o celular e vejo que a secretária Park não escreveu nada. Talvez não haja escândalo *nenhum*. Já se passaram dois dias desde aquela noite. É possível que os repórteres não tenham conseguido tirar uma foto boa; em todas elas, eu devo parecer assustada ou incomodada. O que não é exatamente uma notícia muito empolgante.

— Sori-ssi, me desculpe perguntar, mas... — Levanto a cabeça do celular para Donghyun, dirigindo com as duas mãos no volante. — Uma amiga está fazendo um evento perto daqui. Pensei que não poderia ir e estava me sentindo um pouco culpado. Você se importa se dermos uma passada lá? Já deve estar quase acabando. Só queria parabenizá-la.

— Claro. Só não estou vestida pra festa...

— Você está maravilhosa. Quer dizer... — Ele tosse. — Não é nada formal.

As coisas estão indo um pouco rápido demais, se já vou conhecer seus amigos.

Mas uma hora eu iria conhecê-los mesmo. Se a gente for namorar, preciso me comprometer com esse papel. Se vou namorar alguém apaixonada por outra pessoa, quem vou estar traindo? Nathaniel e eu nunca fizemos nenhuma promessa. Então Donghyun...

Encaro seu rosto ansioso e meu coração se enche de autodesprezo.

Ele para na frente de um prédio moderno e elegante.

Um tanto desconfortável, observo o tapete vermelho que vai da *porte-cochère* até as portas da frente. Há alguns fotógrafos na passarela, porém, como Donghyun apontou, estamos atrasados, e a maioria dos convidados já está lá dentro.

— Você disse que não era nada formal.

— Não é. É só que os fotógrafos costumam ir atrás dos *idols*, sabe? Mas eu queria apoiar Naseol-nuna.

Naseol. Meu coração vai parar na boca.

— Não sei se eu devia ir. Eu... não fui convidada.

É mentira. Eu fui convidada, só que por outra pessoa. Não posso aparecer no evento de Nathaniel com um *cara*.

— Está tudo bem — Donghyun diz, dirigindo até o meio-fio.

Quando ele vai abrir a porta, agarro seu braço.

— Podemos não falar pras pessoas que estamos, sabe...?

Ele olha para a minha mão e depois para o meu rosto.

— Que estamos em um encontro?

— Isso — digo, meio sem fôlego.

— Claro. Podemos dizer que somos amigos, não que viemos juntos. Vai ser nosso segredinho.

Ele coloca a mão sobre a minha e dá uma apertada de leve. Estou enjoada.

Lá fora, os fotógrafos ficam alvoroçados ao nos verem chegando. Tento cobrir o rosto com a bolsa, mas alguns me reconhecem.

— Min Sori, olhe pra cá! Sori-yah, veio apoiar Nathaniel? Sori, os boatos de que o casal MinLee é real são verdadeiros?

Lembro de duas noites atrás, quando os repórteres se amontoaram à minha volta gritando meu nome. Tropeço nos degraus da entrada.

Donghyun segura meu braço antes que eu caia, conduzindo-me pelas portas e pelo saguão. Estou respirando pesadamente, e o suor escorre pelas minhas sobrancelhas.

— Sori-ssi? — Donghyun diz, preocupado. — O que houve?

— Dongyun-ah?

Olhamos para cima.

Naseol está parada no saguão, pelo visto tendo acabado de sair do salão principal do evento. Pelas enormes portas abertas, vejo um palco e uma tela, além de mesas de banquete.

Ela não está sozinha.

— Sori — Nathaniel diz.

Seus olhos se movem lentamente de mim para Donghyun, que ainda está segurando meu braço.

— Jihyuk-ah — Naseol diz —, este é Cha Donghyun, o sobrinho do meu CEO.

— Sori — Nathaniel fala de novo, com o cenho franzido. — Você está bem?

— Estou. Só tinha muitas câmeras... — Paro de falar e olho para Nathaniel.

Ele não está nem tentando esconder as emoções, irradiando preocupação e confusão.

Fico vermelha.

Quando me viro para Donghyun, vejo-o encarando Nathaniel com uma carranca profunda no rosto.

— Sori e eu estávamos num encontro — ele diz. Fico pasma. Eu lhe pedi explicitamente para *não* falar isso. — Mas eu queria vir te parabenizar, *Nuna*. — Apesar de suas palavras serem direcionadas para Naseol, ele não tira os olhos de Nathaniel.

O silêncio vai sobre o saguão. Não posso *negar* o que ele disse. A gente está — *estava* — em um encontro. E ainda não consegui as ações do meu pai, que é o motivo de eu ter concordado com isso, para começo de conversa. O que, é claro, *não* posso dizer.

— Você perdeu o evento, Donghyun-ah — Naseol o repreende, alheia à tensão. — Mas estávamos a caminho de um restaurante. Não quer se juntar a nós? Você e sua namorada? — Ela dá risada.

Estou zonza.

Ouço vozes vindo do salão principal enquanto os convidados saem para o saguão. Reconheço algumas: Sun, Jaewoo, Youngmin, Hyemi, alguns artistas da KS. Lee Byeol, do programa de rádio. Ninguém nos viu ainda. A ideia de me verem com Donghyun me enche de pavor. Como é que vou explicar? Sun vai saber o que estou fazendo. Com apenas um olhar para Donghyun, ele vai saber que o estou usando para *algo*, mesmo que não saiba exatamente o quê. E se ele mencionar isso para a minha mãe? Ela nunca me permitiria fazer um acordo com meu pai. Mas se eu não fizer, ela vai perder a agência.

— Donghyun-ssi — digo quase como uma súplica, virando-me para ele. — Te encontro lá dentro. Preciso ir ao banheiro.

Ele arregala os olhos ao perceber meu desespero.

— Claro.

Disparo pelo saguão até ver um corredor isolado. Encontro a porta do banheiro e abro-a. Felizmente, está vazio.

Nathaniel segura a porta quando ela se fecha atrás de mim, seguindo--me para dentro.

— O que está fazendo? E se alguém te vir? — sibilo.

— O que está acontecendo? — ele diz. Meu peito se aperta ao perceber seu sofrimento. — Por que está com ele? Vocês estavam mesmo em um encontro?

— Não. Quero dizer... sim.

Ele estremece.

— É por isso que você não podia vir? Por causa dele?

— Sim — falo, desta vez com mais firmeza.

Nathaniel abaixa a cabeça e depois olha para mim, totalmente vulnerável.

— Sori, eu só quero entender. Se vai partir meu coração, quero pelo menos entender por quê.

Sinto meus olhos arderem.

Eu o amo. Agora posso admitir isso para mim mesma. Sempre o amei. Amo sua voz e o jeito que ele me olha. Amo sua risada e o jeito que ele me faz rir. Amo como me sinto quando estou com ele, como se os dias fossem mais quentes e as noites, mais lindas. Eu o amo tanto que tenho vontade de jogar tudo para o alto só para ficar com ele por mais um dia, mais um minuto, mais uma respiração.

— Não é só o seu coração... — sussurro.

Não sei quem se mexe primeiro, mas de repente estou em seus braços.

Ele me beija como se não conseguisse respirar sem mim. Eu sinto o mesmo. Quero, *preciso* estar mais perto. Ele coloca as mãos na minha cintura e me ergue no balcão. Nossos beijos são desesperados; minhas mãos mergulham em seu cabelo. Estou fora de controle, como se não pudesse ter o suficiente dele.

Beijo-o com toda a paixão do meu ser, mostrando — apesar de eu me recusar a dizer — o quanto o desejo, o quanto o adoro.

Estou tão absorta em Nathaniel que quase não ouço a batida na porta. Afasto-me e escuto a voz de Donghyun do corredor:

— Sori-ssi, você está bem?

Ele deve ter vindo me procurar porque estou demorando para voltar.

Nathaniel aperta minha cintura antes de me soltar. Ele recua enquanto eu desço do balcão e meu vestido cobre meus joelhos.

— Estou aqui — falo. — Já vou sair.

— Sori — Nathaniel sussurra.

Balanço a cabeça.

— O que aconteceria se Donghyun pegasse a gente?

Estragaria tudo. Ou poderia estragar, se ele suspeitasse de alguma coisa.

Ele passa a mão pelo cabelo bagunçado.

— Me desculpe. Eu te vi com ele e não... não pensei direito.

— Nenhum de nós pensa direito quando estamos juntos. Isso foi um erro.

Ele olha para mim, atingido pelas minhas palavras.

— Você não está falando sério.

Ele acha que só estou preocupada com a ameaça de um escândalo. Não sabe que há mais em jogo.

Nathaniel consegue escapar de cada escândalo mais ou menos ileso. É adorado por seus fãs e tem o apoio de seus amigos e familiares. Mas eu não tenho isso, e as pessoas que amo também não. Os escândalos sempre destroem e destruíram minha família.

Eu esqueço disso quando estou com ele.

— Sori...

— Por favor, me deixe ir.

Como se me ouvisse em meio a uma neblina pesada, ele dá um passo para trás.

Enterro meus sentimentos bem fundo, até que a única evidência deles seja a dor em meus olhos. Passo por Nathaniel, abro a porta e saio, esperando que Cha Donghyun acredite nas mentiras que vão sair da minha boca.

Trinta e três

Na sexta, vou à Joah para levar para a minha mãe seus sapatos favoritos — um velho par cor champanhe com saltos gastos que já nem cabem nela direito, mas que pertencia à mãe *dela*. Ela os usou no seu casamento e quer usá-los amanhã no EBC Awards, pois vai receber o Trailblazer Award na frente de todos os colegas. *Ajumma* embrulhou a caixa com esmero em um *bojagi*, dobrando o papel de seda de ponta a ponta. Seguro a caixa no colo durante a viagem de ônibus como se estivesse carregando algo muito precioso.

Entro no escritório da minha mãe e coloco o pacote na escrivaninha, então abro as persianas para deixar a luz entrar. Lá embaixo, vejo alguns fãs parados na frente do prédio, tirando fotos com a placa da Joah Entertainment. O novo prédio em construção é ainda mais impressionante, com uma cafeteria que vai abrir para o público nos fins de semana, um museu e uma lojinha de *souvenirs*.

Meu celular vibra no bolso. Pego-o e vejo que recebi uma mensagem de Jenny. É uma foto da sua mala aberta no meio do chão do quarto. Ela voltou para Los Angeles.

Digito: Está chegando amanhã e ainda não fez as malas? E, por favor, não me diga que só vai trazer uma mala.

Ela responde na mesma hora: Nem todo mundo viaja com o guarda-roupa inteiro, Sori.

Posso até ouvir a cadência brincalhona da sua voz. Mal posso esperar para ouvi-la pessoalmente. Não vou poder vê-la amanhã por causa da premiação, mas combinamos de nos encontrar no domingo.

Ainda tenho que fazer tanta coisa antes... Por sorte, já cuidei da maioria dos detalhes. Meu esquadrão da beleza já está agendado para amanhã, com Soobin e RALA, e vou usar um vestido Saint Laurent preto com um decote profundo e fenda na altura da coxa. Vou ter que usar um curativo invisível para cobrir o arranhão de segunda-feira, mas vai valer a pena.

O ASAP vai se apresentar sem Hyemi. Mas, se tudo der certo, isso pode mudar na semana que vem.

Saio do escritório, entro no elevador e aperto o botão do térreo.

Meu celular vibra de novo. Desta vez, a mensagem é de Donghyun, que eu dispenso sem nem abrir.

Ontem, durante o jantar, ele me perguntou oficialmente se eu queria ser sua namorada. Eu lhe pedi mais tempo para pensar. Mas não vou poder ficar enrolando muito. Preciso decidir logo. Só sei que, depois que eu decidir, não vou ter como voltar atrás.

A porta do elevador se abre e saio no térreo.

A luz do fim da tarde entra pelas janelas de vidro do saguão, refletindo em meus olhos. Eu deveria estar empolgada para amanhã: vou apresentar uma das maiores premiações da TV, vou usar um lindo vestido e vou estar toda montada — duas das minhas coisas *favoritas*, vou ver o show do ASAP e vou celebrar a indústria que tanto amo, com pessoas que respeito e admiro. Então por que é que sinto que é uma tarefa impossível? Está sol lá fora, mas estou com frio. Não estou doente, pelo menos acho que não.

Vejo Youngmin dirigindo-se para as portas que levam ao estacionamento. Ele está com fones de ouvido e tenho que chamá-lo duas vezes antes que ele se vire.

Ele abaixa os fones.

— *Nuna?*

— Youngmin-ah — digo, me aproximando. — Como foram as férias?

— Boas. Fiquei só com a escola.

Ele sorri, esperando que eu diga algo. De todos os membros do XOXO, ele é o que tenho menos intimidade, apesar de sempre ter me sentido à vontade na sua presença.

— Voltei pro dormitório — ele fala, referindo-se ao apartamento que divide com os outros meninos do XOXO. — Desde quarta.

Quarta. O dia do lançamento da música de Nathaniel. Ele estava no evento. Se sabe que *eu* também estava, ele não demonstra; sua expressão é mais curiosa do que qualquer coisa.

Não sei por que o chamei nem por que estou me demorando aqui. Ele claramente estava indo para algum lugar. Só estou me sentindo meio... melancólica, e queria ver um rosto amigo.

— Bem...

— Na verdade, eu estava indo pra lá — Youngmin diz. — Mesmo que não tenha ninguém em casa. Sun está em um encontro, Jaewoo está com a mãe e a irmã, e Nathaniel foi ver a roda-gigante.

Meu coração se aperta.

— Ele foi... com alguém?

— Ele disse que ia levar Woo Hyemi.

Olho para as janelas mais uma vez. O sol vai se pôr daqui a uma hora. Será que eles foram assistir ao pôr do sol sobre o rio Han?

Quando volto o olhar para Youngmin, vejo que ele está me observando com uma expressão cuidadosamente neutra.

— Eu ainda não fui lá ver a roda-gigante, parece bem legal — ele fala.

Ele está dizendo o que acho que está dizendo?

— O que acha, *Nuna*? — Ele sorri. — Quer ir comigo?

***

Ji Seok, que estava esperando Youngmin no estacionamento, nos deixa perto do parque.

— Por favor, não faça nada que *eu* me arrependeria — ele implora.

— Rá, você é engraçado, *Hyeong*!

O parque está lotado; centenas de pessoas vieram assistir ao pôr do sol. A aglomeração se concentra em torno da roda-gigante, com casais e grupos de amigos fazendo fila para subir no gigante.

— Precisamos de disfarces. — Youngmin me arrasta para uma barraquinha, onde uma senhora está vendendo itens úteis para quem vai passar o dia no rio Han. Ele escolhe um óculos de plástico de um mostrador e os oferece para mim antes de pegar um para si. — Ah, e isto também.

Ele pega uma sombrinha em um monte e a abre. É a sombrinha mais vistosa de todas, com rendas e flores. Felizmente, o dia está ensolarado, então muitas pessoas também estão de sombrinha.

— Youngmin-ah, não são eles, né?

O amor das nossas vidas

Fico olhando para um jovem casal sentado em uma toalha de piquenique na grama. Não consigo dizer se são eles dessa distância, mas a garota está usando o mesmo chapéu de Hyemi.

— Youngmin-ah?

Viro-me e não encontro Youngmin. Resmungo. Não acredito que já o perdi.

— *Nuna!* — Ele se aproxima correndo.

Estou prestes a repreendê-lo, mas me distraio imediatamente pelo churros que ele está segurando: sabor Oreo, recheado de cream cheese.

Enquanto caminhamos em volta da roda-gigante comendo nossos churros, um grupo de adolescentes passa por nós.

— Não era Nathaniel Lee? — ouço uma delas dizer.

— Quem era aquela garota com ele? — a amiga pergunta.

— Não era Min Sori.

— Não me diga que você é fã de MinLee?

— Sei lá, mas sou fã dos *dois*.

— Até de Min Sori?

— Sim! Ela é tão linda, e eu curto aquele jeito de malvada dela. Dá pra saber que ela não é malvada de verdade, sabe?

— Sim, eu curto isso também.

— Eu também — Youngmin fala alto.

— Youngmin-ah!

Puxo-o para trás de um carrinho vendendo salsichões antes de elas perceberem quem ele é. Mesmo disfarçado, ele ainda é Choi Youngmin do xoxo, e pode ser facilmente reconhecido. Seu cabelo está preto de novo, caso contrário ele realmente se destacaria.

— Estamos tentando ser discretos, lembra?

— Licença, posso pegar um salsichão? — ele pede para o moço do carrinho.

Finalmente chegamos na roda-gigante, depois de dividir o salgado de salsicha envolvida em massa e frito até ficar perfeitamente crocante, coberto com pimenta-doce e molho de mostarda.

Há uma tensão palpável no ar, sussurros flutuando entre aqueles que estão na fila.

Então vejo Nathaniel e Hyemi na frente.

— Youngmin-ah — digo. Não sei o que chama sua atenção, mas ele me olha com uma expressão subitamente séria. — Não quero que Nathaniel entre naquele carrinho com Hyemi.

Espero que ele vá me perguntar o motivo ou que dê risada, mas ele apenas assente.

— Certo.

Ele avança para a multidão. Perco-o de vista na mesma hora. Solto um suspiro de surpresa e me esforço para segui-lo. As pessoas abrem caminho para ele e para mim, já que ninguém está disposto a nos parar e causar uma cena, mesmo que estejamos furando a fila.

Nathaniel e Hyemi são os próximos. Os funcionários da roda-gigante já estão os chamando. Youngmin surge no meio da multidão. Ele sai correndo, agarra a mão de Hyemi e a arrasta para um dos carrinhos que já está saindo. A porta se fecha atrás deles.

Nathaniel fica parado na plataforma, perplexo.

— Youngmin? — Ouço-o falar sozinho enquanto me aproximo.

Pego sua mão e o puxo para o próximo carrinho.

— Sori? — Ele fica me encarando enquanto a porta se fecha e a roda-gigante começa a subir devagar. — O que está acontecendo? O que está fazendo aqui?

— Eu... encontrei Youngmin na Joah e a gente... decidiu vir ver a roda-gigante

Minha justificativa é bem fraca, mas Nathaniel não me questiona, recostando-se na cadeira. O carrinho não é muito grande, mas também não é pequeno, podendo acomodar até quatro pessoas. Ele é todo fechado por questões de segurança, com janelas de vidro de todos os lados, exceto no chão.

Encaro-o. Não nos vemos nem nos falamos desde quarta.

— Você veio com Woo Hyemi — digo.

— Ela é legal. — Ele apoia um cotovelo no parapeito da janela enquanto olha para o rio. — Ela está passando por um momento difícil. Não é só a negatividade que está recebendo, mas ela está longe da família, da irmã e da mãe. E quase sempre do pai. Ela é uma estrangeira que deveria estar se sentindo em casa e que às vezes sente o oposto disso. Eu também me sinto assim.

Eu não tinha pensado nas similaridades que eles compartilham.

— Que bom que ela pode conversar com você.

Apesar das minhas inseguranças, fico *feliz* por ela. Desde que o escândalo vazou, não tenho conseguido ajudá-la. Pelo menos, não de maneira direta. Mas ele tem. Ele lhe ofereceu um ombro quando ela mais precisou.

O amor das nossas vidas

— É, bem, também é ótimo que, pelo visto, sair com ela te deixa com ciúmes.

— Não estou com ciúmes!

Ele dá risada.

— Se você diz.

— Foi inteligente vir aqui com ela? As pessoas podem publicar matérias sobre vocês amanhã. — Franzo o cenho.

— Olha quem fala.

Fico vermelha.

— Que irônico. — Ele me olha. — Você escapa de um escândalo comigo só pra se envolver em um com Youngmin. Um cara mais novo, Min Sori?

Ele está me provocando, mas seu sorriso não chega até os olhos.

— Hyemi e eu somos amigos — ele fala, voltando a olhar pela janela. — Podem escrever sobre isso, se quiserem. Eu só queria ver o pôr do sol, como todo mundo.

Ele parece tão infeliz. Eu sou a responsável por essa tristeza. Ele estaria bem se não fosse por mim.

O sol se põe sobre Seul, deixando um caminho dourado no rio.

— Quero ser sincera com você — digo, trazendo seu olhar para mim. — Você estava certo. Eu não ligo pro que as pessoas falam. Tanto na internet quanto na minha cara. Se fosse só eu, poderia aguentar. Eu aguentaria quase qualquer coisa... — *Para ficar com você*.

Respiro fundo e continuo:

— Mas não sou só eu. Minha mãe... preciso considerar como minhas ações vão afetá-la. Dois anos atrás, ela me fez prometer que terminaria com você... É verdade que eu estava com medo de como nosso escândalo poderia afetar qualquer carreira que eu desejasse, ou como afetaria você e os meninos do xoxo, mas não foi por isso que fiz a promessa. Foi por *ela*.

A Joah significa tudo para a minha mãe. Sei disso desde que era pequena. A agência lhe deu um propósito depois que ela engravidou de mim, e se tornou a sua *vida* depois que seu casamento ruiu.

— Talvez um escândalo comigo não destrua a agência, mas sempre há essa possibilidade. Tenho medo de ser o motivo de ela perder tudo.

Nathaniel me ouve de cabeça baixa. Quando termino, ele me olha.

— Não posso aceitar que você me afaste pra me proteger... — ele fala devagar, e meu coração se enche de angústia. — Mas posso aceitar que você faça isso pela sua mãe. — Perco o fôlego. — Sempre foi só vocês duas, né? — Sua voz é suave e delicada. — Cuidando uma da outra. Protegendo uma à outra.

Ele sorri com uma expressão pesarosa.

— Então é isso, né? Que droga.

Ele passa a mão no cabelo.

Depois, se senta na ponta da cadeira.

— Me desculpe por não ter te ouvido antes. Eu não tinha entendido. Eu não vou te segurar mais. Se este é o fim, queria te dizer, pelo menos uma vez...

Estamos no topo da roda-gigante; o sol banha nosso carrinho com uma luz dourada.

— Te amo.

Trinta e quatro

Me preparo para o EBC Awards no estúdio de Soobin e RALA. O vestido preto Saint Laurent foi emprestado pelo estilista. Não tem mangas, e o corpete justo foi feito sob medida para mim. Ele é afunilado na cintura, alargando-se ligeiramente nos quadris antes de seguir até o chão. A longa fenda que termina na metade da minha coxa me permite movimento, mesmo que seja um pouco... escandalosa.

Decido não usar nenhum colar, deixando meus ombros e meu decote livres. A única joia que estou usando são brincos de pérola. Quanto aos sapatos, escolho salto agulha.

Soobin já modelou meu cabelo para que ele caia em ondas exuberantes sobre os meus ombros, e RALA fez uma maquiagem noturna bem sensual com um delineado de gatinho e um batom vermelho matte. Só falta me vestir. Depois, Soobin e RALA tiram fotos minhas na varanda, pois a luz do pôr do sol é a melhor.

Minha próxima parada é na Joah. Como Nathaniel e eu vamos apresentar a premiação, devemos chegar juntos. No caminho, meu nervosismo me domina. Nunca estive em uma cerimônia de premiação antes, muito menos como *apresentadora*. Nathaniel também não, não deste calibre, apesar de ter alguma experiência como apresentador de programas musicais semanais da EBC. E se eu não conseguir ler o teleprompter de maneira natural ou me perder durante a leitura? Por causa do convite em cima da hora, não tivemos tempo de ensaiar.

O motorista me deixa na frente do prédio — esta noite, a secretária Park vai acompanhar minha mãe — e eu sigo para a porta depressa.

Entro e paro de repente. Os quatro membros do XOXO estão no saguão, vestidos em trajes de gala.

Todos se viram para mim.

Seus olhos me percorrem dos pés à cabeça, me avaliando, e eu sorrio.

— Sori-yah — Sun diz, me encontrando no meio do caminho enquanto atravesso o saguão na direção deles. — Você está linda.

— Min Sori — Jaewoo fala com um sorriso. — Você sempre foi alta assim?

Franzo o nariz para a sua provocação.

— Você não devia estar a caminho do aeroporto? Jenny está chegando a qualquer momento.

— Estou pensando em sair mais cedo do evento. Acha que alguém vai perceber?

— A gente queria demonstrar apoio pra nossa CEO — Sun explica.

Meu coração se enche de gratidão por todos eles. Eles não precisavam estar aqui, pois não estão promovendo nenhum álbum, nem foram nomeados para nenhum prêmio, nem vão se apresentar. Mas estão indo mesmo assim só para apoiar minha mãe, a CEO deles, pois ela vai receber o prêmio Trailblazer.

— Obrigada — digo baixinho.

Youngmin é o próximo a me cumprimentar.

— *Nuna* — ele fala com os olhos arregalados. — Você está maravilhosa!

Dou risada pelo jeito como ele mantém os olhos em mim, encarando-me quase fixamente para não olhar para o meu decote *bem* profundo sem querer. Pobre Youngmin. Talvez eu devesse ter escolhido outro vestido, em consideração à sua inocência.

Então chega a vez de Nathaniel. E agora sou eu que estou atônita. Ele está inteiramente de preto, até a camisa por baixo do terno é preta, mas, ao contrário dos outros, que estão de gravata ou gravata-borboleta, os primeiros botões da sua camisa estão abertos. Nathaniel com roupas casuais já é de fazer o coração parar de bater, como aquele namorado meio *bad boy*, travesso e charmoso demais para o seu próprio bem. Mas Nathaniel em trajes formais, com o cabelo penteado para trás e olhando diretamente para mim é de tirar o fôlego. Ele ainda é um *bad boy*, mas uma versão madura. Acho que é a coisa mais linda que já vi na vida.

Estou vagamente ciente de que estamos combinando perfeitamente, sem nem termos coordenado os *looks*.

— Sori, como você está? — Nathaniel me observa com carinho.

— Nervosa — confesso. — No caminho, fiquei pensando em todas as coisas que poderiam dar errado.

— Não vai dar nada errado — ele fala, confiante. — E se der, vou te salvar, assim como você vai me salvar.

Ele sorri e declara:

— A gente vai arrasar. Eu sei.

Meu coração se inunda de ternura com suas palavras, e eu... acredito nele. Acredito com todo o meu ser.

— A limusine chegou — Sun diz, seguindo na frente.

Enquanto atravessamos a porta, um entregador se aproxima carregando um enorme buquê de rosas vermelhas.

— Min Sori-ssi?

Pisco para ele.

— Sim?

— Pra você.

Pego o buquê. Jaewoo e Youngmin me provocam enquanto procuro o cartão no meio das flores. *Parabéns por ser a apresentadora do EBC Awards. Estou animado pra te ver à noite.* Leio a assinatura ao final da mensagem.

— São de Cha Donghyun.

— Cha Donghyun, sobrinho do CEO Cha? — Sun pergunta.

Jaewoo franze o cenho.

— Era com ele que você estava na quarta?

— Por que Cha Donghyun-ssi está te mandando flores, *Nuna*?

Encaro-os, sem saber o que dizer. Suas expressões não são exatamente acusatórias — e todos tomam cuidado para não olhar para Nathaniel —, mas noto sua confusão.

— Quem não mandaria flores pra Sori? — Nathaniel diz. — Você só está com inveja por não ter recebido nada, Youngmin-ah.

Youngmin sorri, dissipando qualquer tensão no ar. Entramos juntos na limusine. Sun pega as flores e as coloca de lado, enquanto Jaewoo me oferece o paletó para cobrir minhas pernas. Enquanto seguimos para o evento, arrisco uns olhares para Nathaniel. Ao contrário dos outros, ele não demonstrou nenhuma reação ao buquê. Não é que eu queira que ele fique com ciúmes... mas ontem mesmo ele disse que me *ama*. Depois que saímos da roda-gigante, ele agiu como se nada tivesse acontecido, dando risada e brincando com Youngmin, provocando Hyemi e me tratando como os outros, como se eu fosse só uma amiga.

É exatamente o que eu queria das vezes que o afastei, então por que estou tão triste?

A limusine para diante de uma das maiores arenas de Seul, onde a cerimônia de premiação vai acontecer. Os fotógrafos estão enfileirados no tapete vermelho que leva à entrada. Apesar de estar preparada — esses fotógrafos *deveriam* estar aqui, e estão fazendo seu trabalho de uma forma respeitosa, comparados aos repórteres de tabloides —, sinto uma onda de ansiedade me dominando.

Quando Sun abre a porta da limusine, o barulho da multidão se infiltra no carro — gritos estridentes dos fãs atrás dos fotógrafos, separados por uma divisória. Devolvo o paletó de Jaewoo e ele sai depois de Sun enquanto os gritos explodem. Youngmin é o próximo. Chego mais perto da porta, estremecendo com um flash repentino de uma câmera apontada para a limusine.

Lembro dos paparazzi esperando do lado de fora do evento de Nathaniel e das gaiolas de batedura, e muito antes deles, dos flashes da minha infância me seguindo da escola para casa, dos repórteres chamando minha atenção, me perguntando sobre os casos do meu pai, os boatos de que minha mãe era frígida ou insensível, de que ela era o motivo de eles não terem dado certo, porque ela o afastou.

— Sori.

Me dou conta de que Nathaniel está segurando minha mão. Sua pele é quente, e sua pegada, firme, mas gentil. Ele está usando vários anéis nos dedos. Seguro o anel do indicador e o giro. Ele permanece completamente imóvel, sem me apressar, apesar de todos provavelmente estarem se perguntando por que ainda não saímos. Ele é tão paciente comigo — é a única pessoa do mundo que sempre me *enxergou* como sou, com defeitos e tudo.

— Somos você e eu, lembra? — ele fala baixinho. — Vamos arrasar.

Das outras vezes com os paparazzi, eu não estava com Nathaniel. Mas agora estou. Assinto. Ele solta minha mão para descer do carro, e depois a oferece de novo para mim. Quando saio, ouço um rugido da multidão — de fotógrafos gritando meu nome, mas também de fãs berrando para mim. *Para nós.*

Nathaniel coloca minha mão no seu braço e eu agarro o terno dele, tirando força dali. Juntos, enfrentamos as câmeras.

— Nathaniel, aqui!

— Sori, Nathaniel, aqui, por favor!

— Sori, a *Vogue Korea* está aqui. Você está deslumbrante!

Olho para Nathaniel, que está acenando para os fotógrafos, sorrindo todo confiante. Sua confiança, sua *presença, me* deixa confiante.

Respiro fundo e me viro para as câmeras, fingindo que o diretor do drama de Sun está ali gritando: "Seja ousada! Seja linda!". Endireito os ombros, coloco uma mão no quadril e canalizo essa energia. Lanço um olhar sedutor para as câmeras e faço biquinho. O barulho da multidão parece ficar ainda mais alto com os berros dos fãs e os cliques acelerados das câmeras.

Nathaniel e eu começamos a caminhar para permitir que outros carros estacionem atrás de nós. A cada passo, paramos para posar, e eu *sei* que estamos incríveis juntos. Uma hora, solto o braço de Nathaniel para posar sozinha, exibindo meu vestido e meus brincos. Já publiquei nas minhas redes sociais que minha maquiagem foi feita pela RALA, e meu cabelo, pela Kim Soobin.

Depois do tapete vermelho, entramos na arena. Os assistentes conduzem Sun, Jaewoo e Youngmin para seus assentos, enquanto Nathaniel e eu seguimos para uma porta nos bastidores.

Entramos em um corredor longo e curvo, que provavelmente vai nos levar ao palco. Estremeço, pois o ar está mais gelado ali do que lá fora.

Nathaniel percebe. Ele tira o paletó e o coloca nos meus ombros. O casaco é quente e grosso e exala seu perfume.

— Sori-ssi? Nathaniel-ssi?

Um carrinho motorizado para ao nosso lado, com Woogi sentado na frente, com o motorista, e Woori atrás, com o outro assento vazio.

— Vocês dois... uau... — Woogi diz. — Quero tirar uma foto de vocês pra colocar na minha parede.

— Que coisa mais besta de se dizer, *Oppa!* — Woori dá risada.

Nathaniel se aproxima do carrinho.

— Woori-ssi, posso te pedir um favor?

Ela arregala os olhos, piscando depressa.

— Claro.

Olho para Nathaniel, curiosa com o que ele vai dizer.

— Está indo pros bastidores, né? Pode levar Sori?

— Ah, não precisa — protesto. — Posso andar.

Nathaniel olha para os meus pés — mais especificamente, para os meus saltos.

— Por favor, por mim. — Meu estômago se agita. Então ele acrescenta, brincalhão: — Você está me atrasando.

Meus pés estão *mesmo* começando a doer. Woori abre espaço e eu subo no carrinho, virando a cabeça para olhar Nathaniel enquanto nos afastamos.

— Acho que ele está apaixonado por você — Woori diz, chamando minha atenção para ela.

— Ele só estava sendo atencioso. — Fico vermelha.

— Sério? *Oppa*... — Ela se inclina para frente para falar com o irmão. — Se eu estivesse de salto agulha, você pediria carona pra um carrinho que estivesse passando?

Woogi grita por cima do barulho do motor:

— Ele disse que ela estava o atrasando!

Sinto-me meio sozinha por ter me separado de Nathaniel, mas vamos nos reunir logo, e a assistente vai lhe fazer companhia.

Nos bastidores, uma outra assistente me cumprimenta. Enquanto seguimos para o camarim dos apresentadores, vejo Sun Ye e as outras meninas do ASAP.

— Sun Ye-yah! — grito.

— Sori-yah.

Abrimos os braços para dar um abraço à distância. Ela está maravilhosa, com uma roupa toda brilhante. As outras estão com roupas parecidas. Elas fazem uma reverência para mim. Sinto uma pontada de dor por não ver Hyemi ali.

— Como você está? — pergunto. — Me desculpe por não estar tão presente essa semana.

Eu estava tentando dar um jeito no escândalo de Hyemi, mas também estava me sentindo culpada e triste com a minha própria vida.

— É tudo muito desafiador, com altos e baixos, mas eu não trocaria isso por nada. Queria que Hyemi estivesse aqui com a gente. Sua mãe disse que vai anunciar algo na semana que vem.

Franzo o cenho.

— Ah, é? O pai de Hyemi fechou o acordo?

O amor das nossas vidas

Ela assente.

— O que quer que seja, ela disse que vai cuidar de tudo e que não precisamos nos preocupar.

Sun Ye diz isso com tanta naturalidade. Só porque minha mãe lhe disse para não se preocupar, ela parece ser capaz de se livrar de qualquer preocupação.

Nunca lhe perguntei por que ela quis permanecer como *trainee* da Joah por tantos anos, quando tantas outras *trainees* desistiram, e me pergunto se é simplesmente porque ela acredita na minha mãe.

— Min Sori? — a assistente me chama, me esperando pacientemente.

— Não vou perder o show de vocês — falo para Sun Ye. — Vocês vão abrir o evento, certo?

— Isso. Percorremos um longo caminho, né? Desde aqueles dias como *trainees* no ensino fundamental e médio.

Dou risada.

— Sim, e ainda temos muito a percorrer.

— Mal posso esperar!

Quando entro no camarim, Nathaniel já está lá retocando a maquiagem. A minha está intacta, graças à minha diligência e aos produtos de alto nível de RALA. Assim que Nathaniel termina, somos levados para o palco. Meu coração acelera com os sons de trás das cortinas — os instrumentos aquecendo no fosso do palco, as vozes de milhares de artistas, escritores, atores, visionários.

Nathaniel coloca a mão sobre a minha e a aperta. Olho para ele.

— Nervoso? — pergunto.

Seu pomo-de-adão se mexe.

— Um pouco.

— Somos você e eu, lembra? — repito suas palavras. — E nós vamos arrasar.

Ele sorri para mim.

— Vamos.

— Com vocês... — Uma voz soa nos alto-falantes. — Os nossos apresentadores, o cantor Nathaniel Lee e a modelo Min Sori!

Nathaniel e eu subimos no palco sob aplausos educados. As luzes são fortes, tornando difícil ver o público, mas sigo Nathaniel. Ele se aproxima das marcações no palco, onde devemos ficar lado a lado atrás dos microfones.

Enquanto o barulho diminui, localizo o teleprompter.

— Obrigada a todos e todas pela presença — leio devagar, pronunciando as palavras o mais claramente possível. — Estamos aqui reunidos para celebrar o melhor da música, da atuação e das variedades.

— Falando em variedades, você e eu tivemos nossa cota de participações especiais. Por que não fomos indicados pra nada? — Nathaniel está lendo o roteiro, mas fala com tanta naturalidade que não consigo deixar de rir. É como se ele estivesse improvisando.

— É verdade. Para qual categoria você acha que poderíamos ter sido indicados?

— Melhor casal? — ele fala, atrevido.

A plateia dá risada. Ouço um assobio alto do lado esquerdo do palco, onde vejo Sun e o resto dos meninos do XOXO na primeira fila.

— Nathaniel-ssi, não seja bobo — falo, brincalhona. Na tela, não há mais nada, mas decido improvisar: — Essa categoria é pra casais de mentira, não de verdade.

Nathaniel solta uma gargalhada genuína, acompanhada pelas risadas do público.

Seguimos o roteiro, escrito por um conselho de redatores da EBC e previamente avaliado pela secretária Park. O texto é animado e divertido, e nós improvisamos sempre que a oportunidade surge.

Sinto a química entre nós; é eletrizante. Brincamos e rimos e até flertamos. Agimos como se compartilhássemos um segredo — e o segredo, que não é segredo nenhum, é que somos amigos. Não há mais ninguém com quem eu gostaria de estar neste palco, ninguém que faça eu me sentir tão bonita, confiante, inteligente e segura. Eu confio nele e ele confia em mim, e por isso formamos uma equipe espetacular.

— E agora, vamos para o nosso primeiro show — Nathaniel lê. — Um *debut* na premiação.

— Por favor, recebam o ASAP! — digo.

Trinta e cinco

Nathaniel e eu assistimos à primeira metade do incrível show do ASAP antes de sermos levados para o camarim. No caminho, somos parados por várias celebridades — apresentadores, principalmente, mas também alguns artistas —, que nos elogiam pela nossa naturalidade no palco e nossa química. Depois desses encontros, percebo que todo mundo fala com a gente como se fôssemos, de fato, um casal. As pessoas nos perguntam como estamos *nos* sentindo, quais apresentações *estamos* mais animados para ver. Divertido e Galã, de *Prenda-me se for capaz*, brincam dizendo que praticamente armaram tudo para ele, e Byeol, que vai se apresentar com seu colega de elenco, me diz que Nathaniel e eu parecemos estar juntos há anos e que exalo felicidade.

Eu estou feliz. Esta é uma das noites mais emocionantes da minha vida. Temos pouco tempo para descansar, correndo de um lado para o outro em direção ao palco. Saímos juntos depois da última esquete quando uma voz familiar me chama.

— Sori-ssi?

Meu corpo, que passou a noite toda quente e relaxado com Nathaniel, fica tenso.

Viro-me.

— D-Donghyun-ssi. O que está fazendo aqui?

— Eu estava na plateia — ele diz, abrindo um sorriso largo. — Você estava maravilhosa. Vocês dois estavam. — Ele estende sua magnanimidade a Nathaniel antes de se focar de novo em mim. — Meu amigo que me convidou me perguntou se eu queria conhecer os bastidores... espero que não tenha problema. Exagerei?

— Não, claro que não.

Tento esconder meu desgosto. No nosso último encontro, falei que lhe daria uma resposta da próxima vez que nos víssemos. Mas ainda não estou pronta, especialmente não aqui, com Nathaniel nos observando. Não sei o que fazer, o que dizer. Uma coisa é fingir para Donghyun, que só me conhece como Min Sori, filha de Min Kyung-mo, modelo e personalidade dos programas de variedade, outra é fingir para Nathaniel, que me conhece por dentro e por fora. Posso fingir o quanto quiser, mentir e usar as pessoas, mas não na frente de Nathaniel.

— Sori.

Levanto a cabeça. Os olhos de Nathaniel são bondosos.

— Vou deixar vocês sozinhos. Preciso ir, de qualquer forma.

A esquete que acabamos de fazer era a última. Acabou. Ele faz uma breve reverência para Donghyun — que a retribui — e se afasta.

— Espere! Você não vai ficar? — falo, segurando seu braço.

Ele olha para a minha mão e depois para o meu rosto.

— Vou me sentar com Jaewoo e os outros, e provavelmente sair depois do discurso da sua mãe.

Ele não explica por quê, não na frente de Donghyun. *Para ver Jenny.*

Ele *vai embora*. Sem mim e, desta vez, para sempre. Antes de ontem, ele provavelmente diria para Donghyun ir catar coquinho, me arrastaria para uma escada e me beijaria até ficar sem fôlego.

Mas, na roda-gigante, ele prometeu não me segurar mais. Ele disse que estava me ouvindo quando eu falei que não poderia ficar com ele. E ele está me ouvindo.

Solto sua manga.

— Me diverti muito esta noite — ele diz. Covinhas aparecem nas suas bochechas quando ele me dá um último sorriso devastador. — Formamos uma boa equipe.

Então se vira e sai andando.

— Uau — Donghyun diz. — Então esse é o fator xoxo. Acho que acabei de me tornar um fã.

Dou risada.

É uma coisa tão boba de se dizer, mas também bastante generosa, já que sei que ele captou a tensão entre Nathaniel e eu. Donghyun teria que ser bem desatento para não perceber, coisa que ele não é.

Por que eu pensei que não teria problema usar Cha Dongyun? Porque eu não o conhecia? Agora isso não se aplica mais, e também não deveria ser motivo suficiente para querer usá-lo, em primeiro lugar.

Ele é legal, é uma *boa* pessoa. Só não é a *minha* pessoa.

Talvez eu pensasse que a única forma de salvar a Joah fosse seguir o caminho que meu pai traçou para mim.

Mas ele não é o único que me ofereceu um caminho a seguir.

— Donghyun-ssi, sobre a pergunta que você me fez naquela noite... acho que não posso te dar a resposta que você gostaria.

Ele suspira, e depois assente.

— Entendo.

Pergunto-me se ele vai mencionar Nathaniel, só para esclarecer onde está meu coração. Mas ele apenas sorri.

— Mesmo que por pouco tempo, curti os momentos que passamos juntos. Vamos nos encontrar no futuro, como amigos.

— Eu adoraria — digo, contente por pelo menos ter falado a verdade.

***

Levo poucos minutos para encontrá-la. Ela está isolada em um camarim privativo, com a secretária Park de guarda do lado de fora da porta.

— Sori? — Minha mãe se levanta do sofá quando entro. — O que houve?

— Nada. Só queria te ver antes do seu grande momento.

Ela sorri, sentando-se em seguida.

— Me sinto uma noiva de novo. Até estou usando aqueles sapatos. — Ela levanta a calça para mostrar os saltos.

— Seu casamento foi assim?

— Não. Eu era meio que uma pária. Várias pessoas não quiseram ser vistas comigo depois do escândalo. Mas eu tinha alguns convidados. Jin--rang, claro, e meu grupo de amigos. Tanta coisa aconteceu desde então.

— Foi muito difícil? — pergunto baixinho.

Não preciso explicar o que estou querendo dizer: foi difícil desistir do seu sonho depois de engravidar de mim? Foi difícil ficar presa em um casamento sem amor?

— Sim, mas não existe um momento da minha vida que eu me arrependa. Por causa de tudo o que aconteceu, tenho uma carreira da qual me orgulho. Por causa disso, tenho você. Eu escolheria o mesmo caminho em todas as vidas, se soubesse que no final você estaria esperando por mim.

Meus olhos se enchem de lágrimas, que ameaçam se derramar.

— Eu te vi no palco mais cedo. Estou tão orgulhosa de você, Sori. Quando você me disse que não queria ser uma *idol* mas queria forjar seu próprio caminho, você me lembrou tanto eu mesma. E, desde então, vi quão duro você trabalhou para ajudar Hyemi, quanto tempo e energia você dedicou às meninas do ASAP e ao time de Jin-rang. Você é tão inteligente e determinada, tudo o que eu esperava que você fosse ser.

Ela pega minha mão.

— Me desculpe por não estar muito presente, mas saiba que quero mudar isso. Quero estar ao seu lado quando você precisar de mim. Você sempre pode contar comigo. Você sabe disso, né?

Faço que sim. Eu sei. *Sempre* soube. Contei com ela durante toda a minha vida, mesmo quando era *ela* quem precisava de proteção.

A secretária Park bate na porta antes de abri-la um pouco.

— Está quase na hora.

— Vou deixar você se aprontar — falo, saindo do camarim, com medo de ficar e chorar no seu lindo terno.

Do lado de fora, encontro a diretora Ryu esperando nos bastidores.

— Você vai entregar o Trailblazer pra minha mãe?

— Sim — ela diz, inclinando a cabeça para me observar enquanto seus olhos cintilam de curiosidade.

— Se importa se eu...?

— Ah, *sim* — ela diz. — Por favor, odeio falar em público. Sinceramente, eu devia ter pensado nisso. Vai ser muito mais emocionante se você entregar esse prêmio.

Mordo o lábio, nervosa, agora que tomei essa decisão.

— Boa sorte! — a diretora Ryu diz, erguendo os punhos no ar.

Caminho até o palco pela última vez. Murmúrios tomam conta da multidão quando apareço, pois Nathaniel e eu já nos despedimos. Por um instante, me pergunto se o diretor vai ficar irritado com a mudança de última hora, mas afasto esse pensamento.

Vou até o púlpito. Localizo o teleprompter e leio em voz alta:

— O prêmio Trailblazer é concedido aos indivíduos que mudaram a indústria de maneira significativa, abrindo novos caminhos a serem seguidos por outras pessoas.

Sigo listando as conquistas da minha mãe, e são necessários cinco minutos inteiros para mencionar todas elas.

— Seo Min Hee não é só uma visionária e empresária incrível, ela também é mãe. *A minha mãe.* Estou com ela desde o começo. Bem, pelo menos, o meu começo.

A plateia dá risada.

— Eu a vi nos seus altos mais altos. — A abertura da Joah, o primeiro prêmio grande para o xoxo. — E nos seus baixos mais baixos... — Os casos do meu pai, a noite seguinte ao estouro do escândalo de Hyemi...

Continuo:

— Não importa a ocasião, ela sempre chega ao topo com perseverança, com poder, com graça. Sou muito grata a ela por vários motivos. Mas o mais importante é que ela me mostra, pelo exemplo, tudo o que posso ser. Ela me mostra que meus caminhos são infinitos. Ela é uma verdadeira pioneira. Estou tão orgulhosa dela, vocês estão percebendo?

A multidão dá risada de novo.

Passei esse tempo todo preocupada com ela sendo que ela é *Seo Min Hee*. Não preciso lutar as batalhas dela, pois ela pode enfrentar tudo sozinha. Como sempre. Como foi que pensei que ela não poderia?

Todo mundo acredita nela — as meninas do ASAP, os meninos do xoxo, a diretora Ryu e a secretária Park —, mas e eu?

Quando foi que perdi a fé na minha mãe?

Preciso acreditar nela. Preciso confiar que ela vai dar um jeito, como sempre.

— Ela é a pessoa mais forte que conheço...

É *libertador* me lembrar disso, como se eu estivesse soltando um peso enorme.

Olho para onde os integrantes do xoxo estão sentados na plateia. Não consigo vê-los, mas sei que eles estão ali, que *ele* está me assistindo.

— E eu também preciso ser forte.

Algumas pessoas se mexem em seus assentos, provavelmente se perguntando o que quero dizer com isso.

— Por favor, junte-se a mim nessa homenagem à ganhadora do Trailblazer deste ano, fundadora e CEO da Joah Entertainment, Seo Min Hee.

Todos se levantam enquanto minha mãe sobe as escadas até o púlpito. Quando ela se aproxima, vejo lágrimas em seus olhos. Ela me puxa para um abraço forte, sem se importar se está estragando minha maquiagem e a dela.

— Obrigada, Sori-yah. Você sempre me deu força. Eu te amo.
Minhas lágrimas se juntam às dela.

— Te amo, *Eomma*.

***

A entrega de prêmios continua depois que minha mãe recebe o dela, mas não fico para assistir, não quando vejo que Nathaniel e os outros já deixaram seus lugares.

Corro até os bastidores e percorro o corredor que circunda a arena.

Formamos uma boa equipe, ele falou. *Formamos mesmo, a melhor de todas*, quero lhe dizer. Eu não enxergava até hoje. Insisti em afastá-lo por muitos motivos: porque estava com medo do que poderia acontecer se ficássemos juntos — escândalos e corações partidos e arrependimentos. Porque pensei que nossas vidas eram diferentes demais — ele sabe amar e ser amado, mas, para mim, o amor parece uma ameaça, como algo que pode ser arrancado a qualquer momento. Porque pensei que ele era bom e eu, má. Mas eu estava errada. Somos ambos péssimos. Ele é um sedutor delinquente, e eu sou uma garota capaz de arriscar tudo por ele.

Encontro-o no estacionamento atrás da arena. Ele está com os meninos, caminhando até o carro que vai levá-los de volta para o apartamento.

— Nathaniel! — grito.

Ele se vira e me vê descendo as escadas. Sigo até eles depressa, mas não corro, porque ainda estou de salto.

Ele me espera no primeiro degrau.

— Você estava correndo? — ele parece preocupado comigo, e um pouco impressionado.

— Preciso falar com você — digo, ofegante. — Sozinho.

Ele me encara com uma expressão reservada, sem demonstrar qualquer emoção.

Então se vira para os outros e fala:

— Me esperem no carro, já vou.

Ele me segue para trás de uma divisória fora de vista.

— Sori, o que está acontecendo? Você está...?

Interrompo-o:

O amor das nossas vidas

— Você disse que passou a metade da sua vida me querendo, mas acho que eu te quero há mais tempo ainda. Eu quis você durante toda a minha vida. Você, com a sua sinceridade e as suas brincadeiras e a sua paixão. Você, que faz eu me sentir segura e amada e linda.

Depois, confesso:

— Eu estava com medo. Estava com medo de muitas coisas, mas principalmente do quanto eu te quero.

A máscara que ele estava usando para esconder as emoções cai; ele fica vulnerável, com as bochechas coradas e os lábios abertos.

— Eu só amei uma garota desde os catorze anos. Talvez eu pudesse amar outra pessoa no futuro... — ele diz.

Trago sua boca até a minha, pressionando meu corpo no seu, fazendo-o engolir suas palavras. Só o solto quando estou satisfeita.

— Não gostei do que você disse sobre amar outra pessoa no futuro. A única garota que você ama e *vai* amar sou eu.

Ele solta uma risada vacilante.

— Nunca vi seu lado egoísta.

— Quando se trata de você, sou totalmente egoísta. Quero toda a sua atenção. — Dou mais um beijo no canto dos seus lábios, quase na sua bochecha. Afasto-me e ele abre os olhos. — Eu desejo sua atenção. Quero que você olhe apenas para mim.

— Agora que você está sendo direta, está me deixando todo vermelho.

Envolvo os braços em seu pescoço e levo meus lábios à sua orelha.

— Venha pra casa comigo. Quero ficar sozinha com você.

Ele me segura por mais um instante, apertando minha cintura antes de me soltar. Pegando minha mão, saímos da divisória e seguimos para um carro parado na fila comprida. Depois que entramos, ele dá meu endereço ao motorista.

— Os meninos não estão te esperando? — pergunto enquanto saímos do estacionamento.

Ainda segurando minha mão, ele pega o celular com a mão livre, provavelmente para escrever uma mensagem para eles. Nathaniel olha para a tela só por alguns segundos antes de guardar o aparelho.

— Não — ele fala, corado. — Eles não estão me esperando.

Levanto a sobrancelha, me perguntando que tipo de mensagem ele recebeu.

Nenhum de nós fala durante o trajeto, conscientes da presença do motorista. O carro para na frente de casa e ele paga a corrida enquanto eu digito o código do portão. As luzes do jardim se acendem quando subimos os degraus, nos desejando boas-vindas.

Fazemos uma pausa breve na entrada para tirar os sapatos. Solto um suspiro de alívio quando os saltos caem no chão, e então subimos as escadas rindo.

Nathaniel fecha a porta do meu quarto. Jogo-me na cama, esticando os braços. Levanto a cabeça e o vejo parado no pé da cama, parecendo incrivelmente satisfeito.

— Quebramos uma das suas regras.

É proibido entrar no meu quarto.

Ergo uma sobrancelha.

— Só uma?

Ele já tirou o paletó. Em seguida, ele termina de desabotoar a camisa obscenamente abotoada, arrancando-a. Minha boca fica seca ao ver seus músculos definidos e sua barriga durinha. Ele coloca a mão no meu tornozelo e dobra minha perna. Depois, abaixa a cabeça, beijando o curativo sobre o meu joelho arranhado, depois envolve minha perna em sua cintura, subindo em cima de mim.

Nos beijamos com mais paixão, e cada toque dos nossos lábios é uma promessa de amor, de fé, de confiança. Eu quero, *preciso*, estar mais perto. Meu vestido prende minhas pernas. Ele encontra o zíper nas minhas costas, deslizando-o para baixo. Suspiro ao sentir seus anéis na minha pele.

Puxo-o para mim para poder olhar em seus olhos.

— É pra valer — falo, sem fôlego. — Duvida?

Seus cílios escuros se abaixam.

— Depois da roda-gigante, pensei que estava tudo acabado entre nós. — Sua voz é instável, e ouço o eco de sua angústia. — Eu estava preparado pra viver minha vida sem você. Parecia que meu coração tinha sido arrancado do meu corpo.

— Sem mim, não. Nunca sem mim — solto.

Levo a mão à sua bochecha e ele a cobre com a sua. Nossos olhos se encontram e meu coração poderia explodir de amor por ele.

Desde a primeira vez que ele me provocou, acho que eu já sabia, e mesmo com o passar dos anos, e de todo esse tempo nos distanciando e nos aproximando de novo, meu coração sempre foi dele.

O amor das nossas vidas

— Te amo — digo.

Seus olhos estão brilhando. E então estamos nos beijando, caindo um sobre o outro, em uma noite de felicidade sem fim.

Trinta e seis

De manhã, acordo com os cobertores nos meus pés e os braços esticados para cima. Sento-me de uma vez, pegando um travesseiro e trazendo-o ao peito. Quando me viro, vejo que Nathaniel ainda está dormindo de barriga para cima, com a cabeça virada para mim e o cabelo caindo na testa. Ele está tão lindo com a luz do sol brilhando em seu rosto que esqueço completamente o constrangimento. Estendo a mão para afastar o cabelo de seus olhos.

Meu estômago faz barulho. Não como direito desde o jantar do dia anterior, e estou *faminta*. Mas não quero acordá-lo, não quando ele está dormindo tão tranquilamente.

Me movo para a lateral da cama.

— Sori?

Olho para trás e vejo Nathaniel se sentando ainda grogue. Os músculos de seus braços se flexionam enquanto ele se ajeita. Ao me pegar admirando-o, ele sorri, o que se transforma em uma carranca quando ele estende a mão para pegar um Pikachu.

— Sori, como você consegue dormir assim? Me sinto observado.

Ele atira o Pikachu para longe. Ele cai no chão, junto com dúzias de bichinhos que Nathaniel deve ter chutado enquanto eu estava dormindo.

Encaro-o.

— Como você pôde fazer isso? — sussurro, acusatoriamente.

Ele não parece arrependido.

— Eles vão sobreviver.

— Esta cama é *deles*. *Você* é o intruso.

— Sinto muito se atrapalhei a existência parasita deles e provavelmente os deixei com cicatrizes. — Ele sorri, mostrando as covinhas.

Ele está *tão* confiante que me sinto vulnerável, então faço beicinho, mordendo o lábio.

Ele assume um tom conciliador na mesma hora, chegando mais perto de mim.

— Vou pedir desculpas pra cada um dos seus bichinhos, se for te deixar feliz.

Assinto.

Ele me beija e arranca o travesseiro dos meus braços.

Já estamos no meio da manhã quando finalmente nos afastamos e saímos do quarto. Eu lhe dou uma das camisetas que encontrei depois que ele foi embora.

— Eu mesma lavei e passei — digo, entregando-a. Ele a veste imediatamente. — *Ajumma* estava de férias em um spa com as amigas.

Nathaniel franze o cenho.

— Você passou a semana toda sozinha?

— Sim, não está se sentindo péssimo por ter me deixado?

Não menciono o fato de *eu* ser o motivo de ele ter ido embora. Ele também não. Esperto.

— Sim. — Ele assente, sério. — Não vai acontecer de novo.

Descemos as escadas e seguimos para a cozinha. Enquanto ele faz torradas e arruma a mesa, eu preparo os ovos e o bacon em uma frigideira.

Demoramos para fazer o café da manhã, porque ficamos parando toda hora para nos beijar, mas devoramos tudo em apenas quinze minutos, famintos.

— Vou descer na loja pra pegar um café gelado — Nathaniel diz. — Quer alguma coisa?

— Não, obrigada — digo, levando as coisas para a cozinha.

Estou colocando a louça na máquina quando ouço-o entrando em casa.

— Que rápido — digo, saindo da sala de jantar.

Meu pai está parado no meio do hall.

— *Abeoji* — digo, sentindo um frio repentino na barriga.

Ele não fala nada, apenas me encara, e eu *sei* que ele sabe que Nathaniel passou a noite aqui. Ele também deve suspeitar que terminei com Cha Donghyun.

A porta se abre e tenho o segundo choque da manhã quando minha mãe entra. Ela não fica surpresa de ver meu pai. Devia saber que ele estaria aqui. Será que ele falou para ela vir?

— O-onde está Nathaniel? — pergunto.

Não há como eles não o terem visto; ele só saiu por alguns minutos.

— Eu o mandei pra casa — ela diz, desviando o olhar.

Ontem mesmo ela recebeu o prêmio das minhas mãos com orgulho nos olhos. Agora nem consegue olhar para mim.

— Ele não pegou as coisas dele — falo.

Ainda está tudo no meu quarto, junto com seu paletó.

— Ele vai ficar bem — ela retruca, ríspida. — A secretária Park vai levá-lo para o apartamento. Depois a gente devolve as coisas.

Encaro-os.

— Por que vocês estão aqui?

É uma pergunta razoável. Minha mãe não aparece em casa há semanas; meu pai, há *anos*.

— Esta é a *minha* casa — meu pai responde. — Por que eu não viria? — Estremeço diante do seu tom, que ele nunca usou comigo antes. Já o vi falando assim com seus assistentes, com a secretária Lee e até com a minha mãe, quando morávamos juntos. — Queria ver com meus próprios olhos se minha filha estava mesmo mentindo pelas minhas costas.

Eu minto para você porque você está com as costas voltadas para mim, quero lhe dizer, mas nunca falei desse jeito com meu pai.

— Sori-abeoji — minha mãe o repreende. — Para que isso? Nossa filha recebeu um garoto em casa. Estamos no século XXI. Seus eleitores sabem que você tem a cabeça tão fechada?

Meu estômago se revira. Ela não sabe que Nathaniel estava morando aqui. A expressão do meu pai endurece. Será que ele sabe?

— Siga-me.

Sem falar nada, ele entra na sala e liga a TV. Aperta um botão e as imagens das câmeras de segurança espalhadas pela casa aparecem na tela. Ele destaca a que está identificada como "portão da frente" e volta para a noite passada.

Fico observando, entorpecida, um carro estacionar diante do portão. Eu desço do carro e abro a porta enquanto Nathaniel paga o motorista, e depois entramos juntos.

O amor das nossas vidas

Em seguida, meu pai volta uma semana, e sinto uma pontada de dor ao lembrar daquela noite. Vejo-me parada no portão, perto do muro coberto de trepadeiras. Quando começo a chorar, Nathaniel volta para me abraçar. Ele vai embora alguns minutos depois, e eu me jogo no chão, em prantos.

Meu pai estala a língua de desgosto, voltando mais no tempo. Olho para a minha mãe, perguntando-me o que ela está achando disso tudo, mas sua expressão está cuidadosamente neutra, e a única evidência de que ela sente *algo* é o leve tremor em suas mãos.

Meu pai vai voltando as gravações sem parar, mostrando as provas irrefutáveis de que Nathaniel estava morando comigo.

Quase todos os dias, durante duas semanas, chegamos em casa juntos, geralmente no mesmo horário.

E em todos os vídeos, estamos rindo.

Não sei o que meu pai espera ao me mostrar tudo isso, mas as imagens só servem para me lembrar de como eu fui feliz nessas semanas com Nathaniel. Não apenas meus dias eram preenchidos com trabalho árduo e satisfatório — treinando com Hyemi, fazendo parte da equipe do ASAP sob a liderança da diretora Ryu —, mas minhas noites eram repletas de risadas e amor.

Ele desliga a TV.

— Você estava morando com um garoto debaixo do *meu* teto — ele sibila. — Um garoto com quem você especificamente disse que não estava saindo. O encontro com o sobrinho do CEO Cha também foi uma mentira? Como é que posso acreditar no que você diz? — Ele esfrega a mão no rosto. — Depois de me mostrar o quanto é irresponsável, você acha que vou dar minhas ações pra você?

— Como assim? — minha mãe pergunta bruscamente.

Meu pai pisca, pelo visto tendo esquecido que ela estava presente.

— Sori — ela fala, franzindo o cenho —, você estava saindo com o sobrinho do CEO Cha em troca das ações do seu pai?

— Esqueça isso — meu pai diz antes que eu possa responder. — Estou decepcionado com você, Sori. Pensei que você fosse como eu, mas você não é. Você é fraca e não tem disciplina. Você traiu a minha confiança. Mas você pode consertar as coisas. Prove pra mim que é séria e termine com aquele garoto. Quem sabe então eu considere te dar minhas ações.

É um ultimato: ou eu escolho Nathaniel, ou salvo a agência.

258

— Não faça isso — minha mãe diz.

O silêncio é pesado.

— Não termine com Nathaniel.

Olho para ela perplexa.

— Quero dizer, você não tem que terminar com ele se não quiser.

Ela se vira para o meu pai com olhos flamejantes.

— Posso aturar você falando desse jeito comigo, pois não me importo com a sua opinião, mas não tolero você falando com a minha filha assim. *Jamais.*

Nunca a vi enfrentando-o dessa forma.

— Saia da minha casa.

O rosto do meu pai assume um curioso tom de vermelho.

— Vocês são duas ingratas, depois de tudo o que fiz por vocês... Vamos ver se conseguem se virar sozinhas.

Ele sai batendo os pés e para na minha frente.

— Nunca é tarde, Sori. Venha comigo e posso te perdoar. Talvez eu até perdoe sua mãe um dia.

Respiro fundo e olho-o nos olhos.

— Você disse que eu traí a sua confiança, mas acho que é o contrário.

Ele fica rígido de raiva.

— Como ousa falar comigo assim? Você é minha filha.

— Não sinto que sou. Se o amor é condicional entre nós, a minha condição é que você me respeite e me ame sem condições.

Meu pai me observa por um segundo sem tirar os olhos de mim, e sai pisando forte, batendo a porta ao sair.

Encolho-me no chão. O que foi que eu fiz? Será que condenei a Joah? Meu plano era conseguir as ações dele. Sem elas, minha mãe vai ter que vender a agência.

Ela começa a falar, mas para quando seu celular vibra. O meu também vibra no bolso. É uma mensagem da secretária Park para nós duas:

Woo Hyemi sofreu um acidente.

Trinta e sete

Entro no quarto do hospital com minha mãe logo atrás. Hyemi está sentada na cama com o braço engessado, tomando sorvete direto do pote. Numa impressionante demonstração de ambidestria, ela equilibra o pote contra o peito com o gesso, segurando a colher com a mão esquerda.

— O que aconteceu? — pergunto.

— Foi como se eu estivesse numa cena de um drama — ela fala. — Eu estava parada na faixa de pedestres e um motociclista ultrapassou o sinal vermelho, quase me atropelando. Caí em cima do meu braço com bastante força. Pena que não tinha nenhum gatinho pra me pegar!

Encaro-a. Será que está disfarçando a dor? Ela realmente parece bem. E não tem nenhum outro ferimento além do braço engessado.

— Seu pai está em Hong Kong, né? — minha mãe pergunta, se colocando ao meu lado. — Algum médico já veio te ver?

— Acho que não. Eu liguei pra secretária Park quando cheguei aqui, depois de ligar pros meus pais.

— Vou procurar o médico — ela diz, saindo do quarto.

— Sun Ye-eonni e as outras estavam aqui — Hyemi conta. — Elas acabaram de sair. Elas trouxeram sorvete. E guloseimas e presentes e bichinhos de pelúcia. Ruby trouxe o Tamagotchi dela, que na verdade é meio estressante.

Atrás dela há uma caixa recheada com sacos coloridos de batatas chips e guloseimas diversas; no topo, vejo uma cenoura de crochê com uma carinha.

— Elas tiveram que sair pra uma gravação — ela explica.

Suas palavras são seguidas por uma breve pausa.

— Me desculpe por não ter estado muito presente essa última semana — falo, quebrando o silêncio. — Depois que a matéria saiu... — Não preciso mencionar qual matéria. — Fiquei meio que obcecada em salvar a agência, como se fosse algo que *eu* pudesse fazer sozinha. Estive tão envolvida com as coisas que estavam rolando na minha vida que acabei me esquecendo de quem mais estava precisando. Sinto muito, Hyemi.

— Bem, já que você começou, eu fiquei *sim* chateada. — Meu peito aperta. — Quando você não foi me ver, pensei que você *estava* me ajudando por causa do dinheiro do meu pai.

— Hyemi... — Meu coração está comprimido.

— Mas daí Nathaniel disse uma coisa que fez eu perceber que estava errada em pensar isso de você. Ele me perguntou se eu achava que você era o tipo de pessoa que me ajudaria *só* pelo dinheiro do meu pai, e não porque gostava de mim nem que fosse um pouquinho.

— Eu gosto *muito* de você.

Ela dá uma risadinha.

— Então percebi... que eu não achava isso. Você me ajudou porque queria ajudar de verdade. Dava pra sentir. Cada hora que você passou comigo naquela sala de ensaio, cada vez que você me ouviu, eu senti a sua sinceridade.

Ela coça o queixo e continua:

— Nathaniel e eu... conversamos muito sobre você. Na verdade, a maior parte das nossas conversas era sobre você. Foi ele quem adivinhou que você estava saindo com o sobrinho do CEO Cha pra tentar salvar a Joah...

Nathaniel.

— Hyemi. — Respiro fundo. — Preciso te contar uma coisa.

Ela olha para mim com uma expressão franca.

— Estou apaixonada por Nathaniel.

— Eu sei — ela fala, impassível. — Eu vi vocês na TV. Vocês têm uma química que não dá pra fingir. E eu sei que você não é atriz. Vi sua participação no drama.

Solto um suspiro e depois dou risada.

— Hyemi-yah!

— Fico feliz de amar Nathaniel de longe, como se fosse uma fã. Meu coração não está partido, não se preocupe comigo. Sinceramente, gosto mais de *você* do que dele. Estou torcendo por *você*, *Eonni*.

Ela é tão fofa. Enxugo as lágrimas se acumulando nos cantos dos meus olhos.

— E o ASAP? Pensou se quer continuar?

— Não sei... — Ela coloca uma mecha de cabelo atrás da orelha. — Sinto falta de me apresentar. Passei a semana toda querendo estar no palco com as meninas, mas também não quero ser um fardo pra ninguém.

Franzo o cenho, lembrando de algo que Sun Ye disse ontem à noite.

— Quando Sun Ye e as outras vieram, ela comentou alguma coisa sobre o ASAP?

— Sim, só que ela foi bem enigmática.

— Se quiser continuar no grupo, você devia falar. As meninas também querem isso. Vamos confiar na nossa CEO, Hyemi. Ela vai dar um jeito.

Ela abre um sorriso radiante.

— Certo, *Eonni*.

— Hyemi-yah! — Youngmin está parado na porta com um buquê de rosas gigantesco.

— Youngmin-ah! São pra mim?

— Ah, isso? São praquela *Halmeoni* daquele quarto ali. Claro que são pra você!

Ele faz movimentos exagerados e ela dá risada.

Deixo os dois sozinhos e saio do quarto. Minha mãe está esperando em um dos bancos do corredor.

Sento-me ao seu lado. Ainda estou chocada pelo que aconteceu em casa com meu pai.

— Você estava falando sério? — pergunto baixinho. — Quando disse que não preciso terminar com Nathaniel?

Ela se recosta no assento, cruzando as pernas.

— Sempre vou querer fazer o oposto do que seu pai disser. Neste caso, a coisa funcionou a seu favor.

— *Eomma*... está fazendo uma piada?

Ela solta uma risada alegre.

— Já faz um tempo, né? Não se preocupe. Vou te apoiar. As imagens das câmeras dessas últimas semanas... aliás, vou cortar o acesso do seu pai... realmente me ajudaram a enxergar melhor as coisas. Quero dizer, não fiquei satisfeita de você ter mentido e convidado Nathaniel pra morar com você, mesmo com *Ajumma* em casa. Mas ver aqueles vídeos fez eu me lembrar do que mais importa, o que sempre foi o mais importante: a sua felicidade.

Ela solta um suspiro, mas não é de irritação, e sim de alívio.

— Vou me divorciar do seu pai.

— Mas... — Estou tão surpresa que falo a primeira coisa que me vem à mente: — E as ações?

Ela arregala os olhos.

— Você acha que eu não me divorciei do seu pai até agora por causa das ações?

— Sim?!

— Não, Sori-yah. Eu não me divorciei por *você*. Eu queria que você tivesse uma família, algo que eu, como órfã, não podia te dar. Mas então percebi que você já tem uma família: eu, *Ajumma*, e também Nathaniel e os outros meninos do xoxo. A Joah é a sua família.

— Mas e a casa?

— Sori-yah, a casa é *minha*.

— Sim, mas *Abeoji* comprou pra você.

— Exatamente. Ele comprou a casa pra mim com a condição de que eu não o deixasse depois que o primeiro caso dele veio a público. Não seria um presente se eu não fosse a *proprietária*. Eu o fiz comprar no meu nome.

A casa não é do meu pai. *A casa é da minha mãe.*

— É verdade que assinei um acordo pré-nupcial, mas não quero o dinheiro dele. Eu não preciso disso.

— Mas... e a agência? — Estou até sem fôlego com todas essas revelações. — Eu vi os documentos na sua gaveta dizendo que você ia vender a empresa pra ks.

— Oh, Sori. Você devia estar tão estressada. É por isso que você saiu com o sobrinho do ceo Cha?

Ela balança a cabeça.

— Admito, eu... vacilei, mas nunca considerei a oferta de verdade. Aqueles documentos foram elaborados pelos advogados da ks. Já que esse assunto está te preocupando, vou te contar que fiz um empréstimo. A agência vai ficar bem. Todo dia apresenta novos desafios, mas vou trabalhar junto com minha equipe para enfrentá-los. Eu já passei do limite ao trazer Hyemi pro asap em troca do dinheiro do pai dela, mas decidi seguir meus princípios de agora em diante.

Ela continua:

O amor das nossas vidas

— Mesmo se o pai dela oferecer o dinheiro amanhã, não vou aceitar. Hyemi é talentosa e esforçada, então vai continuar no grupo. Quero *protegê-la*. Quero abrir um caminho para ela com muitas coisas lindas ao longo do percurso. Esse é o meu sonho para ela. Esse é o meu sonho para a Joah.

— *Eomma...* — falo, com lágrimas nos olhos. — Tenho tanto orgulho de você.

— E eu tenho muito orgulho de *você*, minha menina querida. — Ela me abraça e me segura forte. Depois de uns minutos, ela me solta gentilmente, com os olhos um pouco molhados. — O que acha de finalmente fazermos aquela refeição juntas?

Trinta e oito

— Jenny-nuna!

— Youngmin-ah!

Jenny e Youngmin disparam de lados opostos do meu jardim como se estivessem na penúltima cena de um drama. Na verdade, é exatamente assim que o último episódio do drama de Sun terminou, com Sun e a heroína correndo um para o outro na praia. Eu o vi no hospital com Hyemi antes de sair com minha mãe para almoçar.

Eles se abraçam, e Youngmin levanta Jenny para girá-la.

Foi um pouco em cima da hora, mas com a ajuda de Jenny, Gi Taek e Angela, além de *Ajumma* e minha mãe, conseguimos transformar o jardim da frente em um cenário de festa. Trouxemos mesas e cadeiras, Angela e Gi Taek cuidaram da decoração com balões e faixas, e Nadine vai trazer um bolo de uma confeitaria perto da universidade. Vamos servir sanduíches de uma delicatéssen do bairro, e Sun disse que vai trazer bebidas "para os adultos". Quanto ao entretenimento, olho nervosamente para o microfone no suporte.

Quando bolei esse plano, pensei em fazer algo que agradaria Nathaniel, e me declarar para ele na frente dos nossos amigos e familiares, embora seja mortificante para mim, vai deixá-lo ridiculamente feliz.

Ainda dá tempo de desistir...

Mas não, estou determinada. *Quero* fazer isso.

Quero celebrá-lo pelo lançamento da música e por terminar o semestre — Nadine me contou que ele passou na prova final —, mas também quero mostrar para ele o quanto essas duas últimas semanas significaram para mim, e os anos anteriores, quando ele foi o primeiro a me defender contra os babacas da escola. Nem éramos amigos ainda, mas ele não tolerava injustiça. Eu costumava ter inveja da coragem dele porque sabia que ela vinha da família que o apoiava, mas agora tudo o que sinto é gratidão — por sua família e por *ele*.

Amo como ele é confiante. Ele sempre pensa o melhor das pessoas, o que me faz querer ser melhor. Ele *me* dá força. E se tornou a *minha* família, assim como Sun e os outros, assim como Jenny, e *Ajumma* e minha mãe — a família que eu *escolhi*, e que me escolheu.

Ainda estou triste pelo que aconteceu com o meu pai, mas deixei a porta aberta. Ele pode dar os últimos passos para atravessá-la. Só depende dele.

Depois de Youngmin, os convidados começam a chegar. Sun desce de seu porsche, trazendo flores para a minha mãe, que as entrega para *Ajumma* e vai ajudá-lo com as bebidas.

— Eu te *falei* que ela mora em uma mansão. — Ouço a voz animada de Hyemi do lado de fora do portão.

Apresso-me para recebê-la com as meninas do ASAP.

— *Daebak* — Jiyoo diz, observando o jardim e a casa com olhos arregalados. — Você é tão legal, CEO Seo!

Minha mãe só balança a cabeça com um sorriso. Ela ainda não lhes contou, mas a Joah vai publicar uma declaração amanhã de manhã para esclarecer a situação envolvendo o escândalo de Hyemi. Como a Joah *não* vai aceitar o dinheiro do pai dela, ela pode continuar no ASAP com a consciência limpa. Assim que o braço dela sarar, ela já vai poder começar as ações promocionais.

A diretora Ryu é a próxima a chegar, passando pelo portão com um elegante blazer marrom e calças. Ela se junta ao ASAP na mesa, onde Youngmin está tentando ressuscitar o Tamagotchi de Jiyoo.

Puxo minha mãe para o lado.

— Lembra quando você me pediu pra ajudar Hyemi depois que eu falei que não queria mais ser *idol*, e você disse que me apoiaria em qualquer carreira que eu escolhesse?

Ela assente.

— Lembro.

— Agora sei qual é essa carreira. Quero trabalhar com a diretora Ryu. Quero continuar ajudando a desenvolver a marca ASAP, mas também quero ajudar a idealizar e lançar novos grupos. E talvez um dia eu possa ser uma diretora criativa e ter minha própria equipe.

— Eu acho... — minha mãe fala devagar — ... que é uma ótima ideia. Podia não parecer, mas eu estava te observando, e não poderia escolher uma carreira melhor pra você. Jin-rang tem falado muito bem de você, então sei que ela vai ficar muito feliz de ter você na equipe.

Ela fica pensativa por um instante.

— É um trabalho mais de bastidores, e você não vai ter muito reconhecimento.

— Vou ter o reconhecimento das pessoas que importam pra *mim*, e isso é suficiente.

Ela sorri, contente.

Nadine chega carregando uma caixa de bolo tão grande que algumas meninas do ASAP se levantam para ajudá-la, e então vejo Jenny correndo na minha direção.

— Jaewoo te escreveu! Eles acabaram de estacionar.

Disparo para o microfone e Youngmin pega o violão.

Nathaniel atravessa o portão com os olhos fixos em mim.

Youngmin toca os acordes de abertura e eu levo o microfone aos lábios. É a música de Nathaniel, aquela que ele escreveu com Naseol, em um arranjo para violão. Ignoro todos os presentes e me concentro apenas nele. Não tenho a voz mais bonita, mas tenho *anos* de treinamento vocal e de qualquer forma, não estou tentando demonstrar minhas habilidades, estou cantando para mostrar a ele que estou disposta a ser vulnerável na frente dele e de nossos amigos e familiares. Para mostrar que, para mim, ele vale cada pequeno e grande gesto. Ele vale *tudo*.

Quando a música acaba, há um breve silêncio. Então ele atravessa a grama na minha direção. Atiro-me em seus braços, e é como se estivéssemos no nosso próprio drama — só que é a vida real.

Mais tarde, Nathaniel e eu escapamos discretamente para o meu quarto para eu devolver a carteira e o celular que ele deixou na manhã depois da premiação.

— Espere — falo, quando ele guarda o celular no bolso.

Pego o meu celular, abro o seu contato e faço uma chamada.

— Não estava achando o seu aparelho, então liguei pra ele.

Em sua tela, meu contato aparece com o nome *Passarinha*. Era como ele me chamava quando namorávamos.

— Você mudou de novo ou...

— Eu nunca mudei.

Fico emocionada e desvio o olhar.

— Eu mudei o seu de novo.

Abro seu contato e mostro a tela, em que se lê *Namorado*.

— De novo? — Ele ergue a sobrancelha. — Então você tinha mudado de "Namorado" pra outra coisa? Era "Aquele Que Escapou"? — Ele sorri.

— Aquele Que Me Irrita Profundamente.

— Aceito — ele diz.

Balanço a cabeça, rindo.

Passo por trás dele, seguindo para a porta, mas paro quando sinto sua mão na minha cintura.

— Gostei da sua saia. Onde você comprou?

Viro-me em seus braços e observo seu rosto.

— Você está me enrolando, né?

— Só quero passar mais um tempinho com você — ele fala, mexendo na faixa da minha saia. — Eles podem esperar. — Seus olhos encontram os meus. — Eu, não.

Meu coração se enche de amor por ele. Passamos por tanta coisa, esperamos tanto tempo.

— Eu também não — digo, levando os lábios aos dele.

Querida Jenny,

Nathaniel e eu chegamos bem em Nova York. Estamos em um hotel em Manhattan. Eu queria ficar na casa dos pais dele — a mãe dele faz as comidas mais gostosas, e o pai dele me trata como se eu fosse sua quinta filha, ou seja, ele me adora —, mas Nathaniel queria "me ter só pra ele", ou qualquer coisa ridícula dessas que ele gosta de falar. Acho que ele fala coisas assim só pra ver a minha reação, e funciona todas as vezes! Afe!

Sei que vamos fazer uma videochamada mais tarde, mas queria te mandar um cartão-postal. Esta foto não é maravilhosa? Lembra quando você leu sem querer o cartão que Nathaniel me mandou e a gente teve aquele mal-entendido? Haha. Bem, este é pra você. Pode ler.

Estou tão feliz, Jenny. Nunca estive tão feliz, e sabe a melhor parte? Sei que essa felicidade vai durar. Graças a Nathaniel e a você e a todos os nossos amigos. Nathaniel e eu vamos para Paris e depois Milão, mas voltamos para Seul no final do ano. Vamos comemorar juntas.

XOXO,
Sori

Agradecimentos

Em primeiro lugar, obrigada a todos os leitores que deram amor e apoio a *O ritmo das nossas vidas*. Este livro não seria possível sem vocês. 감사합니다.

À minha editora, Carolina Ortiz, obrigada pela orientação gentil e pelas edições maravilhosas. *O amor das nossas vidas* é o livro que é hoje por sua causa. Para minha agente, Patricia Nelson, este é nosso quinto livro juntas! Percorremos um longo caminho — obrigada por tudo.

Fiquei em êxtase quando descobri que voltaria a trabalhar com a designer Jessie Gang e o ilustrador Zipcy: obrigada pela capa mais linda e onírica de todas! Vocês sempre acertam em cheio.

A todos que trabalham nos bastidores: a editora Jill Freshney, a revisora Genevieve Kim, as editoras de produção Mikayla Lawrence e Gweneth Morton, as gerentes de produção Annabelle Sinoff e Nicole Moulaison, vocês me dão muita confiança e por isso serei eternamente grata.

Para a equipe da HarperTeen e da Epic Reads, inclusive Lisa Calcasola e Kelly Haberstroh, estou muito orgulhosa de ter vocês na equipe de *O amor das nossas vidas*. E às minhas maravilhosas narradoras de audiolivros, Greta Jung, também conhecida como Jenny, de *O ritmo das nossas vidas*, e Joy Osmanski, também conhecida como Sori, do *O amor das nossas vidas* — obrigada por darem vida aos meus personagens!

Agradecimentos especiais à Nadia Kim, por seus insights inestimáveis, e à Anissa, do FairyLoot, cuja dedicação e paixão pelos livros me inspiram!

Meus amigos autores coreanos crescem a cada ano — eu valorizo todos vocês: Kat Cho, Sarah Suk, Susan Lee, Grace K. Shim, Lyla Lee,

Stephan Lee e Ellen Oh. Obrigada por todas as risadas e conversas genuínas!

Ao Tree chat, honestamente não sei como escreveria um romance sem todos vocês: Akshaya Raman, também conhecido como fã número 1 do ATEEZ (agradecimento especial para Wooyoung); Katy Rose Pool, representante de chat em grupo de CRJ e Sufjan; e Madeleine Colis e Erin Rose Kim, minhas Swifties favoritas.

Obrigada às minhas parceiras críticas: Meg Kohlmann, Amanda Foody, Amanda Haas, Alexis Castellanos, Ashley Burdin, C. L. Herman, Mara Fitzgerald, Melody Simpson, Tara Sim e Janella Angeles — vocês são mais do que minhas críticas; são amigas para o resto da vida.

A todos os meus amigos, antigos e novos, obrigada: Karuna Riazi, Nafiza Azad, Lauren Hennessy, Ashley Kim, Michelle Kim, Kristin Dwyer, Adalyn Grace, Stephanie Willing, Candice Iloh, Devon Van Essen, Michelle Calero, Gaby Brabazon, Cynthia Mun, Cindy Pon, Judy I. Lin, Swati Teerdhala, Hannah Bahn, Veeda Bybee e June CL Tan.

Aos maravilhosos proprietários do Writer's Block, Drew e Scott — obrigada por fornecer um lar para a comunidade amante de livros de Las Vegas!

Aos editores estrangeiros de *O ritmo das nossas vidas* e *O amor das nossas vidas* — obrigada por compartilharem minhas histórias com leitores de todo o mundo! E aos fãs internacionais, obrigada! Me sinto honrada por ter leitores tão fantásticos.

Obrigada a todos os blogueiros e amantes de livros que me apoiaram e apoiam as minhas histórias; agradecimentos especiais para Alexa de @alexalovesbooks, Lili de @utopia.state.of.mind, Cori de @coristoryreads, Michelle de @magicalreads7 e Tiffany de @readbytiffany.

Aos meus parentes: eu amo muito todos vocês!! Um salve especial para Rhys e Nora, nossos mais novos membros <3

Para Toro e Leila: eu amo vocês, *mong mong*!

E por último, mas jamais menos importante, à minha família, que sempre me deu força: mamãe e papai, Camille e Jason.

Este livro foi composto na fonte Skolar
pela Editora Nacional em maio de 2024.
Impressão e acabamento pela Leograf.